读 客®

全球顶级畅销小说文库

全球文化，尽收眼底；
顶级经典，尽入囊中！

THE BEST OF ME *by* NICHOLAS SPARKS

最好的我

[美] 尼古拉斯·斯帕克斯 著

丁宇岚 译

时代出版传媒股份有限公司
北京时代华文书局

献给斯科特·施维默

一位挚友

一

钻井发生过一次爆炸事故后，道森·科尔开始出现幻觉，那天他差点死掉。

他在油井上工作了十四年，料到早晚会发生这样的事。一九九七年，他曾目睹一架直升飞机刚要着陆时失去控制，在甲板上坠毁，瞬间化作耀眼的火球。他试图救援，背部被灼伤，诊断为二级烧伤。一共死了十三个人，大部分死去的人当时在直升飞机里。四年后，钻井上一辆吊车倒塌，一块篮球大小的金属碎片飞出来，差点把他的脑袋削平。二〇〇四年，飓风"伊万"肆虐的时候，他是留在油井上的几个工人之一，狂风以每小时一百英里以上的速度扑来，掀起的巨浪让他担心万一油井倒塌的话，他是不是应该先抢只降落伞在手里。除此以外，还有其他的危险。工人会在油井上滑倒，或者有什么东西断裂砸下来，割伤或淤青更是家常便饭。道森看到的骨折数不胜数，钻井上发生过两次食物中毒，像瘟疫一样击倒了全体人员；两年前，二〇〇七年，他目睹一艘运送供给物资的轮船在离开油井不久开始下沉，直到最后一分钟才得到附近海岸警卫汽艇的救援。

但是，爆炸却是另外一码事。因为没有石油泄漏——这次事故中，安全系统有效防止了大量石油溢出——所以，爆炸还够不上成为全国性新闻，几天后就被忘得一干二净。但是，对亲历这场事故的人来说，包括他本人，这足够引起一连串的噩梦。在爆炸之前，那天早晨平淡无奇，他正在监控油泵，直到其中一个储油罐突然爆炸。他还没有意识到发生了什么，就猛地被爆炸引起的冲击波甩到了旁边的棚子上。爆炸过后，到处都着了火。整个钻井平台覆盖上一层石油，迅速变成了地狱，所有的设备都被熊熊火焰吞噬了。后续的两次大爆炸，更加猛烈地震动了油井。道森记得他从大火深处拖出几具尸体，但是，第四次爆炸比前几次更剧烈，再次把他抛向空中。他模糊记得自己掉进水里，无论如何他都可能性命难保。他接下去记得的一件事，就是在墨西哥湾漂浮，那里大约离路易斯安那的弗米利恩湾以南九十英里远。

跟大多数人一样，他来不及穿上救生衣，也够不着其他漂浮装置，但是，在汹涌的波涛之间，他看见一个深色头发的男人在远处招手，仿佛在呼唤他游过去。道森奋力朝那个方向游，与海浪搏斗，最终筋疲力尽。衣服和靴子拖着他下沉，胳膊和腿渐渐无力，他明白自己快不行了。他觉得自己在慢慢接近，尽管汹涌的波浪使他无法确定这一点。此时，他在附近一些碎片中发现了一只救生筏。他使尽剩下的所有力气，终于抓住了救生筏。后来，他听说自己在水里漂了近四个小时，离开油井近一英里，最终被赶到现场的一艘补给船搭救。他被拖上甲板，安置在船舱里，跟其他幸存者会合。道森由于体温太低，冷得发抖，而且感到眩晕。他的视野一片模糊——后来被诊断为中度脑震荡，但是，他还是意识到自己有多幸运。他看见人们手臂上、肩膀上有可怕的灼伤，有的人耳朵正流着血，有的人照料着折断的骨头。他们大部分人的名字，他都知道。油井上只有这么些地方可去——这里实际上就是大洋中间的小村落——所有人早晚都要去咖啡厅、娱乐室或者健身房待着。然而，有一个男人，看上去有点面熟，越过拥挤的房间，似乎正盯着他。他有一头深色头发，大约四十来岁，穿着一件蓝色的防风夹克，也许是船上某个人借给他的。道森觉得他看上去跟环境不相称，更像是个办公室文员，而不是个粗鲁的石油钻工。那个男人招了招手，道森一下子记起了早先在水里看见的那个身影——那么，是他——顿时，道森感到脖子后面的汗毛倒竖起来。他还没来得及确定自己不安的来源，有人扔了一条毯子到他肩头，他被领到角落里，那里有个军医等着给他做检查。

等他回来坐下，那个深色头发的男人已经走了。

接下去的一个小时，更多的幸存者被救上船，道森的身体渐渐回暖，他开始想其他钻井人员的情况如何。这些他共事多年的人，现在一个也看不见。后来，他得知死了二十四个人。最后，大部分尸体找到了，但不是全部。道森在医院里康复的时候，忍不住想到，事实上有些同事的家人，甚至都无法看他们最后一眼。

自从爆炸以后，他一直都难以入眠，不是因为做噩梦，而是因为他总是感到自己被人看着。他感到……被鬼魂盯上了，虽然听上去很荒谬。无论白天还是黑夜，他的眼角时常瞥到有什么东西一闪而过；当他转过头去，那里总是既没有人，也没有任何东西，这难以解释。他怀疑自己脑子是不是糊涂了。医生说，事故造成的精神压力给他带来了后创伤反应，而且大脑还没从脑震荡中完全恢复。这解释得通，听上去很有逻辑，但是，道森觉得不对头。他不置可否地点了点头。医生给他开了一剂安眠药，但是，道森从来没有去配过药。

他有了六个月的带薪假期，另一方面，法律程序正在启动。三周后，公司给他提供了一笔安置费，他签署了文件。此前，已经有半打律师联系过他，都迫不及待地希望第一个提出集体诉讼，但他不想折腾了。他接受了赔偿，支票送达的那天，他就签收了。他的银行账户里有足够的钱，让有些人相信他很富裕。他来到银行，把大部分钱秘密转账到开曼群岛的某个账户上。然后，钱被转移到巴拿马一个用极少的文件注册的公司账户，再秘密转移到最终目的地。像通常一样，这些钱的去向再也无法追踪。

他只留下足够用于租房和其他少量开销的钱。他所需不多，想要的也不多。他生活在单幢的活动房屋里，房子坐落在新奥尔良市郊一条肮脏道路的尽头，在人们眼里这幢房子唯一值得庆幸的是，二○○五年"卡特里娜"飓风肆虐的时候，这里没有被洪水淹没。活动房屋搭在堆起来的煤渣地上，塑料的边栏暗淡、开裂。本来是临时搭建的，但随着岁月流逝仿佛变得永恒。房子里有一间卧室和一个浴室，还有个狭窄的起居空间，厨房狭小得只能塞得下一个迷你冰箱。房子几乎不能隔热、隔音，连年的潮湿使地板弯曲变形，以致他好像一直都走在斜坡上。厨房里的油毡边角都裂开了，巴掌大小的地毯被磨得很薄，狭窄空间里摆放的家什都是他多年来从廉价商店里淘来的。墙上连张做装饰的照片也没有。虽然他在那里生活了近十五年，那里却只不过是个吃饭、睡觉、洗澡的地方，而不是一个真正的家。

虽然房子很旧，但是几乎一尘不染，就跟嘉顿区的住所一样。道森一向有些洁癖。每半年，他整修一次房子，修补裂开的地方，把缝隙填满，不让鼠类和昆虫爬进窗子。每次回钻井前，他都会用消毒剂擦洗厨房和浴室的地板，把碗橱里可能发霉变质的东西扔得干干净净。他通常工作三十天，然后休息三十天，除了罐头食品，任何吃的东西不到一星期就会变质，特别是夏天的时候。回来以后，就给房间通风，里里外外重新都会擦洗一遍，尽力祛除霉味。

住在这里很安静，他就需要这样。他的房子离开大马路四分之一英里远，最近的邻居就住得更远了。在钻井待了一个月之后，他就想安安静静的。他在钻井上永远无法适应没完没了的噪音。那是非自然的吵闹。吊车不断地运送补给，直升飞机、抽水泵、金属没完没了地撞击，钻井日日夜夜地汲取石油，刺耳的声音不绝于耳，道森打算睡觉的时候，喧闹声还是一刻不停。他试图适应钻井台的噪音，但是，一等他回到活动房屋，当太阳高照的时候，他就会被几乎完全的寂静击中。清晨，他听见鸟儿的歌声在绿树间流淌；傍晚，太阳落山后几分钟，他就会侧耳倾听蟋蟀和青蛙一齐鸣唱。这通常令人心旷神怡，但时常听到让他想家，这时他会躲进房间里，把回忆驱走。他努力把注意力集中在简单的日常琐事上，那些平凡日子里占据他全部生活的琐事。

他吃饭，睡觉，跑步，举重，修理汽车。他总是漫无目的地开车，开很久很久。他时不时去钓鱼。他每晚读书，偶尔给塔克·霍斯泰特勒写封信。他的生活就这样。他没有电视机，也没有收音机，虽然他有部手机，但是通讯录里只有工作伙伴的号码。他每个月购买食品和生活必需品，然后进书店看看，但是他从不冒险去新奥尔良。十四年来，他从未去过波旁街①，也从来不会去"法国区"闲逛；他从来不去"人间咖啡馆"品尝咖啡，也不去"拉菲特铁匠酒吧"发泄情绪。他不去健身房，只在活动房屋后面几棵树之间，支起一块褪色的防水布，在布棚底下运动。他不看电影，也不在星期天下午"圣人队"踢球的时候，去朋友家坐坐。他四十二岁，从十几岁以后就没有约会过。

---

① Bourbon Street，美国新奥尔良法国区一条著名的古老街道，有许多酒吧、餐厅和脱衣舞俱乐部。——译注（如无特别说明，本文中所有脚注均为译注）

大多数人既不会也不愿意像他一样生活，但他们并不知道他的存在。他们不知道他曾经是个怎样的人，做过些什么；他也希望日子一直这样过下去。

不过，六月中旬一个温暖忧郁的下午，他接到了一个电话，过去的记忆随之鲜活起来。为此，道森请了大约九个星期的假。近二十年来第一次，他终于要回家了。这个想法让他很不安，但他知道自己别无选择。塔克不仅仅是一个朋友而已，而更像他的父亲。道森回忆起那一年，他的人生发生了重大的转折，在寂静中，他仿佛又一次看见什么东西一闪而过。当他转过身，却什么都没有发现，他再一次怀疑自己是否要发疯了。

电话是北卡罗来纳州奥利安托镇的一名律师摩根·坦纳打来的，他说塔克·霍斯泰特勒过世了。"有人会好好处理后事的。"坦纳解释说。道森挂了电话，第一反应是给自己订飞机票和目的地旅馆，然后给花店打了电话，安排快递鲜花。

第二天早晨，道森锁上活动房屋的前门，道森走到屋后，来到停放汽车的锡皮棚库。那是二〇〇九年六月十八日，星期四。他带上仅有的一套礼服和一个帆布包，包裹是半夜整理的，他正好睡不着。他打开挂锁，卷起车库门，看着阳光泻向汽车，他从高中时代起就对它修修补补。这是一辆一九六九年产的坡顶汽车，这种车在尼克松时代回头率极高，如今回头率还是很高。车看上去好像刚从装配流水线上下来，多年以来无数陌生人想从他手里把车买走，但道森都回绝了。"这不只是一辆汽车而已。"他告诉他们,之后便没有做更多解释。塔克一定会明白他的意思的。

道森把帆布包扔到乘客座位上,礼服放在袋子上面,然后娴熟地坐到方向盘前。他转动钥匙,引擎轰隆隆作响,恢复了生机。他慢慢把车开进砂砾地,然后跳下车去锁车库。同时在脑海里检查了一遍,确定带上了所有的东西。两分钟后,他就开上了大马路;半小时后,他抵达新奥尔良机场,把车停在长期的停车场。他不愿意离开汽车,但是也没有办法。他收拾好东西,前往航站楼,航空柜台那里有一张飞机票正等着他。

机场很拥挤。有手挽手走着的男男女女,有去看祖父母或者去迪斯尼乐园的一家人,有往返于学校与家之间的学生,还有一边拖着行李箱,一边打电话的商务人士。他在缓慢移动的队伍中等待着,直到航空柜台开始出票。他出示了自己的身份证件,回答了基本的安全问题,然后拿到登机牌。飞机在夏洛特中转,滞留了一个多小时。情况不算糟。等飞机在新伯尔尼降落后,他就可以拿到租来的汽车,然后再开四十分钟。假如没有任何耽搁,他下午晚些时候就会到达奥利安托镇。

直到坐上飞机,道森才意识到自己有多累。他不能确定自己最后是几点睡着的——他最后一次看表的时候已经快四点了——但他知道自己还是在飞机上睡着了。他到城里好像没事可做。他是独生子,三岁的时候,妈妈跟人私奔跑了,爸爸整日酗酒,后来撒手人寰,算是给了世界一个清净。道森多年来从未跟任何一个亲戚说过一句话，他现在依然也不想重叙什么旧情。

路上时间很短，干脆利落。他办完了必须的事情，也不想再多耽搁。他算是在奥利安托长大的，却从未真正属于这里。他所了解的奥利安托镇一点都不像地方旅游局广告里描绘的那种世外桃源。对于只在那儿待过一个下午的大多数游客来说，奥利安托是个不同寻常的小镇，居住着艺术家、诗人和退休人员，他们的暮年生活除了在纽斯河上航行外再无其他。那里少不了古色古香的镇中心，到处都是古玩店、画廊和咖啡馆；每周举行的节日之多，对不到一千人的小镇来说简直不可思议。但是，他从孩提时期到青年时期所熟悉的真正的奥利安托，居住着从殖民时代起在这里扎根的人家。小镇居民有麦考尔法官、哈里斯治安官、尤金妮亚·威尔科克斯，以及像科利尔和贝内特那样的家族。他们拥有这里的土地，经营农场，出售木料，做各种生意；他们是这座小镇强有力的潜流，这块地方永远是属于他们的。他们也使小镇保持着他们想要的样子。

道森十八岁时就看破了这一点，二十三岁时他再度意识到这些，终于离开小镇去寻找更好的生活。科尔家的人在帕姆利科县——尤其在奥利安托镇——很不受欢迎。据他所知，自打他的曾祖父起，科尔家族的每个成员都坐过牢。他们犯下的罪行五花八门，比如打架、斗殴、纵火、杀人未遂以及谋杀，这个大家族的农场杂树丛生，乱石遍布，俨然是个拥有自己规则的王国。农场里有几幢摇摇欲坠的木屋、单幢的活动房屋和堆放垃圾的仓库，散布在亲戚们称之为"家"的宅地上，连地方治安官，除非万不得已，也不愿意来这里。猎人们在这一带肆无忌惮，无疑认定"入侵者会被当场打死"不仅是对入侵者的警告，而且是对猎人的特许。科尔家族的人贩私酒，贩毒，酗酒，打老婆，虐待孩子，偷东西、拉皮条，甚至还有病态的暴力倾向。现在已经停刊的一份杂志发表过文章说，他们一度被认为是罗利东部最邪恶、报复心最重的家族。道森的父亲也不例外。他二十几岁和三十出头时，大部分日子是在监狱里度过的，犯下的罪包括用冰镐刺伤一个挡了路的男人。他两次涉嫌谋杀接受审讯，却被宣判无罪，因为目击证人失踪了，连家族其他成员都知道不要惹恼他。至于母亲怎么会嫁给他，这个问题道森从来不敢提起。他没有责怪母亲逃跑。在童年的大部分时间，他也想逃走。他也从未责怪母亲没有带上他。科尔家族的男人总是不可思议地把孩子当作专属品，假如他母亲这么做，他毫不怀疑父亲会追踪母亲，不择手段地把自己夺回来，对此，父亲已经说过不止一次。当然道森也不会蠢到问父亲，假如母亲拒绝放弃儿子，父亲会怎么做。道森已经知道答案。

他疑惑究竟有多少家族成员还生活在这块土地上。当他最终离家出走时，他除了父亲，还有一个祖父、四个叔叔、三个姑妈以及十六个堂兄弟。现在，堂兄弟们都长大了，生儿育女，也许家族成员增加了，但他一点儿都不想。他是在那个世界里长大成人的，但是，就像他并不属于奥利安托，他也不属于他们。也许他的妈妈，不管她是谁，跟这里有点关系，但是他跟他们不一样。他在堂兄弟中间特立独行，从来不在学校里打架，并且成绩不错。他滴酒不沾，也不碰毒品。在他十几岁的时候，堂兄弟们跑到城里滋事，他总是躲得远远的，通常他会告诉他们，他要照看蒸馏器或者帮忙拆掉某个家族成员偷来的车。他总是埋头做事，尽力不引人注目。

他在努力保持某种平衡。科尔家族也许是一帮子罪犯，但是，这并不意味着他们很蠢，道森出于本能知道，他必须尽最大努力掩藏起他的与众不同。他大概是学校历史上唯一一个学习足够努力，却故意考砸的孩子；他知道如何伪造成绩单，使它看上去比实际上差；他学会了趁别人转身时，用小刀划破易拉罐，倒空啤酒；当他把工作当作借口避开堂兄弟的时候，常常忙碌到半夜。有一阵子这样挺管用，但是，时间一久就露陷儿了。他的一个老师告诉他爸爸的酒搭子，说他是班里最好的学生；叔叔和姑妈开始注意到，他是堂兄弟里唯一一个循规守法的人。这个家族把忠心耿耿和服从视为一切，他与众不同，这就是最大的罪过。

这惹恼了他的父亲。即使在他蹒跚学步的时候，父亲就经常用鞭子和皮带打他；他十二岁的时候，父亲就对他拳打脚踢。父亲会把道森的胸口和后背打得青一块紫一块，一个小时之后，又把注意力投向孩子的脸和腿。老师们知道发生了什么，但是，由于担心自己家人的安危，他们只当没看见。道森从学校回家的时候，治安官假装看不见他身上的瘀青和伤痕。其余的家族成员当然觉得这没有问题。他的堂兄阿贝和"疯子"特德不止一次地跳到他身上，像他爸爸一样狠狠地打他——阿贝认为是道森招惹了他，"疯子"特德就是心血来潮。阿贝人高马大，拳头就跟大腿骨那么粗，脾气急躁，充满暴力，但是比看上去要聪明得多。而"疯子"特德是生性残忍。在幼儿园与别人争奶油夹心蛋糕时，他用铅笔刺伤了一个同学；五年级时，他把另一个同学送进了医院，最终，被赶出了学校。有谣言说，他才十几岁的时候，就杀死了一个收废品的人。道森意识到最好不要还手。而且，他在忍受拳打脚踢的时候，还学会了遮掩，直到堂兄们最终打厌了，也打累了。

然而，他从未卷入家族事务，而且愈发下定决心永不涉足。随着时间流逝，他发现他尖叫得越厉害，他父亲打他的次数就越多，于是他咬紧牙关一声不吭。他父亲不但暴力而且是个打手，道森出于本能知道打手只打能赢的架。他知道总有一天自己会强壮到能够还手，那时候他再也不用害怕父亲。当拳头雨点般砸向他的时候，他努力想象母亲跟家族切断所有联系时拿出的勇气。

他竭尽全力加速这个过程。他在树上绑了一个塞满破布的麻袋，每天一连几小时地击打。他尽可能地举起石头和机车零件。他整天做引体向上、俯卧撑和仰卧起坐。他满十三岁之前就长了十磅肌肉，到十四岁又长了二十磅。同时，他也长高了。十五岁时，他几乎跟父亲差不多高了。他满十六岁前一个月的晚上，他父亲又喝醉了，拿了根皮带来找他，道森站起身从父亲手里夺过皮带。他告诉父亲，假如再动他一根汗毛，他就把父亲杀死。

那天晚上，他没有地方可以去，就在塔克的汽车修理站躲了一夜。第二天早晨，塔克发现了他，他就跟塔克讨份活儿干。塔克没有任何理由帮助道森，道森不仅是个陌生人，还是个科尔家的。塔克从后裤兜里掏出丝质手帕擦了擦手，力图看清他的来意，然后伸手去拿香烟。当时，他六十一岁，做了两年鳏夫。当他开口说话，道森闻得到他呼吸中的酒气，他的嗓音很刺耳，透出不带过滤嘴的骆驼牌香烟的残渣味，他自幼就抽这种牌子的香烟。他一口纯粹的乡下口音，跟道森一样。

"我瞧你会拆汽车，你会把它们重新装起来吗？"

"会的，先生。"道森回答说。

"你今天上学吗？"

"是的，先生。"

"那么，你放学后就到这里来，让我看看你怎么干活。"

道森使出浑身解数，证明他是有用的。下班后，天就开始下雨，道森偷偷溜回汽车修理站躲避暴雨，塔克正在等他。

塔克什么都没说。他猛抽他的骆驼牌香烟，斜眼看着道森，一言不发，最后他终于回到房子里。道森再也没有在家族的领地上过夜。塔克没有让他付房租，不过道森要自己买东西吃。几个月过去了，他开始第一次思考他的未来。他尽可能存更多的钱，唯一的挥霍是从废品店买回了一辆坡顶汽车，以及从路边小饭店买来一加仑重的罐装甜茶。傍晚，他干完活就边喝茶，边修理汽车，同时，他幻想着上大学，这是科尔家的人从来没做过的。他考虑过参军，或者租一间自己的房子。但是，他还没来得及作出任何决定，他父亲就出乎意料地出现在汽车修理站。他带来了"疯子"特德和阿贝。他们俩都带着棒球棍，道森能看见特德口袋里刀的形状。

"把你挣的钱给我。"他父亲开门见山地说。

"不行。"道森回答。

"我就知道你会这么说，小子。所以我把特德和阿贝带来了。他们会打到你把钱交出来为止，怎么样我都会把钱带走，要么你就乖乖地把逃跑欠下的钱给我。"

道森什么都没有说。他父亲用一根牙签剔着牙缝。

"等着瞧吧，我只要在城里制造一起案件，就足够要你的小命。也许是入室盗窃，也许是纵火。谁知道呢？干完以后，我们就栽赃些证据，打个匿名电话给地方治安官，然后让法律来解决问题。你晚上一个人在这里，没有不在场证据，我才不管呢，你剩下的日子就要在钢筋水泥的监狱里烂掉。你就再也不会让我糟心了。所以，你为什么不乖乖把钱交出来呢？"

道森知道父亲不是虚张声势。他从皮夹子里掏出钱，不动声色。他父亲数了数钱，把牙签吐到地上，咧开嘴笑了。

"我下个礼拜还会来的。"

道森只好照办。他想办法从挣的钱里藏起一点点，继续修理那辆坡顶汽车，以及买甜茶喝，但是，他的大部分钱都给了他父亲。虽然他猜塔克知道发生的事情，但塔克从来没有直接跟他说什么。倒不是因为他害怕科尔家族，而是这不关他的事。不过，他开始多做一点饭，他一个人吃不完。"还剩下一点饭，你想吃就吃吧。"他拿出一个盘子走进汽车修理站。然后，他多半一言不发地走回屋里。他们之间的关系便是如此，道森尊重这种关系。道森也很尊敬塔克。塔克以他的方式，成为了道森生命中最重要的人，他无法想象有任何事情可以改变这一点。

直到有一天，阿曼达·科利尔走进了他的世界。

虽然他认识阿曼达有好几年了——帕姆利科县只有一所中学，他大部分时间跟她一起上学——他直到三年级的春天，才第一次跟她说上几句话。他一直觉得她很漂亮，但他不是唯一觉得她漂亮的人。她很受欢迎，坐在咖啡馆里的时候，身边总是围绕着朋友，男孩们争先恐后地想引起她的注意。她不仅是班长，还是啦啦队队长。她家境富裕，因此她对他来说就像电视演员一样遥不可及。他从来没有跟她说过一句话，直到化学课上，他们被分配成实验的搭档。

这个学期他们一起摆弄试管，一起学习准备考试，他发现她并非如自己想象的那样。首先，她对自己是科利尔家的人，而他是科尔家的人毫不介意，这一点让他很吃惊。她笑起来清脆、无拘无束，笑容淘气而意味深长，仿佛她知道什么别人不知道的秘密。她有一头浓密的蜜色秀发，眼睛好像温暖的夏日天空。当他们把化学方程式记在笔记本上时，她会碰碰他的胳膊，引起他的注意，这种感觉会在他心头萦绕几个小时。当他下午在汽车修理站工作时，他经常发现自己克制不住地想她。直到春天，他终于鼓起勇气，问他能不能给她买个冰激凌。这个学年快结束时，他们在一起的时间越来越多了。

那是一九八四年，他十七岁。夏天结束时，他意识到自己坠入爱河。当空气变得凉爽，秋天红黄相间的落叶堆积在地上时，他确定自己想要跟她一起度过一生，虽然这个想法很疯狂。第二年他们依然在一起，甚至变得更加亲密，只要可能，他们就每时每刻黏在一块儿。跟阿曼达在一起，他就很容易表现出真正的自我；跟阿曼达在一起，他有生以来第一次感到满足。直到如今，有时他还会满脑子都是跟她在一起的最后一年。

更确切地说，他满脑子想的都是阿曼达。

在飞机上，道森很快适应了飞行。他在后半段旅程有个靠窗的位子，旁边坐了个年轻女人，她大约三十五六岁，一头红发，身材修长高挑。不是他特别喜欢的类型，但是人够漂亮。她在找安全带的时候，斜靠在他身上，于是回头歉意地笑了笑。

道森朝她点了点头，觉察到她正打算打开话匣子，便转头凝望窗外。他看着行李车离开飞机，脑海中又像往常一样浮现出关于阿曼达的遥远记忆。他遥想起第一个夏天，他们一起在纽斯河里游泳的日子，他们互相给对方梳洗时，他们的身体是多么光滑。当他在塔克的汽车修理站修他的车时，她总是坐在长凳上，双臂紧抱着曲起的膝盖，他多么想永远看着她坐在那里。八月里，他终于第一次让汽车跑了起来，他就开车带她来到海滩边。在沙滩上，他们一起裹在毛巾里，手指缠绕在一起，谈起了他们最喜欢的书，看过的电影，他们的秘密，以及关于未来的梦想。

他们有时也吵架，道森瞥见了她性格中激烈的一面。他们之间的别扭不多也不少，但是，尽管脾气一下子会爆发出来，他们也会迅速地言归于好。有时候，为了一些琐屑小事——阿曼达总是固执己见——他们会怒气冲冲地争吵，但通常问题无法得到解决。即便有些时候他真的很生气，他也无法不欣赏她的真挚，一种出自深情的真挚，因为他的生命中没有谁比她更关心他。

除了塔克，没有人理解她看上他哪一点。刚开始，他们想把恋情隐藏起来，但是，在奥利安托这样的小镇，流言四起是无可避免的。她的朋友们一个接一个离她而去，她的父母早晚会知道这件事情。他是科尔家的一员，而她是科利尔家的闺秀，光这一点就让人心灰意冷。起初，他们抓住一点希望，以为阿曼达只是处在叛逆期，所以努力对这桩情事视而不见。后来，他们发现这不起作用，阿曼达的日子就不好过了。他们拿走了她的驾照，禁止她使用电话。那年秋天，她一连好几个星期时不时地被关在门外，而且周末禁止外出。他们从来不允许道森踏进家门，她父亲只跟道森说过一次话，把他骂作"不名一文的白人瘪三"。母亲恳求阿曼达结束这场恋情，到了十二月份，她父亲再也不跟她说一句话。

他们周围的敌意，只是让阿曼达和道森之间的关系更紧密，道森开始在公开场合牵起她的手，阿曼达紧紧地拉着他的手，向所有劝她放手的人示威。但是，道森并不天真；虽然阿曼达对他来说如此重要，他总是明白他们在一起的时光不会长久。所有人、所有事都在跟他们作对。当他的父亲发现他跟阿曼达的事后，就在收取道森的薪水时问起了她。虽然，他的口气里并没有明显的恐吓，但单单听见他提起阿曼达的名字，就让道森觉得反胃。

到了一月份，她满十八岁了，她父母对这段感情依旧万分恼火，他们虽然停止干涉，但还是会把她赶出屋子。当时，阿曼达并不在意他们的想法——起码她总是这么告诉道森的。有时，她在跟父母大吵一架之后，会半夜从窗户悄悄溜出卧室，跑去汽车修理站。他经常会等她，但有时候他是被她轻轻推醒的，她会跟他一起躺在沿着修理站地面铺开的垫子上。他们会一起漫步到小河边，当他们坐在老橡树低垂的枝丫上时，道森会用手臂搂着她。月光下，梭鱼在水面上跳动，阿曼达会讲她怎么跟父母吵架，有时气得声音发抖，但她总是小心翼翼地照顾他的情绪。他因此深深爱她，但是，他明白她父母究竟是怎么看他的。一天傍晚，她跟父母又吵了一架，眼泪扑簌簌流了下来，他充满柔情地说，对她来说他们还是不见面的好。

"这就是你希望的吗？"她轻轻地说，声音有些嘶哑。

他把她拉得更近，用双臂拥抱着她。"我只希望你幸福。"他轻声说。

她躺进他的怀里，把脑袋靠在他的肩头。当他拥抱着她时，他从来没有这么憎恨自己生来就是科尔家的人。

"我跟你在一起的时候，是最幸福的。"她最后喃喃地说。

那天夜深了，他们第一次做爱。接下来的二十多年，他一直记着这些话，那一夜的记忆，深深地印在他的心间，他明白她所说的也是他内心所想的。

飞机在夏洛特降落后，道森把帆布包和礼服甩在肩头。走过航站楼时，他几乎没有注意到周围发生的一切，他的脑海里一幕幕闪过他跟阿曼达在一起的最后一个夏天。那年春天，她收到了杜克大学的录取通知书，那是她从小女孩时起的梦想。别离的惶恐一直萦绕在他们心头，再加上她的家人和朋友的孤立，他们愈加渴望能在一起度过更多的时间。他们在海滩一待就是好几个钟头；开车到很远的地方，将车载收音机开到最大声；或者他们就在塔克的汽车修理站待着。他们立下山盟海誓，她离开之后，一切都不会改变；他会开车去达勒姆，或者她会回来。阿曼达毫不担心他们找不到解决办法。

然而，她的父母却有别的打算。八月的一个星期六早晨，在她原计划动身去达勒姆之前的一个多星期，他们在她逃出家门之前堵住了她。苦口婆心的说服工作主要是她母亲做的，虽然她知道父亲坚定地站在母亲那一边。

"这件事已经拖得够久了。"她母亲开始说，声音出奇地平静，假如阿曼达继续跟道森见面，那么她九月份就得搬出这幢房子，自己养活自己，他们也不会为她付学费。"既然你在虚掷光阴，我们为什么还要浪费钱送你上大学？"

阿曼达试图抗议，她母亲又开始苦劝。

"他会把你拖下水的，阿曼达。现在你年纪太小，不会懂得这一点。假如你希望像个成年人一样自由，你也应该承担起责任。你跟道森在一起，就是在毁掉自己的生活——我们没办法阻止你。但是，你也别指望我们会帮你。"

阿曼达一下子从家里冲了出来，她只想找到道森。当她来到汽车修理站的时候，她已经泣不成声了。道森紧紧地拥抱她，听她断断续续地把故事讲完，直到她的抽泣渐渐平息。

"我们要搬到一起住。"她说，脸颊还沾着泪水。

"住哪儿？"他问她，"这里？在汽车修理站？"

"我不知道。我们会想出办法的。"

道森保持沉默，低头看着地板。"你得去上大学。"他最后告诉她。

"我才不管什么大学，"阿曼达反对说，"我只在乎你。"

他垂下手臂。"我也在乎你。所以，我不能毁掉你的前程。"

她摇了摇头，有些手足无措。"你没有毁掉我的前程。是我的父母。他们对待我好像在对待一个小女孩。"

"那是因为我的缘故，我们都知道这一点。"他踢着灰尘，"假如你爱某个人，你就应该放手，对吗？"

她的眼睛第一次闪亮了。"然后她会转身乞求你的爱，乞求你别放手。这也是意料中会发生的对吗？你就是这样想的吗？这种陈词滥调？"她抓着他的胳膊，手指掐进他的肉里。"我们不会落入俗套的，"她说，"我们会找到办法的。我可以找份女招待的活儿，或者不管做什么，我们可以租个房子。"

他尽量保持声音平静，希望自己不会说不下去。"怎么行呢？你以为我爸爸从此不会来找我麻烦？"

"我们可以搬到其他地方去。"

"去哪里？带着什么呢？我一无所有。你不能理解吗？"他停住了，她没有回答，他最终继续说道，"我只是试图变得现实一点。我们在讨论的是你的人生。而且……我不会继续在你的生活中停留。"

"你在说些什么？"

"我是说，你的父母是对的。"

"你不是这个意思。"

她的声音里，他听出了某种近乎恐惧的东西。尽管他渴望拥抱她，却故意往后退了一步。"回家去。"他说。

她靠近他："道森……"

"不！"他吼了一声，迅速避开她，"你没有听见。都结束了，好吗？我们努力过了，但是没有用。生活还得继续。"

她的脸色变得像蜡一般，仿佛失去了生命。"那么，一切都结束了？"

他没有回答，而是强迫自己转过身，朝汽车修理站走去。他知道自己只要再多看她一眼，就会改变主意，但是他不能对她这么做。他不愿意这么对她。他躲进坡顶车打开的引擎盖，不让她看见他的眼泪。

她最终走了。道森滑到车旁覆满尘土的水泥地上，在那里躺了几个小时，直到塔克走出来，搬了把椅子坐在他的身旁。他们沉默了很久。

"你分手了。"塔克终于说。

"我不得不如此。"道森几乎说不出话。

"是啊，"他点了点头，"我以前也听说过这样的事。"

太阳已经高高升起，汽车修理站外的一切笼罩在一层静谧中。几乎像死亡一样寂静。

"我做得对吗？"

塔克把手伸进口袋，拿出香烟，仿佛在回答前拖延时间。他拿出一支骆驼牌香烟。

"我不知道。你们之间有种魔力，别不承认。魔力使忘却变得艰难。"塔克轻轻拍拍他的背，起身走开了。他还从来没有跟道森讨论过阿曼达。他走开时，道森眯起眼睛看着阳光，泪水又涌了上来。他知道阿曼达永远是他生命中最好的部分，是他永远希望了解的自我。

他不知道的是，他再也看不见她，再也无法跟她说话了。一星期后，阿曼达搬进了杜克大学的宿舍，一个月后，道森被捕了。

接下去的四年，他都是在铁窗下度过的。

二

阿曼达走出汽车，审视着奥利安托郊区的那间简陋棚屋，那是塔克的家。她已经开了三个小时的车，可以伸直腿让她觉得很舒服。她的脖子和肩膀还很僵硬，提醒着那天早晨她跟弗兰克的争吵。他无法理解她为什么坚持要参加葬礼，回头看看，她觉得他是有道理的。他们结婚近二十年来，她从未提起过塔克·霍斯泰特勒；假如他们的角色交换一下，她一样也会觉得沮丧的。

但是，他们争论的中心并不是塔克或者她的秘密，甚至不是她又要离开家，度过一个漫长的周末。内心深处，他们都知道过去十年来，他们争吵的都是同一件事，每次总是同样的过程。他们之间的争吵既不大声，也不激烈——感谢上帝，弗兰克是这种脾气——到最后弗兰克总是匆匆咕哝几句道歉的话，就赶去上班了。她像往常一样，用剩下的上午和下午来尽力忘掉这些事情。

毕竟，她对此无能为力，随着时间流逝，她学会了对两人之间的愤怒和焦虑变得麻木。

开车前往奥利安托的途中，两个大孩子贾里德和林恩都打来过电话，这虽然让她分心，但她满怀感激。他们俩在放暑假，过去几个星期，房子里充满了十来岁孩子无穷无尽的吵闹声。塔克的葬礼恰逢其时。贾里德和林恩已经计划好跟朋友们一起度周末：贾里德跟一个叫梅洛迪的女孩；林恩跟一个读高中的朋友一起去诺曼湖划船，她的朋友一家在那里有所房子。安妮特——弗兰克说她是"美妙的意外"——这两个星期正在野营。假如不是那里禁止携带手机，她八成也会打电话来的。不过，这是件好事，不然无论早晨、中午还是晚上，她都会跟阿曼达喋喋不休。

想起孩子，她的脸上浮现出一丝笑容。除了在杜克大学医院的儿童癌症中心的志愿者工作，她生活中的大部分时间都围着孩子转。自从贾里德出生后，她就成了全职妈妈，虽然她全心投入——这样的角色也有滋有味，但她身体里总有某部分东西，仿佛要磨穿她的躯壳。她想象自己不止是一个妻子和母亲。她曾经去学校谋过一份教职，她甚至想过念博士，然后去附近的大学教书。大学毕业后，她曾经教过三年级……不过之后，生活被打断了。现在，她四十二岁，有时候会开玩笑地对别人说，自己迫不及待地想要长大，然后看看自己能靠什么谋生。

有人会说这是中年危机，但她不能确定到底是怎么回事。这一切不是买辆跑车，去看整形医生，或者抛下一切去加勒比海的某个小岛所能解决的。她也不是厌倦了，上帝知道，孩子们还有医院的杂事已经让她够忙了。她觉得曾经希望成为的那个人，如今已经与她无缘，她不知道是否还有机会找回那个失落的自己。

长期以来，她以为自己很幸运，那多半是因为弗兰克。她在杜克大学读二年级的时候，与他在一次大学生联谊会上相识。虽然派对一片混乱，但他们最终总算找到了一个安静的角落，一直聊到凌晨。他比她大两岁，严肃而且睿智。认识他的第一个晚上，她就知道不管他选择做什么，他总会成功的。这就足够了。第二年的八月，他去了查珀尔希尔的一所牙科学校，不过，接下去的两年，他们还是继续约会。后来，他们毫无悬念地订婚。一九八九年七月，她完成学业后几个星期，他们就结婚了。

他们在巴哈马度过蜜月。她开始在附近的一所初中教书。第二年夏天，贾里德出生后，她休了一段时间产假。十八个月后，林恩出生了，产假变得永无尽期。当时，弗兰克借到足够的钱可以自己开诊所，他在达勒姆买下了一所小房子。这段日子紧巴巴的，弗兰克想要靠自己成功，拒绝了两家亲戚的帮助。他们付完账单后，假如还有钱足够周末租部电影来看，就算是够幸运了。他们很少出去吃饭，汽车坏了，阿曼达就在屋子里困了整整一个月，直到他们有钱去修理汽车。睡觉的时候，他们得在床上多盖一条毯子，这样就可以省下取暖的电费。虽然，这些年的日子有时充满压力，让人疲惫不堪，但她回头看看，依然觉得那是他们婚姻生活中最快乐的时光。

弗兰克的诊所业务稳步增长，在许多方面，他们的生活进入了某种可以预见的模式。弗兰克工作养家，她负责照料房子和孩子。他们卖掉最初的那所房子，搬进镇上比较热闹宽敞点儿的住处后，紧接着就有了第三个孩子贝儿。如此一来，生活变得更忙碌了。弗兰克的诊所开始蒸蒸日上，她不断地接送贾里德上学、放学，带林恩去公园、去游玩，用安全带把贝儿绑在他们中间的汽车座位上。就是那几年，阿曼达开始重拾自己读硕士的计划；她甚至花时间研究了几个硕士项目，想着等贝儿进了幼儿园，她就可以入学了。但是，贝儿夭折了，她的雄心也搁浅了。她悄悄地放下了GRE考试的课本，把申请表塞进了书桌抽屉。

她意外怀上了安妮特，这更加坚固了她不去学校的决定。总而言之，这唤醒了她对家庭的承诺，集中精力重建他们的家庭生活，她一心一意扑到孩子们的日常生活上，只愿把悲伤埋在心底。许多年过去了，关于他们夭折的妹妹的记忆渐渐淡去，贾里德和林恩慢慢感觉生活恢复了常态，阿曼达对此感到心满意足。性子活泼开朗的安妮特，给家里带来新的喜悦，时不时地，阿曼达几乎可以假装他们是个完整而充满爱意的家庭，从来没有经历过悲剧。

然而，假装婚姻也同样充满爱意，对她来说，几乎是种艰难的努力。

她从来没有那样一种幻觉，以为婚姻关系充满无尽的浪漫与幸福。把任何两个人扔到一块儿，无论两个人多么爱对方，几场剧烈的争吵是免不了的。时间也带来了其他的挑战。舒适和熟悉是美妙的，但是，激情和兴奋也被消磨了。一切都遁入习惯，一切都可以预见，几乎不可能有意外的惊喜。他们再也没有新鲜的故事可以诉说，几乎经常可以接着说完对方的话，她和弗兰克都已经达到某种境界，只消一个眼神就足以表达所有的意思，连半句话都变得多余。但是，失去贝儿改变了他们。对阿曼达来说，这促使她充满热情地投入医院的志愿工作；与此同时，弗兰克却从偶尔喝几口小酒变成完完全全的嗜酒如命。

她知道其中的区别。她对喝酒不算大惊小怪，读大学的时候，她有几次在派对上喝过头，现在吃饭的时候也依然会小酌一杯。有时她甚至会喝第二杯，通常两杯总是足够了。但是，弗兰克一开始只想借酒浇愁，后来却变得再也无法控制自己。

回头看看，她有时觉得总会有这一天的。在大学里，他喜欢一边看篮球，一边跟朋友们喝酒；念牙科学校的时候，上完一天的课，他总要喝两三杯啤酒放松一下。但是，在贝儿生病的黑暗日子里，每晚两三杯啤酒逐渐变成了六罐啤酒；贝儿夭折后，他一连能喝下十二瓶。贝儿去世两周年时，她又怀上了安妮特，但是，哪怕第二天早上要上班，他还是喝得酩酊大醉。最近，他每周总有四五天要喝醉，昨天也不例外。过了半夜，他才跟跟跄跄地走进卧室，醉得几乎让她不认识他，他倒头就鼾声如雷，她不得不去客房睡觉。今天早晨，他们吵架的真正原因是他酗酒，而不是塔克。

多年来，她已经看惯了，他不是在吃饭或野餐时喝得口齿不清，就是烂醉如泥倒在卧室地板上。然而，人们都当他是优秀的牙医，他几乎从来不会耽误工作，他总是支付账单，他因此认为自己没有问题。他既没有变得吝啬，也没有使用暴力，所以他认为自己没有问题。因为他通常喝的总是啤酒，根本不可能造成什么问题。

但问题是存在的，因为他渐渐变成那种她无法想象自己会嫁的男人。她已经数不清自己为此哭过多少回了，也数不清劝他多少回，让他顾念一下孩子们。她恳求他参加婚姻咨询以找到解决办法，有时也因为他的自私大发脾气。她曾经好几天冷落他，好几个星期强迫他睡在客房间，也曾热忱地向上帝祷告。一年总有那么一两回，弗兰克会把她的恳求放在心上，消停一阵子。然后，过了几个星期，他会在晚餐时喝一杯啤酒。就一杯。当晚也不会有什么问题。下次他再喝也没事。但是，一旦开了门，魔鬼就会进来，随后他又失去控制，开始灌酒。她发现自己总是在问同样的问题。为什么当他强烈想要喝酒的时候，他就不能控制住自己？为什么他拒绝承认酗酒正在毁掉他们的婚姻？

她不知道。她只知道自己已经很疲惫了。大多数时候，她觉得只有自己一个人能照管孩子们。贾里德和林恩已经大到能开车了，但是，假如弗兰克喝酒的时候，他们中间某一个出了事故怎么办？他会跳上汽车，把安妮特系在后座上，飞驰去医院吗？假如有人生病呢？这样的事以前发生过。不是发生在孩子身上，而是她身上。几年前，阿曼达吃了一些变质的海鲜，一连几个小时都在浴室里呕吐。当时，贾里德只有临时驾照，晚上不允许开车，弗兰克又在饮酒作乐。她吐得几乎脱水，最后，只好贾里德半夜带她去医院，弗兰克懒洋洋地躺在汽车后座上，假装还清醒着。虽然她神志昏迷，但她还是注意到，贾里德的眼睛不停地瞅着中央后视镜，表情里交织着失望和愤怒。她觉得，那天晚上，他蜕去了大部分的天真稚气。他还是个孩子，却要面对父母可怕的缺陷。

焦虑还是源源不断，让人不胜其烦，精疲力竭。她经常担忧孩子们会对跌跌撞撞地走进房子的父亲抱有看法，她也担心贾里德和林恩不再尊敬父亲，或者担心将来贾里德、林恩和安妮特会模仿他们的父亲，不再循规蹈矩，开始酗酒、嗑药或者天知道做什么其他勾当，直到毁掉他们的生活。

她也不知道有什么办法可以挽救。即使没有"匿名戒酒协会"，她也知道没有任何事情可以改变弗兰克，除非他承认自己有问题，并且尽力改善，否则他永远都会是个酒鬼。然而，这对她意味着什么？她不得不做个选择了。她必须决定是否还要继续忍受下去。她不得不开个清单，列出所有的后果，并且承受这一切。理论上说，这么做很容易。但是，实际上这只会给她带来愤怒。假如他是有问题的那个人，为什么要她负担责任？假如酗酒是一种疾病，是否意味着他需要她的帮助，或者起码需要她的忠诚？她作为妻子，曾经发誓无论疾病还是健康，都要与他共度一生，如今，他们经历了种种坎坷，她却想要结束这场婚姻，破坏他们的家庭。她要么是个冷酷无情的母亲和妻子，要么是想懦弱地逃避现实。但是，她曾经相信他会是个好丈夫，她现在想要的也不过如此。

这就是为什么每天如此艰难。她不想跟他离婚，让家庭四分五裂。他们的婚姻也许乏善可陈，她心里的某些部分仍然相信自己的誓言。她曾经爱着过去的他，也爱着理想中的他，但是此时此地，站在塔克·霍斯泰特勒的家门口，她觉得既悲伤又孤独，忍不住疑惑自己的生活怎么会走到这步田地。

阿曼达知道母亲正在等她，但是，她还没有准备好跟母亲见面。她还需要几分钟，黄昏开始降临，她穿过长满杂草的院子，走进堆满杂物的汽车修理站，塔克总在那里修理老爷车。修理站里停着一辆"克尔维特黄貂鱼"，她猜那是上世纪六十年代的型号。她的手滑过引擎盖，很容易想象塔克可能随时都会回到修理站，他佝偻的身影会在夕阳下轮廓分明。他会穿着污渍斑斑的工装裤，越来越稀薄的灰发几乎盖不住头皮，脸上的皱纹深得看上去就像伤疤。

早晨，弗兰克对塔克的事情刨根问底，阿曼达只说他是家里的一个老朋友。这不是所有的故事，但是，她还能说什么呢？甚至她自己都承认，她跟塔克的友谊不同寻常。她在高中时就认识他，但是直到六年前，她三十六岁那年，就再也没有见过他。那时，她回到奥利安托看望母亲，在欧文饭店喝咖啡的时候，她听见邻桌一群老年人在谈论塔克。

"塔克·霍斯泰特勒在修车方面算得上行家，但他这人简直是个疯子。"他们中间有个人说，边摇头边放声大笑，"跟他死去的老婆说话是一码事，但是发誓说自己能听见她回答，又是另外一码事了。"

老人朋友的鼻子里哼了一声："他一向都怪得很，就是这样。"

听上去一点都不像她认识的那个塔克，付了咖啡钱后，她坐进汽车，根据依稀的记忆，沿着泥泞的车道，往塔克家开去。那天下午，他们就一起坐在他家破败的走廊上的摇椅里。此后，每当她来镇上，总会出于习惯到他那里坐坐。开始，她每年只来一两次——她也就能探望母亲这么多次——但最近即便母亲不在镇上，她也会来奥利安托看望塔克。时不时地，她也会给他做饭。塔克一年年变老，虽然她告诉自己只不过是来看看老人，但他们两个都知道她常来的真正原因。

饭店里的那个男人说得颇有几分道理。塔克变了。他不再是她记忆中那个总是沉默、神秘、有时脾气粗暴的人，但是，他并不疯狂。他知道幻想与现实的差别，他知道妻子已经过世多年。不过，她最终承认，塔克如果希望什么事情存在，他总有能力让幻想成真。当她终于开口问他，是否跟死去的妻子"谈话"，他当真地告诉她克拉拉依然在周围，永远会在那里。他承认，他们不仅交谈，而且他也能看见她。

"你是说她是鬼魂吗？"她问道。

"不，"他回答，"我只是说她不希望我孤单。"

"她现在在这里吗？"

塔克转头瞥了一眼。"我没看见她，但我能听见她在屋子里闲逛。"

阿曼达听了听，但是除了摇椅在地面上吱吱的声音什么也没听见。"那时候……她也在吗？我从前认识你的时候？"

他深深吸了一口气，当他开口说话时，声音有点疲倦。"不。但是，当时我也没有试图看见她。"

他确信他们如此相爱，即便她已逝去，他们也能找到办法在一起，毫无疑问这很感人，而且几乎是浪漫的。每个人都希望相信爱情绵绵无期。当阿曼达十八岁的时候，她也曾经这么相信。但她知道爱情复杂凌乱，如同人生一样困难重重。人们无法预见，甚至无法理解爱情的改变，只在如梦初醒时才深觉遗憾。这些遗憾总是引起"假如当初……"一类的问题，这些问题永远没有答案。假如当初贝儿没有夭折会怎么样？假如当初弗兰克没有变成酒鬼会怎么样？假如当初她跟自己唯一的真爱结婚会怎么样？她还认得出现在这个镜子里的女人吗？

她倚靠着汽车，疑惑塔克会对她的沉思怎么想。塔克每天早上在欧文饭店吃鸡蛋和玉米渣，往自己喝的百事可乐里扔烤花生；塔克在同一幢房子里住了将近七十年，只有在二战期间应征入伍时才离开过美国。塔克不看电视，只听收音机和留声机，因为他习惯了。塔克跟她不一样，他自然而然地接受外界赋予他的角色。她发现这样坚定不移地接受命运，也许是一种智慧，虽然她从未做到过这一点。

当然，塔克拥有克拉拉，也许这是他顺应天命的原因。他们十七岁就结婚了，一起度过了四十二年。塔克跟阿曼达聊天，她渐渐知道了他们的故事。他用平静的语气告诉她，克拉拉曾经流产三次，最后一次出现了严重的并发症。塔克告诉她，在医生通知克拉拉她再也不能怀孩子后，克拉拉几乎一年都在哭泣中入睡。阿曼达得知，克拉拉有一个菜园，有一次，她在全国比赛中培育出了最大的南瓜，阿曼达看见褪色的蓝色绶带依旧塞在卧室镜子的后面。塔克告诉她，他的生意做起来之后，他们在万德米尔镇附近的贝河岸边一小块地皮上，盖了一幢小木屋，那个小镇的存在使奥利安托看起来像座城市。每年，他们都要在那里度过几个星期，因为克拉拉觉得那是世界上最美的地方。他说，克拉拉会一边打扫，一边跟着收音机哼唱；他也会时不时带她去瑞德·李烧烤餐馆跳舞，那个地方阿曼达十几岁的时候也常去。

她最后得出结论，这是一种折中妥协的生活，人们在生活中最琐碎的细节中寻找爱和满足。这是一种有尊严、充满骄傲的生活，并非没有烦恼忧愁，但是却因为很少经历波折，而能心满意足、怡然快乐。她知道塔克比任何人都懂得这个道理。

"跟克拉拉在一起，生活总是美好的。"他有一次总结道。

也许塔克的故事充满柔情；也许阿曼达越来越孤独，随着时间流逝，塔克成为她的知己——这倒完全出乎她的意料。塔克分担着她失去贝儿的痛苦与悲哀，在他家的走廊上，她才能痛快地发泄对弗兰克的愤怒；只有在他面前，她才能说说对孩子们的担忧，甚至她越来越确信，自己在人生道路的某个地方，一定是拐错了弯。她告诉他儿童癌症中心那些痛苦的家长和乐观得不可思议的孩子们的故事，他似乎理解，她从那里的工作中找到了某种救赎，即便他没有说那么多。大部分时候，他只是用他粗糙、油腻的手指握起她的手，用沉默来抚慰她。最终，他成为她最好的朋友，她开始感觉塔克·霍斯泰特勒理解她，比她现在生活中的任何人都更理解真正的她。

但是现在，她的知心朋友已经离开人世。她思念着他，目光滑过那辆"黄貂鱼"，心想他是否知道这是他修的最后一辆车。他没有直接跟她说什么，但是回想起来，她意识到他也许想过这一点。她最后一次来看他，他给了她一把房子的钥匙，他眨了眨眼，告诉她："不要弄丢了，不然你也许得打破窗户才能进来。"她把钥匙塞进口袋里，没有多想什么，因为那天晚上他还说了很多其他奇闻轶事。她还记得她翻遍了他的碗橱，想找点东西来做饭，他则坐在桌边，抽着香烟。

"你想要红酒还是白酒？"他突然问道。

"随便，"她回答说，一边整理罐头，"有时候，我晚餐会喝上一杯红酒。"

"我弄到一些红酒，"他说，"在那边的橱柜里。"

她转过身："你想让我开一瓶吗？"

"别管那么多。我继续喝我的百事可乐，吃我的花生米。"他朝一个有缺口的咖啡杯里弹了弹烟灰，"我一直都有新鲜牛排。每周一，肉铺都会送一些来。在冰箱最底下一层。烤肉架在外面。"

她朝冰箱走了一步："你想让我给你做块牛排吗？"

"不，我通常会留到一周后几天再吃。"

她犹豫着，不知道他怎么打算。"那么……你就是告诉我咯？"

他点了点头，再也没说什么，阿曼达想大概他年纪大了，加上又累了。她最后给他做了鸡蛋和培根，又整理了房间。塔克坐在壁炉旁边的安乐椅上，肩上披着毯子，听着无线电。她无法不注意到，他看上去苍老而干瘪，比她打小认识的那个男人不知渺小了多少。她准备离开了，替他披了披毯子，想来他大概睡着了。他的呼吸粗重，听上去很吃力。她弯下腰，在他脸颊上亲了一下。

"我爱你，塔克。"她轻声说。

他微微动了一下，也许正在梦中，正当她要离开时，她听见他长长地呼出一口气。"我想你，克拉拉。"他咕哝着说。

这是她听到他说过的最后一句话。这些言语中有种孤寂的痛楚，她一下子理解了，为什么多年以前，塔克要把道森留在家里。她猜想，塔克也很孤独。

她打电话告诉弗兰克自己到了——他的声音已经有些含糊不清——阿曼达简短说了几句就挂了电话，感谢上帝，孩子们这周末都忙着。

她在工作台上发现了汽车修理站的记事簿，她在想该怎么处置那辆车。她扫了一眼记事簿，发现"黄貂鱼"是卡罗来纳飓风队的一个防守队员的，她在脑子里记下应该跟塔克的遗产律师讨论这件事。放下记事簿后，她的思绪开始转向道森。他也是她的秘密的一部分。告诉弗兰克关于塔克的事，就等于告诉他关于道森的事，她从前并不想这样做。塔克一直都明白，道森是她来看他的真正原因，特别是刚开始的时候。塔克并不介意，他比谁都更明白记忆的力量。有时，当阳光斜斜地穿过树荫，使塔克的院子氤氲在盛夏浮动的雾霭中，她几乎能感觉到道森就在她的身旁，她再次提醒自己塔克根本没疯。道森的影子无处不在，就像克拉拉的鬼魂一样。

假如她跟道森在一起，她的生活会如何不同？她知道这样的假设毫无意义，但是近来，她却越发经常地想要回到这个地方。她去的次数越多，记忆就越发鲜明，许多久已忘却的旧事和感情，从往日深处浮出表面。在这里，她很容易想起跟道森在一起时她热烈的感情，他给她的感觉如此奇特，又如此美妙。她可以清晰地回想起，她确信道森是世界上唯一理解她的人。但最重要的是，她记得自己如此痴心地爱他，他又是如何对她一往情深。

道森言语不多，却使她相信一切都是可能的。她在堆满杂物的汽车修理站走动，空气中还飘浮着汽油和机油的味道。此间度过的数百个夜晚，让她的心头感觉沉甸甸的。她的手指拂过长凳，她曾经常常一坐就是好几个小时，看着道森俯向坡顶车打开的引擎盖，偶尔拧几下扳手，他的指甲黑黑的，沾满了机油。即便当时，他的脸上也没有同龄人的温柔、天真。当他伸手去拿另一件工具，前臂强壮的肌肉收缩起来，她从他身上看到了男人的躯体和四肢，他正在长成一个男子汉。跟奥利安托的其他人一样，她知道他父亲经常打他。当他脱掉衬衣干活时，她能看见他背上的伤疤，毫无疑问这是皮带扣子留下的印记。要是道森已经意识不到它们的存在，那这些伤疤的模样就会显得更加触目惊心。

　　他又瘦又高，深色的头发覆在颜色更深的眼睛上，她那时就知道他年纪大些时会更英俊。他跟科尔家族的其他人毫无相似之处，她有一次问过他是不是长得像他母亲。当时，他们坐在他的车里，雨滴溅落在挡风玻璃上。跟塔克一样，他的声音总是很温柔，他有种从容不迫的平静。"我不知道，"他说，把玻璃上的雾气擦去，"我爸爸把她所有的照片都烧了。"

　　在第一个共同度过的夏末，他们来到小河边的码头，太阳已经落山很久了。他听说会有一场流星雨，他们在码头的木板上铺下毯子，安静地看着光亮划过夜空。她父母假如知道她在那里，一定会气得发疯，她明白这一点，但是，此刻除了流星雨还有他的体温，一切都不重要了。他温柔地抱紧她，仿佛无法想象没有她的未来。

所有的初恋都是如此吗？她不知怎么地怀疑这一点，即便如今，这些往事比任何事情都清晰可见。有时候，她想自己这辈子都不会再经历这样的感情了，不免感到悲哀，但是，生活总有办法扑灭感情的烈焰。她太明白仅有爱情是远远不够的。

当她向修理站后面的院子眺望时，她依然忍不住想，道森是否再次体会过这样的激情，他是否过得幸福呢？她希望相信他是幸福的，但是一个有犯罪前科的人，生活总归是不容易的。就她知道的情况，他也许回到监狱，也许染上毒瘾，或者甚至死了，但她却怎么也无法把这些形象，跟她曾经认识的那个人联系起来。这就是她从未向塔克问起他的部分原因。她害怕听到塔克说起道森，塔克的沉默更加重了她的怀疑。她宁愿不确定，这样的话，她记忆中就都是道森从前的样子。然而，有时候她会想，他会如何想起他们共度的那一年，他也许不再珍视彼此的分享，甚至，他也许从未想起过她。

三

　　太阳向地平线西沉几个小时后，道森的飞机在新伯尔尼着陆。在租来的车里，他横穿纽斯河进入布里奇顿，然后开上55号公路。高速公路两旁，农舍迅速地往后移，零星夹杂着已经破败的烟草仓库。平淡无奇的景色在午后的阳光下闪着微光，自从他多年前离开后，似乎什么都没有改变，这里甚至一百年都没有什么变化了。他穿过格朗茨波罗、阿里昂斯、拜伊波罗和斯通沃尔，这些小镇甚至比奥利安托还小，他突然发现，帕姆利科县似乎已经落在时间的灰烬中，成为故纸堆中被遗忘的一页。

　　这里是故乡，虽然许多回忆是痛苦的，但是塔克在这里成为他的朋友，他也是在这里遇到了阿曼达。他开始一个接一个记起孩提时的路标。在悄无声息的汽车里，他想着假如塔克和阿曼达从来没有进入他的生活，他会成为一个什么样的人。他还想起，假如一九八五年九月十八日晚上，戴维·邦纳医生没有出来跑步，他的人生又会有何不同。

邦纳医生是那之前的上一年搬来奥利安托镇的，带着妻子和两个年幼的孩子。这个小镇已经好几年没有医生了。一九八〇年，原来的医生退休后搬去了佛罗里达。此后，奥利安托的镇委员会一直在找人接替他。小镇急需医生，但是，即便有许多诱人的丰厚待遇，也很少有像样的医生愿意搬到这个穷乡僻壤。幸运的是，邦纳医生的妻子玛里琳从小在这里长大，像阿曼达一样，她很依恋这片故土。玛里琳的双亲贝内特夫妇在郊外有一大片果园，种植苹果、桃子、葡萄和蓝莓。戴维·邦纳在实习期过后，就搬到妻子的家乡，开始悬壶济世的生涯。

一开始，他生意兴隆。病人们不想赶四十分钟路去新伯尔尼，就纷纷涌进他的诊所，但是，医生实在没指望过发财。在这个穷乡僻壤的小镇，不管问病就诊有多忙，也不管亲朋好友多热络，发财简直是不可能的。镇上没有人知道，果园欠了一屁股债，戴维刚搬到镇上那天，老丈人就开口问他借钱。不过，小镇上的生活开支确实很低，他尽管花钱接济了岳父母，还是有钱买得起一幢四个卧室的殖民地时代房子，从那儿还可以眺望史密斯河。他的妻子回到家乡后更是万分欢喜。在她看来，奥利安托是生儿育女的理想地方。大致来说，她是正确的。

邦纳医生喜欢户外运动。他既会冲浪，也会游泳；他还跑步，骑自行车。人们经常看见他下班后，沿着布罗德大街轻快地慢跑，最终朝着小镇边缘转过弯去。人们会按汽车喇叭或朝他招手，邦纳医生会脚步不停地点点头。有时，工作拖的时间特别长，他只能在天刚黑的时候才开始跑步。一九八五年九月十八日，就是这样的一天。当暮色开始降临小镇时，他走出诊所。邦纳医生没有意识到路很滑。下午早些时候下过一场雨。雨下得很透，足够让柏油碎石路的油渗出表面；但又下得不够猛，不足以把油冲刷干净。

他沿着通常的路线跑了将近三十分钟，但是，那天他再也没有回家。当月亮升起时，玛里琳开始担心。她托一位邻居照看孩子，跳进汽车一路寻找。小镇边缘之外，在一丛灌木林旁边，她发现停着一辆救护车，旁边站着治安官，慢慢地人群围得越来越多。她听到消息说，她的丈夫被碾死了，一个卡车司机失去了控制，从他身上滑了过去。

有人告诉玛里琳，这辆卡车是塔克·霍斯泰勒的。司机才十八岁，已经戴上手铐，他很快会被控犯下重大交通事故罪以及非故意杀人罪。

他的名字叫道森·科尔。

离开奥利安托郊外两英里远的地方，道森认得有些年头的砂砾岔路通向家族的地盘，城郊的地形他永远也忘不了，他自然而然地想起了父亲。道森在县监狱里等待审判的时候，卫兵突然出现，告诉他有人来访。一分钟后，他父亲站在他面前，叼着一根牙签。

"离家出走，跟有钱姑娘谈恋爱，你打得一副好算盘。现在怎么样？蹲监牢了吧。"他父亲脸上露出幸灾乐祸的神色，"你以为自己比我强，但没门儿，你就跟我是一样的货色。"

道森什么都没说，他从牢房角落里朝父亲瞥去，心里满含恨意。彼时彼刻，他发誓不管发生什么，他再也不会跟父亲说一句话。

没有审判。道森不顾公诉辩护人的建议，就认了罪，不管公诉人说什么，他还是被判了最重的刑罚。他被分到在北卡罗来纳州哈利法克斯的喀里多尼亚改造中心，接受监狱农场的劳改。他种植玉米、小麦、棉花和大豆，在三伏天的毒日头底下大汗淋漓地收割庄稼，或者在冰冷刺骨的北风中瑟瑟发抖地耕田犁地。除了跟塔克保持通信外，四年来从未有人去看他。

道森刑满获得假释后，回到奥利安托。他替塔克干活，偶尔去汽车店购买补给时，就听见小镇居民在背后议论。他知道自己是个被社会遗弃的人，一个科尔家的二流子，撞死的不仅是贝内特的女婿，还是镇上唯一的医生，他几乎被愧疚压倒了。那些日子里，他经常去新伯尔尼的花店，然后去邦纳医生的墓地。凌晨或者深夜，几乎没有人的时候，他会把花放在坟墓上。有时候，他会待上一个多小时，想着邦纳医生撇下的孤儿寡母。整整一年他都生活在阴影里，竭尽全力避开人们的视线。

道森的家族却没有放过他。他的父亲又来汽车修理站收钱，还带着特德。他父亲有把猎枪，特德有根棒球棍，但他们没有带上阿贝实在是个错误。道森告诉他们从这地方滚出去，特德闪得很快也来不及躲避。道森在毒日头底下劳作了四年，身体变得很结实，他正等着他们。他用一根铁撬打破了特德的鼻子和下巴，把他父亲缴了械，还打断了他的肋骨。他们俩躺在地上的时候，道森用猎枪瞄准他们，警告他们再也不要回来。特德鬼哭狼嚎地说要杀了他，道森的父亲脸色阴沉。后来，道森睡觉的时候就把猎枪放在身边，几乎从不离开房子一步。他知道他们随时都会来找他，但是命运不可预料。不出一个星期，"疯子"特德就在酒吧里捅了一个男人，进了监狱。不管出于什么原因，他的父亲再也没有回来。道森没有追根究底。他度日如年，打算离开奥利安托。假释期满后，他用一块油布包裹好猎枪，装进盒子里，埋在塔克房子附近的一棵橡树下。等修理好汽车后，告别塔克，开上高速公路，在夏洛特落了脚。他找了份机修工的工作，晚上在社区学校学习焊接。他从那里又来到路易斯安那州，在一家冶炼厂找了份活儿干。最后，他找到了油井的工作。

自从刑满释放后，他一直行事低调，大部分时间独自一人。他从不看望朋友，因为他根本没有朋友。自阿曼达之后，他没有跟任何女孩约会过，因为直到如今，他依然对她念念不忘。接近任何人，都意味着别人会知道他的过去，这个念头让他望而生畏。他有劳改前科，杀死了一个好人，还出身罪犯家庭。虽然服刑期已满，他也竭力改过自新，但他永远无法原谅自己做过的事情。

现在越来越近了。道森正向邦纳医生出车祸的地方驶去。他依稀辨认出，原来岔路口的树丛，已经盖起了一幢低矮的、擅自搭建的房子，前面是铺着砂砾的停车场。他眼睛盯着路上，不愿意转头看一眼。

不到一分钟后，他就到了奥利安托。他穿过镇中心，过了格林河和史密斯河汇合处的一座桥。童年时，为了躲避家人，他常常坐在桥边，看着来往的船只，想象着它们停泊过的遥远港湾，还有那些他有朝一日希望去的地方。

他放慢车速，像过去一样，被眼前的景色迷住了。船坞非常拥挤，人们在船上走动，搬运冷藏箱，或者解开系船的绳索。他抬头看看树，从摇摆的树枝，他就可以判断风够大，船帆涨得鼓鼓的，就算要把船开到海边也没问题。

从后视镜里，他瞥见自己订的旅馆，但他还没做好入住的准备。他在桥边停下车，从车里钻了出来，惬意地伸直了腿。他想知道从花店订的花有没有送到，但转念一想他很快就会弄明白的。他上车向纽斯河开去，想起它流向帕姆利科湾的时候，称得上是美国最宽阔的一条河，很少有人知道这个事实。这是个冷僻的知识，让他不止一次赢过赌，尤其是在油井上的时候，几乎人人都会猜是密西西比河。即便在北卡罗来纳州，人们通常也不知道这一点。这是阿曼达第一个告诉他的。

他像往常一样想着她：她在做什么，她住在哪里，她的日常生活是怎么过的。她一定已经结婚了，他毫不怀疑这一点，许多年来，他一直在想她到底嫁给了一个怎么样的人。尽管他如此了解她，他也无法想象她跟另外一个男人笑语盈盈或是睡在别人身边。他假设这无所谓。一个人只有拥抱更好的现在，才能逃离过去，他猜想她做到了。不管怎么说，看上去所有人都能做到这一点。所有人都有遗憾，所有人都犯过错误，但是，道森的错误却是另外一回事。他永远背负着这个错，他又想起了邦纳医生，还有被他毁掉的家庭。

他凝望着水面，突然后悔决定回来。他知道玛里琳·邦纳依然在镇上生活，他并不想见到她，哪怕是无意中撞见。他的家人毫无疑问也会知道他回来了，但他也不想见到他们。

他在这里已经一无所有。虽然他能理解为什么塔克安排律师在塔克去世后才打电话给他，但他并不明白为什么塔克的愿望是让他回一次家乡。接到消息后，他在脑子里一遍又一遍地想，却没有想出个所以然来。塔克一次也没有开口邀请他，塔克比任何人都明白道森尽力要逃避的往事。塔克也从未去过路易斯安那州，虽然道森经常给塔克写信，却很少收到回信。他不得不相信塔克有自己的理由，无论是什么理由，但是现在他却什么都弄不明白。

他正要回到车里，却注意到远处有个熟悉的身影闪过。他转过身，想要找到那个身影，却一无所获，自从他获救以来，他脖子上的汗毛第一次竖了起来。他突然明白，那里有个什么东西，虽然他的脑子无法辨认出来。夕阳刺目地在水面上闪耀，不禁使他眯起眼睛。他伸手遮住眼睛挡住阳光，扫视着船坞，审度着眼前的场景。他看见一个老人和他的妻子，拉着帆船滑了一跤；码头中间，有个没穿衬衫的男人凝视着机舱。他也观察到了另外一些人：一对中年夫妇在轮船甲板上闲逛，一群十几岁的孩子在水上玩了一整天后，正从冷藏箱里拿饮料。在船坞另一端，另一艘帆船正驶出来，试图捕捉到傍晚的微风——没有任何不寻常的事。他正准备离开，这时他看见一个穿蓝色风衣的深色头发男人，正朝他的方向看。这个男人站在码头脚下，像道森一样伸手遮挡阳光。道森慢慢放下手，深色头发男人也放下手，仿佛镜中的自己。道森迅速后退了一步，那个陌生人也一样。道森屏住了呼吸，心脏猛烈地在胸腔里跳动。

这不是真的。这不可能发生。

他身后的夕阳已经西沉，陌生人的身影模糊难辨，但是，尽管光线微弱，道森突然确定这个男人就是他第一次在海面上看见，后来又在补给船上看到的那个人。他迅速地眨眼，尽力想要看清楚那个男人。但是，当他的视线最终清晰起来时，却只看到码头上一根柱子的轮廓，上头系着磨损的绳子。

这番景象让道森心生恐惧，他突然觉得自己应该直接去塔克的房子。许多年以前，那里是他的庇护所，他立刻想起他在那里曾经感受到的宁静。他一点都不想在旅馆登记入住的时候闲聊，他想一个人待着，思考看见的那个深色头发男人。也许他的脑震荡比医生诊断的更严重，或者医生说他精神紧张是对的。他慢慢回到路上，下定决心让路易斯安那的医生再检查一次，虽然他怀疑他们会说跟以前一模一样的话。

他压下了翻江倒海的思绪，摇下窗玻璃。公路在树林间蜿蜒，他呼吸着松树的泥土气息和微咸的河水气息。几分钟后，道森转弯开到塔克的住处。汽车在布满轮胎痕迹的泥泞车道上颠簸，拐角处的房子映入眼帘。令他惊讶的是，前方停着一辆宝马。他知道汽车不是塔克的，它太干净了；除此以外，塔克也从来不开外国牌子的汽车，并不是因为他不相信外国车的质量，而是他没有相应的标准工具来修理。此外，塔克一直更喜欢卡车，特别是上世纪六十年代早期制造的。许多年来，塔克购买并且修复了也许打这样的卡车，开一阵子，然后卖给随便什么想买的人。对塔克来说，也许修复旧车比赚钱本身更有意义。

道森把汽车停在宝马车旁边，然后跨出车门。房子的外观几乎没有变化，这令他大为惊讶。即便是道森住在这里的时候，那也只不过是一幢简陋的小屋，外面总是好像只装修了一半，急需修修补补。阿曼达有一回给塔克买过一个花架，想把这里收拾得整洁点，那个花架依然放在门廊角落里，虽然花已经凋零很久了。他还能回想起，他们把花架送到塔克面前时她有多兴奋，即使道森压根儿不知道该拿它做什么。

道森打量了一下这个地方，看见一只松鼠滑过一棵山茱萸的树枝。一只红衣凤头鸟在树丛中发出警告的叫声，除此以外，这里显得很荒凉。他绕过房子，开始朝汽车修理站走去。那里有松树遮阴，更凉爽一些。他转过拐角，走到阳光底下，他看见一个女人站在修理站里面仔细看着也许是塔克生前修理的最后一辆老爷车。他的第一反应是，她也许是从律师办公室来的。他正要打招呼，她突然转过身来。他的声音噎在了嗓子眼里。

尽管隔得很远，她依然比他记忆中更楚楚动人，他什么话也说不出来，时间的流逝似乎永无尽期。他觉得自己似乎又出现了幻觉，但是，他慢慢眨了眨眼睛，终于意识到自己弄错了。她是真实的，她在那里，在他们曾经的庇护所里。

当阿曼达回头凝望着他，隔着许多年漫长的岁月时，他突然明白塔克·霍斯泰特勒为什么坚持要他回到家乡。

四

　　他们俩一动不动，一句话也说不出来。最初是惊讶，慢慢他们认出了对方。道森觉得她比记忆中要生动许多。下午四五点的阳光下，她的金发好像打磨光亮的金子，她的蓝眼睛即便隔得很远也仿佛带电。他一直凝望着，慢慢看到了细微的差别。他注意到，她的脸庞已经失去了年轻时的柔和。现在，她的颧骨更明显了，眼睛更深邃了，眼角有一些细微的纹路。他意识到岁月对她十分仁慈，一别之后，她已经变成一个成熟、引人注目的美人。

　　阿曼达也一样看得入神。他穿一件沙土色的衬衫，随意地掖进褪色的牛仔裤，勾勒出他依旧瘦削的臀部和宽阔的肩膀。他的笑容依然如故，但是他的深色头发比少年时长了不少，她注意到他的太阳穴附近有一抹灰发。他的深色眼睛跟她记忆中一样炯炯有神，但她觉得自己从中发现了一种以前没有的审慎，这意味着他的生活比想象中要艰难得多。也许正因为他们在这里共度了这么多时光，而她恰恰又在这里见到了他，但在一阵突如其来的感情奔涌中，她却什么也说不出来。

"是阿曼达？"他终于问道，开始向她走去。

他说出她的名字时，她听出了他嗓音里的诧异，无论如何，这让她明白他是活生生的。他在这里，她想真的是他，当他慢慢走近，她仿佛感到岁月流逝，这简直不可思议。他终于走到她身边，张开双臂，她很自然地扑进他的怀抱，就像很久以前那样。他拉近她，像恋人般拥抱着她，跟从前一样，她依偎着他，突然觉得自己又回到了十八岁。

"你好，道森。"她轻声说。

他们拥抱了很久，在渐暗的阳光中紧紧抱着对方，一时间他感到她在颤抖。当他们最终松开对方，她能感到他无言的情感奔涌。

她仔细地打量着他，注意到岁月造成的变化。现在，他长大成人了。他的脸庞经过风吹雨打，肤色黝黑，好像经过长时间日晒，他的头发只是微微稀疏了点。

"你在这里做什么？"他问道，碰了碰她的胳膊，仿佛是为了确信她是真实的。

这个问题让她回过神来，她想起自己现在的身份，不禁微微退后一步。"我在这里的原因可能跟你一样。你是什么时候来的？"

"我刚到，"他说，他匆匆赶来塔克家，自己也对这种冲动感到惊讶，"我不敢相信你也在这里。你看上去……很迷人。"

"谢谢你。"她情不自禁地感到血涌上了脸颊，"你怎么知道我在这里？"

"我不知道，"他说，"我一定得过来看看，我看见门外停着车。我回来了，然后……"

他的声音越来越低，阿曼达替他说完了最后一句："我就在这里。"

"是的，"他点点头，第一次迎着她的目光，"你就在这里。"

他眼神里的炽热依然没有消退，她又往后退了一步，希望距离能使事情变得容易些。她希望他不要会错了意。于是，她往房子那里走去。"你准备住这里吗？"

他朝房子瞥了一眼，然后重新转向她，"不，我住在镇中心一家供应早餐的旅馆。你呢？"

"我住在妈妈那里，"看到他露出疑惑的神色，她解释道，"我爸爸十一年前过世了。"

"我很难过。"他说。

她点点头，再也没说什么，他记得过去她总是这样结束一个话题。她朝汽车修理站望去，道森往那里走了一步。"我去看看，行吗？"他问道，"我好多年没来这里了。"

"没关系，"她说，"当然行。"

她看着他从她身边走过去，感觉肩膀松弛了下来，她都没有注意到自己的紧张。他朝杂乱的小办公室瞥去，然后伸手摸了摸工作台，还有生锈的拆轮胎棒。他慢慢走动，仔细看了看木板墙，露着横梁的天花板，还有角落里的钢桶，塔克用它来存放多余的油。靠着后墙放着水压千斤顶和搭锁式的工具箱，前面是一堆轮胎。工作台对面有台电动磨砂机，还有焊接设备。一台覆满灰尘的电风扇倚在角落里，旁边是油漆喷雾器，电灯吊着电线晃荡，零件散落在所有够得着的地方。

"跟以前一模一样。"他评论道。

她跟着他走到修理站里面，依然觉得身子有些发抖，竭力跟他保持舒适的距离。

"可能还是跟从前一样。特别是最近几年，他放东西时变得一丝不苟。我想他知道自己开始健忘了。"

"想想他的年纪，我难以相信他竟然还在修车。"

"他干活慢了起来。一年只修一两辆，只有在做得动的时候才做。没有什么大修大补的活儿。这是我这段时间在这里看见的第一辆车。"

"听上去你老是跟他在一起。"

"没有。我大约几个月来看他一次。但是，我们好长时间不联络了。"

"他从来没有在信里提起你。"道森若有所思地说。

她耸了耸肩："他也没有提起你。"

他点了点头，注意力又重新回到工作台上。桌边上整整齐齐地叠着塔克的一条花手帕，他拿起手帕，手指敲了敲桌面。"我刻的名字缩写还在这里。你的名字也在。"

"我知道。"她说。她也知道，在名字下面是"永远"两个字。她抱起双臂，竭力从他的双手挪开视线。他的手很粗壮，布满风吹日晒的痕迹，是一双工人的手，同时也显得纤长优雅。

"我无法相信他走了。"他说。

"我知道。"

"你说过他后来很健忘？"

"在一些小事情上。想想他的年纪，还有他抽烟抽得那么凶。我最后一次见到他的时候，他身体挺不错的。"

"那是什么时候？"

"也许是二月下旬。"

他朝那辆"黄貂鱼"走去。"你知道这辆车是怎么回事？"

她摇了摇头："我只知道塔克在修理这辆车。笔记本上记着订单，还有塔克对这辆车的记录，但除了车主，我一点头绪和线索都没有。笔记本就在那里。"

道森找到了订单，检查汽车之前匆匆扫了一眼名单。他打开引擎盖，弯腰查看，她看着他，他的衬衫紧紧绷着他的肩膀，阿曼达转过身去，不让他察觉她的心思。一分钟之后，他的注意力转移到工作台上的小盒子上。他撬开盒盖，边点头边整理零件，一边皱起眉头。

"真奇怪。"道森说。

"怎么？"

"根本没怎么修理。他只是修了一下引擎，还有一些小地方。比如，汽化器、离合器，还有其他一些零件。我猜他在等零件送来。对这些古董车来说，有时候配零件得等上一段时间。"

"什么意思？"

"也就是说，这辆车现在根本开不出去。"

"我会让律师联系车主，"她掠了一下遮住眼睛的一缕头发，"我本来就要去见他。"

"律师？"

"是啊，"她点了点头，"是他打电话告诉我塔克的事。他说我来参加葬礼很重要。"

道森关上了引擎盖。"他的名字是不是摩根·坦纳，不会这么巧吧？"

"你认识他？"她问道，吃了一惊。

"我明天也要跟他见面。"

"几点？"

"十一点。我猜跟你的见面时间一样，对吗？"

迟顿了几秒钟，她明白了道森的意思——塔克显然安排了他们的重逢。即便他们今天没有在塔克家碰到，明天照样也会见面。塔克的意图开始变得明晰，她突然不知道究竟想在塔克的胳膊上重重捶一下，还是想要亲吻他。

她的表情一定泄露了她的心情，因为道森说："我猜你一定不知道塔克想干吗。"

"我不知道。"

一群欧椋鸟从树间起飞，阿曼达看着它们盘旋过头顶，改变方向，在空中画出抽象的图案。她再次朝道森望去，他正靠着工作台，半张脸隐藏在阴影中。许多过去的回忆围绕着他们，她发誓自己看见了那个年轻时的道森，但她竭力提醒自己，他们现在已经是不同的人了。实际上，形同陌路。

"时间过去那么久了。"他说，打破沉默。

"是啊。"

"我有一千个问题要问。"

她扬起了一根眉毛："只有一千个问题？"

他笑了，但她听出了一种隐隐的悲哀。"我也有问题要问，"她继续说，"但是，在此之前……你该知道，我结婚了。"

"我知道，"他说，"我看到你的婚戒了。"他把大拇指藏进裤兜，靠在工作台上，两条腿交叉起来，"你结婚多久了？"

"下个月整整二十年。"

"孩子呢？"

她停顿了一下，想起了贝儿，不知道该如何回答这个问题。"三个。"她最后回答说。

他注意到她的犹豫，却猜不到原因。"你的丈夫呢？我会喜欢他吗？"

"弗兰克？"她脑海中闪过跟塔克痛苦地谈论弗兰克的画面，她不知道道森知道多少。并不是因为她不相信塔克会保密，而是因为她突然觉得，道森会立刻知道她是不是在撒谎。"我们在一起很久了。"

道森似乎在掂量她的用词，离开了工作台。他越过她身边，朝房子走去，步伐中有种运动员般的潇洒。"我猜塔克给了你一把钥匙，对吗？我想喝点什么。"

她惊讶地眨了眨眼。

"等等！塔克告诉你了吗？"

道森转过身，走了回来。"没有。"

"那你是怎么知道的？"

"因为他没有给我一把，我们两个中间总得有人有一把钥匙。"

她站在那里，仔细思量，依然想弄清楚他是怎么知道的，最后，她还是跟着他沿路走去。

他一跃跳上走廊台阶，在门口停下。阿曼达从手袋里掏出一把钥匙，插进锁孔的时候手轻轻掠过他的身体。门"吱呀"一声开了。

屋里非常凉爽，但是道森的第一感觉是，屋内仿佛是树林的延伸，到处都是木头、泥巴，还有自然的污渍。多年以后，木板墙，还有松木地板已经变得暗淡开裂，褐色的窗帘怎么也掩盖不住窗下的裂缝。沙发的扶手和靠垫几乎已经磨穿了。壁炉上的灰泥已经开始裂开，炉膛口的砖头已经熏得发黑，历尽上千次火舌的咆哮而留存下来。门旁的小桌子上放着一排照片，一台电唱机的年纪恐怕比道森还大，还有一台快要散架的钢制电扇。空气里有股陈旧的烟味，道森打开一扇窗之后，开了电扇，听着它发出"嘎嘎"的声音。电扇底座微微有些摇晃。

阿曼达站在壁炉旁，凝视着炉台上的照片。那是塔克和克拉拉在结婚二十五周年时拍的。

他朝阿曼达走去，到她身边停下来。"我记得第一次看见这张照片的时候，"他说道，"我已经来这里一个月了，那时，塔克才让我进这幢房子，我还问起照片里的女人是谁。我甚至不知道他结过婚。"

她能感觉到他身上散发的热量，她竭力驱开念头。"你怎么会不知道？"

"因为我不认识他。我那天晚上跑到塔克那里之前，从来没跟他说过话。"

"那么，你为什么要跑到这里来？"

"我不知道，"他说着摇了摇头，"我也不知道他为什么让我留下来。"

"因为他希望你待在这里。"

"是他告诉你的？"

"他没有说多少。但是你来的时候，克拉拉过世没多久，我想他正需要你。"

"我过去常常觉得，那是因为那天晚上他正在喝酒。多数晚上，他是借酒浇愁。"

她回想了一下。"塔克不是个酒鬼，对吗？"

他碰了碰装在朴实的木框里的照片，似乎还无法理解一个没有塔克的世界。"那是在你认识他之前。他那时嗜好占边威士忌，有时候他会摇摇晃晃地走去修理站，手里还拿着半瓶酒。他用大手帕擦了擦脸，告诉我还是去别的地方待着比较好，他肯定在头六个月里，每晚都说这样的话。那时我都是睡在修理站外面的。我就是在那里躺了整整一个晚上，希望第二天早晨他忘了跟我说的话。有一天，他突然不再喝酒了，就再也没有提起这茬儿事。"他朝她转过身，脸离她只有几英寸。"他是个好人。"他说。

"我知道。"她说。他靠得那么近，她能闻得到他的气味；这是一种肥皂和麝香混合的气息。太近了。"我也思念他。"

她走开了，伸手过去摆弄沙发上一只脱线的垫子，拉开了他们俩的距离。屋外，太阳落到树后面，狭小的房间显得更暗了。她听见道森清了清嗓子。

"让我们喝点东西吧。塔克肯定在冰箱里放了些甜茶。"

"塔克不喝甜茶。他也许有百事可乐。"

"让我们看看。"他说着走进厨房。

他走路时有种运动员的潇洒劲儿，她轻轻摇了摇头，想把杂念从头脑中驱逐出去。"我们这么做好吗？"

"我很肯定塔克就喜欢这样。"

厨房跟起居室一样，仿佛保存在时间胶囊里，器具就像上世纪四十年代的西尔斯·罗巴克公司的商品清单开出来的。一只烤箱大小的微波炉，还有一台带弹簧锁把手的冰箱。木头台面已经发黑，靠近洗碗池的一边布满水渍，碗橱表面的白漆在靠近把手的地方已经碎裂。花朵图案的窗帘显然是克拉拉挂上去的，现在已经变成暗淡的灰黄色，被塔克抽的烟熏得发黑。一张小圆桌只能坐得下两个人，桌子底下垫着一叠纸巾以防摇晃。道森摇了摇冰箱的门把手，伸手进去拿出一罐茶。阿曼达进来时，他正把茶放在台子上。

"你怎么会知道塔克有甜茶？"她问道。

"我也知道你有钥匙，一样的道理。"他一边回答，一边伸手进食品柜拿出两个果酱罐。

"你在说些什么？"

道森往果酱罐里倒满茶。"塔克知道我们最后会在这里碰头，他记得我喜欢甜茶。所以他就在冰箱里放了一些。"

当然是塔克放的，就像他安排了律师一样。她还没来得及细想，道森就递给她一杯茶，把她带回现实。她拿茶的时候，他们的手指尖碰了碰。

道森拿起茶。"致塔克。"他说。

阿曼达跟他碰了一下杯，所有这一切——站在道森身边，挣扎在记忆中，他拥抱她时的感觉，他们两个单独在房子里——让她情难自禁。她心里有个声音轻轻说，她要小心一点，这样下去没什么好结果，她有丈夫，还有孩子。但是，这只不过增加了迷惑。

"二十年过去了？"道森最终说。

他问起了她的婚姻，但她思绪紊乱，好一会儿才回过神来。"差不多。你呢？结婚了？"

"我没这么好命啊。"

她的目光越过杯沿看了看他。"还是不停地换女朋友？"

"这些日子，我一直独自一人。"

她靠在台子上，不知道该怎么理解他的话。"你现在住哪儿？"

"路易斯安那州。新奥尔良外面的一个教区。"

"你喜欢那里吗？"

"还行。我回到这里，才想起那里跟家乡多么像。这里松树更多，那里寄生藤更多，除此以外，我几乎说不出有什么差别。"

"除了短吻鳄。"

"是啊，除了鳄鱼。"他微微一笑，"该你说了。这些日子住在哪里？"

"达勒姆。我婚后就住在那里。"

"你是不是每年回来看看妈妈？"

她点了点头。"爸爸还活着的时候，他们经常来看孩子们。但是，爸爸过世后就不容易见面了。妈妈从来不喜欢开车，所以现在我不得不来这里看她。"她呷了口茶，朝桌子点了点头。

"我坐下你不介意吧？我的脚都快站麻了。"

"不用拘束。我还是站一会儿。我坐了一整天飞机。"

她拿起杯子，朝桌子盯着，她感到他在看着她。

"你在路易斯安那州做什么？"她问道，滑进座位。

"我在油井上做井架工，大致来说就是做钻井的辅助工作。我引导钻井管道进出电梯，保证所有接口都妥当，还要确保泵正常运转。我知道你也许没听明白，因为你可能从未上过钻井，但是若非亲眼所见，很难解释清楚。"

"跟修车肯定大不相同。"

"差别没有你想象的那么大。我基本上还是跟引擎和机器打交道。我空下来的时候，也还在修车。这辆坡顶车开起来还跟新的一样。"

"你还开那辆车？"

他露齿而笑："我喜欢那辆车。"

"不，"她反驳说，"你爱那辆车。我每次来都得把你从车旁边拽开，但半数时候都不会成功。我很惊讶你的皮夹子里没有放一张它的照片。"

"我放照片的。"

"真的？"

"我开玩笑的。"

她笑了起来，就像很久以前那样自由奔放。"你在钻井上工作多久了？"

"十四年。我刚开始做码头工人，后来升做钻工，现在，我是井架工。"

"从码头工人到钻工，再到井架工？"

"我该怎么说？我们在洋面上说自己的行话。"他心不在焉地划着台面上因岁月侵蚀留下的沟槽，"你呢？你有工作吗？你曾经说过想当老师。"

她喝了口茶，点点头。"我教了一年书，后来我有了大儿子贾里德，我想待在家里带孩子。等到林恩出生后……有几年发生了很多事情，爸爸过世了，日子过得很艰难。"她停了下来，意识到她省略了太多事情，她知道现在不是谈论贝儿的合适时机。她直起身子，声音保持平稳。"过了几年，安妮特出生了，在此之前，我都没什么理由回去工作。不过，过去十年，我花了很多时间在杜克大学医院做志愿者。我还给他们办过一些募集基金的午餐会。都是艰难岁月，但是，这让我觉得自己在让生活稍稍有些不同。"

"你的孩子多大了？"

她扳着指头数了数。"八月份贾里德就满十九岁了，刚上完大学一年级；林恩十七岁，刚开始上高中；安妮特九岁，刚上完小学三年级。她是个无忧无虑的甜美的小姑娘。贾里德和林恩恰恰相反，他们这个年纪认为自己什么都懂，而我当然什么都不懂。"

"换句话说，他们就跟当初的我们一样？"

她想了想，表情似乎不胜怅惘。"也许吧。"

道森陷入沉默，向窗外眺望，她也顺着他的目光望去。小河已经变成铁黑色，缓缓流动的河水倒映着变暗的天空。岸边的老橡树，依旧是他最后一次见到的模样，但是码头已经朽坏了，只剩下一些木桩。

"那里留下了很多记忆，阿曼达。"他观察着，柔声说道。

也许是他嗓音的缘故，她觉得他的言语里有些东西咔嗒作响，仿佛一把钥匙在开遥远的锁。

"我知道。"她最后说道。她停顿了一会儿，两只胳膊抱住自己，有段时间冰箱的嗡嗡声，是厨房里唯一的声响。头顶的灯在墙上投射泛黄的光，使他们的剪影显得极为抽象。"你打算在这里待多久？"她最后问道。

"礼拜一清早我有趟航班飞走。你呢？"

"我待得不久。我告诉弗兰克，礼拜天就回去。假如我妈妈有办法，她宁愿我整个周末都待在达勒姆。她说我不应该来参加葬礼。"

"为什么？"

"因为她不喜欢塔克。"

"你的意思是说她不喜欢我。"

"她从来都不了解你，"阿曼达说，"她从来没有给过你机会。她总是假设好了我应该过怎样的人生。我想要什么从来都不重要。甚至我长大成人之后，她仍然试图告诉我该怎么做。她一点都没有变。"她擦了擦果酱罐上的水汽，"几年前，我告诉她来看塔克的事，但我不该告诉她的，弄得就好像我犯了什么罪似的。她一直在训斥我，问我为什么要去看他，想知道我们说些什么，还一边像责骂小孩一样数落我。后来，我再也没有跟她提起过来看塔克的事。我告诉她，我去逛商店，或者想跟我的朋友玛莎一起在海边吃饭。玛莎是我的大学室友，她住在索尔特路，虽然我们还有交流，但我实际上好几年没见过她了。我不想让母亲探听我的私事，所以就对她撒了谎。"

道森转着他的茶，想着她刚刚的话，看着茶慢慢静止下来。"我开车过来的路上，忍不住想起了父亲，他总是想控制我。我不是说你母亲跟他一样，也许这不过是她阻止你犯错的方式。"

"你是说来看塔克是桩错事？"

"对塔克来说不是错事。"他说，"但对你而言呢？关键在于你想在这里找到什么，只有你自己能回答这个问题。"

她闪过为自己辩解的念头，但瞬间她又回忆起从前他们相处的方式。一个人会说挑战对方的话，经常导致争论，她意识到自己多么怀念当初的时光。并不是因为他们的争执，而是因为其中包含的信任，以及随之而来的原谅。因为，到最后他们总是互相谅解。

她有点怀疑他在试探她，但她随后打消了这个念头。令她自己感到惊讶的是，她朝桌子俯过身去，随后的话脱口而出。

"今天晚饭你打算怎么办？"

"我还没打算好。怎么？"

"假如你想在这里吃的话，冰箱里有些牛排。"

"你妈妈怎么办呢？"

"我会打电话给她，告诉她我晚点回去。"

"你肯定这是个好主意吗？"

"不，"她说，"我现在什么都不能确定。"

他用大拇指擦着玻璃杯，一言不发地审视着她。"好吧。"他点了点头，"我们就吃牛排吧，希望没有坏掉。"

"牛排是礼拜一才送来的，"她说着想起了塔克告诉她的话，"假如你想用的话，烤炉就在后面。"

一会儿他就走出门外。然而，她从手袋里掏出手机的时候，他的身影依然挥之不去。

五

　　道森准备好炭火，就进去拿回牛排，阿曼达已经用调味品腌过牛排，并且涂上了黄油。道森推开门，发现她正往食品柜里看着，茫然地拿着一罐猪肉煮豆子。

　　"怎么了？"

　　"我想找些东西来搭配牛排，但是除此以外，"她拿着罐头说道，"就没多少选择了。"

　　"你打算挑些什么？"他边问边在洗碗池里洗了洗手。

　　"除了豆子，他还有玉米渣、一瓶意面酱、煎饼面粉、半盒意大利通心粉和麦圈。他的冰箱里有黄油和调味品。当然，还有甜茶。"

　　他甩了甩手上的水。"我们可以吃麦圈。"

　　"我还是吃通心粉，"她转了转眼珠说，"你不是应该在外面烤牛排吗？"

"是啊。"他回答道，她不得不忍住笑。她用眼角的余光，看见他托着盘子走了，门在他身后轻轻地碰上了。

天空透出深邃的天鹅绒般的紫色，星星早已闪烁。道森的身影远处，河流像一条黑色的缎带，慢慢升起的月亮给树梢镶上一道银边。

她往平底锅里注了点水，洒进一点点盐，点燃了炉灶，还从冰箱里拿了黄油。水开了，她倒进了意大利面，然后，她花了几分钟找滤网，最后在炉子旁边的碗橱后面找到了。

意大利面做好以后，她沥干水分，把面倒回平底锅，加入黄油、蒜粉、少许盐和胡椒粉。她很快加热了那罐豆子，在道森端着盘子回来之前弄完一切。

"闻起来真不错。"他说，掩饰不住惊讶之情。

"都是黄油和大蒜的香味，"她点了点头，"牛排怎么样了？"

"一块是三分熟，一块是半熟。我两种都可以，但我不知道你要几分熟。我还可以把其中一块放回烤箱烤上几分钟。"

"半熟就好。"她觉得挺好。

道森把盘子放在桌上，搜寻了一遍碗橱和抽屉，找出盘子、玻璃杯和各种器皿。她在打开的食品柜里看见两只酒杯，使她想起了最后一次来访时塔克说的话。

"你想喝杯酒吗？"她问。

"你喝的话，我也喝。"

她点了点头，打开碗橱，塔克曾指给她看里面的两瓶酒。道森摆完桌子，她拿出一瓶解百纳红葡萄酒，打开瓶塞。她给两人各倒了一杯酒，递给道森。

"假如你想要的话，冰箱里有一瓶牛排酱汁。"她说。

道森找到了酱汁，阿曼达把意大利面倒进一个碗，把豆子倒进另一个。他们同时来到桌边，晚餐的摆设显出几分亲密，他站在她的身边，她注意到他的胸膛微微起伏。道森伸手去拿厨房台上的酒瓶，打破了这一刻的氛围，她摇了摇头，坐进椅子里。

阿曼达呷了一口酒，醇香在喉咙口流连不去。开始吃饭，道森迟疑地盯着盘子。

"你还好吗？"她皱起了眉头。

她的声音把他唤回现实。"我正在想上回几时吃过这样一顿饭。"

"牛排？"她问道，一边切下一小块，用叉子尝了第一口。

"所有的一切，"他耸了耸肩，"在钻井上，我在餐厅跟一帮子男人一起吃饭，回到家里就只有我一个人，我总是简单弄点什么。"

"那么出去呢？新奥尔良有很多不错的地方可以吃饭。"

"我很少去城里。"

"约会也不去城里吗？"她边吃边探问道。

"我不怎么约会，"他说。

"从不？"

他开始切牛排。"从不。"

"为什么？"

他能感觉到她探究的目光，她呷了一口酒，等待着。道森坐直了身子。

"这样更好。"他回答说。

她的叉子停在半空中。"不是因为我吧？"

他的声音保持平稳。"我不知道你希望我怎么说。"他说。

"当然你不是想说……"她开始说。

道森什么都没说。她继续说道："你是当真告诉我——我们分手以后，你再也没有跟任何人约会过？"

道森继续保持沉默，她放下了叉子。她听到自己的声音里掺杂了一丝挑衅："你是说我使你过上了你选择的……这种生活？"

"再说一遍，我不知道你想让我说什么。"

她眯起了眼睛。"就是说，我不知道自己该说什么。"

"什么意思？"

"我的意思是，你的话听起来就像我是你独身的原因。不管怎么说，这是……我的过错。你知道我的感受吗？"

"我这么说不是想伤害你。我的意思是——"

"我知道你的意思是什么，"阿曼达一下子爆发了，"你知道什么呢？那时我爱你，就像你爱我一样深。但是，不管因为什么原因，我们命中注定无法在一起，我们结束了。但是，我无法忘情。你也无法忘情。"她把手放在桌上。"你以为我愿意离开这里，心想你要一辈子孤独下去？就因为我的缘故？"

他凝视着她："我不是要你可怜我。"

"那么，你怎么可以说这些呢？"

"我什么都没有说，"他说，"我甚至没有回答问题。是你非要这么理解的。"

"那么我猜错了？"

他没有回答，而是伸手去拿刀。"没有人告诉过你吗？假如你不想知道答案，就干脆什么都别问。"

虽然他又把问题扔回给她——他总是能做到的——她依然情不自禁地说："即便如此，这不是我的错。假如你想毁掉自己的生活，那么请便。我是谁，凭什么来劝你？"

出乎她的意料，道森笑了起来。"太好了，你还是一点都没变。"

"相信我，我改变了很多。"

"没变多少。不管怎么说，你依然愿意把你的想法直截了当地告诉我。即便你的看法是我在毁掉自己的生活。"

"看来的确需要有人告诉你。"

"那我就让你放心，行了吧？我也没有改变。我现在独身，是因为我一直是一个人。你认识我之前，我想尽一切办法远离疯狂的家庭。我来到这里以后，塔克有时候几天都不跟我说一句话，你离开之后，我就去了喀里多尼亚改造中心。我出狱以后，镇上没有一个人希望我在周围，所以我离开了。现在，我一年里好几个月在远洋的油井上工作，那样的环境不算有利于谈情说爱——我一开始就明白这一点。是的，有些夫妻可以忍受这样的长期分居，但也有很多人只能黯然分手。这样生活只不过更容易些，除此以外，我已经习惯了。"

她思量着他的回答。"你觉得我会相信你说的话吗？"

"我不想知道。"

她不由自主地笑了。"我能问你另外一个问题吗？假如你不想说的话，可以不必回答。"

"你想问什么都可以。"他说着咬了一口牛排。

"车祸那天晚上发生了什么？我从妈妈那里零星听到点消息，但我从没听过完整的故事，我不知道该相信什么。"

道森回答前，默默地咀嚼着牛排。"没有多少可以说的。"他最后说，"当时，塔克给他正在修理的一辆雪佛兰羚羊订了一套轮胎，但是因为某些原因，轮胎送到了新伯尔尼的一家店里。他问我能不能去取来，我就去了。那天下了点雨，等我回到镇上时，天已经黑了。"

他停了下来，思考如何描述那件无法意料的事情。"当时有辆车开过来，那个男人在加速行驶。也许是个女人。我根本没弄清楚过。无论是谁，他开车越过了中心线，我正好驾车过来，我猛地转弯想让道。接下去我知道的事情是，有人从我身边飞过去，卡车停在了半路上。我看见了邦纳医生，但是……"当时的情景依然清晰，那情景总是栩栩如生，不变的噩梦。"事情发生的情形好像慢动作一样。我猛地拉了刹车，继续转弯，但是路面和草地都很滑，然后……"

他的声音越来越低。周围静悄悄的，阿曼达碰了碰他的胳膊。"这是场意外。"她轻声说。

他耸了耸肩，她意识到自己早就知道答案。事情就像他的姓氏一样清楚明白。

"我很难过。"她说，这话意犹未尽。

"我知道。但是，不必为我难过。"他说，"你应该为邦纳医生一家难过。因为我的缘故，他再也没有回家。因为我的缘故，他的孩子们成长中没有父亲陪伴。因为我的缘故，他的妻子仍然一个人生活。"

"你不知道，"她反驳道，"也许她又结婚了。"

"她没有。"他说。她还没来得及问他怎么知道的，他又开始吃盘子里的东西。"那么你过得怎么样呢？"道森突然问道，好像要把他们刚刚的谈话收起来，猛地盖上盖子，让她后悔提起那些话题。"告诉我，自从我们最后见面以来，你都过得怎么样？"

"我都不知道从何说起。"

他伸手去拿酒瓶，给他们各倒了一点。"从你上大学开始说，怎么样？"

阿曼达让步了，开始向他娓娓诉说，起初只是粗线条地勾勒出自己的生活。道森全神贯注地倾听，在她说话的时候插进问题，希望探究更多细节。话头一提起来，很容易滔滔不绝。她告诉他自己的室友，她的班级和给她带来最多激励的老师。她承认自己教书的那一年跟自己期望的不一样，因为她很难想象自己已经不是个学生了。她讲到怎样遇到弗兰克，然而，提到他的名字让她有种奇怪的负疚感，她没有再提起他。她告诉道森一些她朋友的事情，还提到了这些年来她去过的地方，但她主要还是在讲自己的孩子，描述他们的个性和挑战，竭力不让自己太夸耀他们的成绩。

偶尔，当她讲完一段停下来，她会问道森在钻井上和家里的生活如何，但他总是把话题又拉回她的故事。他对她的生活显示出真正的兴趣，她这样喋喋不休地诉说，却自然而然，仿佛打断了很久的交谈又牵上了线。

后来，她努力回想她和弗兰克最后一次这样交谈的情景，甚至他们最后一次单独出去的日子。那时候，弗兰克会喝酒，大部分时间都是他在说话；当他们讨论孩子，他们总是谈论他们在学校的表现，或者他们可能碰到了哪些问题，以及解决问题的最好方法。他们的谈话效率很高，总是目的明确，他很少问及她的白天是怎么度过的，还有她的兴趣。她知道，部分原因是结婚很久的人总是这样，没有什么新鲜话题了。但是，她觉得自己跟道森之间的联系总是有所不同，她不禁疑惑，假如她跟道森在一起是不是终究也会平淡如水。她不愿意这么想，但是她怎么能肯定呢？

他们一直聊到晚上，星星透过厨房的窗户闪烁。微风吹起，掠过树梢的叶子，仿佛晃动的海浪。酒瓶倒空了，阿曼达感觉温暖和放松。道森把盘子放进洗碗池，他们站在对方身旁，道森洗碗，她把碗擦干。她时不时发觉，他把碗递给她的时候正偷眼看她，虽然在许多方面来说，他们分开的这些年漫长到似乎一生都已逝去，她却不可思议地觉得他们从未失去过联系。

他们在厨房干完活，道森向后门走去。"你还能再待几分钟吗？"

阿曼达看了看手表，虽然她知道自己应该走了，但她还是不由自主地说："好的，就一小会儿。"

道森打开门，她从他身边溜过去，走下裂开的木头台阶。月亮已经升到头顶，使周围的景色呈现出一种奇异的美。地面覆上了一层银色的露珠，弄湿了她凉鞋露出的趾尖，空气中有种浓郁的松针气味。他们肩并肩走着，脚步声淹没在蟋蟀的歌唱和树叶的低语中。

岸边，一棵老橡树舒展着低垂的枝杈，身姿倒映在水面上。河水冲垮了部分堤岸，所以不打湿鞋子几乎够不到树枝，他们停了下来。"我们从前就坐在这里。"他说。

"这是我们的地方，"她说，"特别是我跟父母吵架以后。"

"等等。你那时候跟父母吵架？"道森假装疑惑不解，"不是因为我吧？"

她用肩膀轻轻推了推他。"你真有趣。但是不管怎么说，我们以前经常爬上树，你会用胳膊搂着我，我会哭会喊，你就任我咆哮抱怨这一切多么不公平，直到我最终平静下来。我那时候很情绪化，对吗？"

"我没注意到。"

她忍住了笑。"你还记得那些梭鱼怎么跳出水面吗？有时候，那么多梭鱼，就好像它们在进行一场表演。"

"我肯定它们今晚也会跳出水面。"

"我知道，但是不一样了。当我们来到这里，我需要看见它们。仿佛它们知道，我需要有些特别的东西，来让我开心一点。"

"我觉得让你开心的是我。"

"肯定是梭鱼。"她开玩笑说。

他笑了。"你跟塔克来过这里吗？"

她摇了摇头。"这里的坡对他来说太陡了。但是我来过。或者不如说，我试过。"

"这是什么意思？"

"我也许想知道，这里是否还会引起我同样的感觉，但是，我甚至都没有走到这里。这不是因为我在路上看到或听到什么，但是，我忍不住想假如有人在树林里怎么办，我无法控制自己的想象……我意识到自己孤身一人，假如发生什么事，我就毫无办法。所以，我转身走回房子，再也没有来到这里。"

"直到现在。"

"现在，我不是一个人。"她仔细看着水里的漩涡，希望有条梭鱼会蹦出来，但是什么都没有。"很难相信这么长时间过去了，"她喃喃地说，"那时我们多年轻。"

"不算太年轻。"他的声音很低，却奇怪地很肯定。

"我们那时还是孩子，道森。当时看起来不是这样，但是，当你身为父母，你看问题的角度就改变了。我的意思是说，林恩十七岁了，我无法想象假如她跟我当时一样会怎么样。她甚至还没有一个男朋友。假如她半夜偷偷爬出卧室窗户，也许我会跟我的父母一样行动的。"

"你的意思是说，假如你不喜欢她的男朋友？"

"即便我觉得他俩是天作之合也一样，"她转过脸面对他，"我们当时是怎么想的？"

"我们什么都没想，"他说，"我们正在相爱。"

她凝视着他，她的眼睛里映出半缕月光。"我很抱歉没有来看你，也没有写信。我的意思是说，在你被送进喀里多尼亚改造中心以后。"

"这没什么。"

"不，不是这样的。但是，我总想起……想起我们，每时每刻。"她伸手碰了碰橡树，仿佛要从它身上汲取力量才能继续往下说。"只是我每次坐下来写信，都无法动笔。我该怎么开头？我应该告诉你，我的班级和室友怎么样吗？还是该问你过得怎么样？每次我开始写点什么，我总会再读一遍，看上去总是不对劲。所以，我就把信撕了，保证第二天会重新写一封。但是，日复一日，总是如此。后来，事情过去太久了，所以……"

"我没有生气，"他说，"我当时也没有生气。"

"因为你早就忘记我了？"

"不，"他回答说，"因为我当时无法面对我自己。我知道你开始新的生活，对我来说意味着一切。我希望你拥有的生活，是我永远无法给你的。"

"你不是这个意思。"

"我是这个意思。"他说。

"那样的话，你就错了。每个人的过去，都有他们希望改变的东西，道森。甚至我也是。我的生活也并不完美。"

"你想说说吗？"

多年以前，她可以跟道森无话不谈。现在她还没有准备好，但她感觉总有一天，他们又会像从前一样，这只是时间问题。她承认道森唤醒了某些在她心里已经冻结了很久很久的东西，这个发现让她害怕。

"假如我告诉你，我还没准备好说。你会不会生气？"

"一点儿都不会。"

她脸上浮现出一丝笑容。"那么，我们再一起待上几分钟，好吗？就像我们从前一样？这里真宁静。"

月亮接着慢慢上升，周围洒上了一层朦胧的月色；远处星星闪烁着微光，仿佛微小的结晶。他们肩并肩站着，道森在想这些年她是否经常想起他。肯定比他想起她的次数少，但是，他觉得他们彼此都很孤独，即便是不同的孤独。他是旷野上孤寂的影子，而她是芸芸众生中的一员。难道不是从来如此？即便他们还是十几岁的时候。这就是他们在一起的原因，无论如何他们在彼此身上找到了快乐。

黑暗中，他听见阿曼达叹了口气。"我也许应该走了。"她说。

"我明白。"

他的反应让她松了一口气，但也有点小小的失落。他们从小河边转身，默默地走回屋子，他们俩都沉浸在自己的思绪中。回到屋子里，道森关了灯，她上了锁，然后慢慢朝各自的汽车走去。道森弯腰替她开了车门。

"明天在律师办公室见。"他说。

"十一点。"

月光下，她的头发犹如银色的小瀑布，他抵抗着伸出手指抚摸的冲动。"我今晚过得很愉快。谢谢你的晚餐。"

她站在他面前，突然有种狂野的想法，他也许会吻她。自从离开大学后，她第一次觉得在别人的凝视下几乎无法呼吸。但她在他作出表示前，就转身离开了。

"很高兴见到你，道森。"

她坐进车里，道森替她关上门，她终于松了口气。她发动了引擎，开始倒车。

她倒完车，转过车头，道森挥了挥手，目送她沿着砂砾车道驶去。红色的尾灯微微有些跳跃，车开出了一道弧线，终于从视野中消失了。

他慢慢走回修理站。他揿了开关，头顶唯一的电灯泡亮了，他坐在一堆轮胎上。现在很安静，除了一只蛾子朝灯光飞去，几乎没有什么活动的东西。蛾子翅膀拍打着灯泡，道森开始思考，事实上阿曼达的生活在继续。不管她把什么样的麻烦和悲伤隐藏起来，他知道这一点，她依然获得了某种她想要的生活。她有丈夫，有孩子，还在城里有幢房子，现在她的记忆里都是这些，实际上就应该如此。

他独自一人坐在塔克的汽车修理站，他曾经以为自己的生活也在继续，他是在对自己撒谎。他依然生活在过去。他总想着她已经把他忘了，现在这一点确定无疑。在内心深处，他感觉有些东西已经天翻地覆。很久以前，他已经说了再见，此后，他一直想要相信自己做得对。但如今，在被遗弃的修理站安谧的黄色灯光下，他却不那么肯定了。他曾经爱过阿曼达，他从未停止过爱她，今晚和她一起度过的时光，并没有改变这个简单的事实。但是，当他伸手去拿钥匙，他也意识到了另外一些事情，这是他始料未及的。

他站起身来关了灯，朝他的汽车走去，感觉自己快被耗尽了。他知道自己对阿曼达的感情没有变，这是一码事；但是他们永远不会有将来，这又是另外一码事。

六

旅馆里的窗帘很薄，破晓时分阳光就把道森唤醒了。他翻了个身想继续睡，却发现难以入眠。于是，他站起身伸了个懒腰。他早晨会浑身酸痛，尤其是肩膀和背部。他不知道自己还能在钻井上工作多少年；他的身体积累了不少疲惫伤痛，过去的每一年似乎都加重了他的肌体损伤。

他把手伸进帆布袋找到运动装备，穿好衣服，安静地来到楼下。旅馆跟他期待的差不多：楼上有四间卧室，楼下有一间厨房、餐厅和休息区。旅馆主人不出意料地喜欢航海主题，茶几上摆放着微型木头船模，墙上挂着双桅帆船的油画。壁炉上方有个古老的轮船方向盘，门背后钉着河流的地图，标出了航道。

旅馆主人还没有起床。他昨晚登记入住的时候，他们告诉他送来的鲜花放在他的房间里了，早餐是八点钟。这样，他在跟律师会面之前，就有充足的时间做他该做的。

外面，清晨天已经很亮。河面上一层薄雾，如低垂的云层般流动，而天空一碧如洗，清澈而湛蓝。空气已经变得温暖，预示着炎热的天气即将到来。他转了转肩膀，慢慢朝马路跑去。几分钟后，他的身体才变得灵活，他的步履开始轻松起来。

路上很安静，他走进了奥利安托小镇的中心。他走过两家古玩店，一家五金店和几家房产中介；街对面的欧文饭店已经开始营业，外面停着几辆车。放眼望去，河面上的雾气开始上升，他深深地吸了一口气，闻到海盐和松树的新鲜气味。他走过小船坞边上一家热闹的咖啡店，几分钟后，身体僵硬的感觉完全消失，他才加快了脚步。船坞上空，海鸥盘旋着发出叫声，人们正忙着把冷藏箱搬上帆船，他慢跑着经过一家粗朴的鱼饵店。

他走过第一浸信会教堂，惊叹地看着教堂的彩色玻璃，努力回想孩提时是否注意过这些。然后，他开始寻找摩根·坦纳的办公室。他知道地址，终于在一幢砖砌的小楼房上找到了招牌，那幢楼房挤在一家药店和一家钱币店之间。楼里还有另外一位律师，但他们似乎并不合伙开展业务。他不知道塔克为什么选择坦纳。上门前，他从来没听说过这个人。

走到奥利安托的镇中心边缘，道森离开大马路，拐进邻近的小街道，漫无目的地跑着。

他睡得不好。阿曼达和邦纳一家不停地在他脑子里盘旋。在监狱里，除了阿曼达，他就只想着玛里琳·邦纳。她在审判的听证会上作了证，她在证词中强调，他不仅夺走了她深爱的男人，夺走了孩子们的父亲，也破坏了她的整个生活。她的嗓音嘶哑，她承认不知道将来怎么供养家庭，他们的未来要面临什么。他们发现，邦纳医生并没有买人寿保险。

最后，玛里琳·邦纳失去了房子。她跟着父母搬回了果园，继续为生活而挣扎。她的父亲早就退休了，有肺气肿的早期症状。她的母亲有糖尿病，房产的贷款吃掉了果园带来的每个美元。由于父母需要全天候的照料，玛里琳只能从事兼职。她微薄的薪水加上父母的社会保障金，勉强能支付日常开销，有时甚至维持不了。他们居住的农舍开始散架，并且开始拖欠果园的贷款。

道森出狱时，邦纳一家已经陷入绝境。道森一开始不知道，直到半年后，他去农舍道歉，才了解这一切。玛里琳来开门的时候，道森几乎认不出她了：她的头发变得灰白，面色蜡黄。她却把他认得清清楚楚，他还没来得及说一句话，她就尖叫着让他离开，她声嘶力竭地说他毁掉了她的生活，他杀死了她的丈夫，她甚至没有足够的钱修一修漏水的屋顶，或者雇来需要的帮工。她嚷着银行威胁取消果园的抵押品赎回权，嚷着她要去喊警察。她警告他再也不要来。道森走了，但是当晚他又回到农舍，察看了朽坏的建筑，他走过一排排桃树和苹果树。过了一个礼拜，道森从塔克那里领到了薪水，他去了银行，给玛里琳·邦纳寄了一张支票，把所有的薪水，连同他出狱以来存下的一切都寄给了她，连一张便条都没有夹。

几年后，玛里琳的生活慢慢变好。她的父母相继过世，她继承了农舍和果园。虽然时时需要为生活挣扎，她还是慢慢还完了贷款，并且把房子修了修。现在，她完全拥有了这片土地。他离开小镇几年后，她开展了一种邮购业务，售卖自制的罐头蜜饯。依靠互联网的帮助，她的生意蒸蒸日上，不再需要担心付不起账单。虽然她没有再婚，她一直在跟一个叫利奥的会计约会，他们的关系持续了将近十六年。

　　至于孩子们，埃米莉从东卡罗来纳州立大学毕业，最后搬到了罗利，在一家百货商店当经理，将来可能准备接手母亲的生意。艾伦住在果园里，母亲给他买了半幢房子，他没有上大学，但是有份稳定的工作，在寄给道森的照片里，他看上去总是很快乐。

　　照片每年寄到路易斯安那，连同一封短信，汇报玛里琳、埃米莉和艾伦的近况。道森雇的私家侦探很尽职，但从不窥探太深。

　　他有时对雇人跟踪邦纳一家感到愧疚，但他一定得知道自己的努力是否给他们的生活带来哪怕最小的改善。这就是自那晚发生车祸以来，他最希望的结果。所以过去二十年来，他每个月给他们寄支票，用的是海外的匿名银行账户。毕竟，他对他们家庭的最大损失负有责任。当他走在安静的街上时，他知道自己愿意付出一切来弥补他们。

　　阿贝·科尔感到身体燥热恶心，虽然发着高烧，他还是在发抖。两天前，他把棒球棍朝一个触怒了他的人挥去，那人出乎意料地掏出了一把美工刀。这把脏兮兮的刀把阿贝的肠子拉了道凶残的豁口。早晨，他注意到伤口流出了绿色的脓水，虽然敷了药，闻起来还是一股恶臭。假如高烧不退，阿贝就要用棒球棍打他的表弟卡尔文，因为他发誓自己从兽医站偷来的抗生素管用。

但是，阿贝刚刚看见道森从街对面跑过。这让他分了心，他在想该怎么对付道森。

特德在他身后的便利店里，他不知道特德是否看见了道森。也许他没看见，否则他就会像头野猪一样冲出店门。特德一听说塔克翘辫子的消息，就在等着道森露面。说不定特德已经磨好刀具，装好弹药，检查完他的手榴弹或者火箭筒，或者任何藏在他跟埃拉那个浪荡小婊子待的老鼠洞里的其他武器。

特德的脑子不对劲。从来就没对劲过。这个人只知道发火。监狱里蹲了九年牢，还是没让他学会懂点儿规矩。过去几年，事情发展到了几乎无法控制特德脾气的地步，但是，据阿贝看来，这并不总是件坏事。这使特德成为一个有力的暴徒，保证所有在他们领地撒野的人都乖乖听话。这些日子，特德把每个人都吓破了胆，包括家里人，这正中阿贝的下怀。他们从不打探阿贝的事情，阿贝让他们干吗就干吗。阿贝虽然不关心他的弟弟，但他发现特德很有用。

但是，现在道森回到镇上了，谁知道特德会做什么？阿贝猜到如果塔克去世，道森就会露面。但是，他希望道森别待太久，表达一下悼念就足够了，在任何人知道道森回家之前就赶紧走。

稍微有点头脑的人都会这么做。阿贝确定道森够聪明，知道特德每次照镜子，看见自己被打歪的鼻子，就恨不得杀了道森。

不管怎么样，阿贝并不关心道森的死活。但是，他不希望特德制造不必要的麻烦。维持家族生意运转已经够不容易了，假如联邦调查局、政府、地方治安官插手的话，事情就更难办了。从前法律害怕他们，但是今不如昔。现在，到处都有警察的直升飞机、狗、红外线和线人。阿贝不得不考虑这些问题，他正在单枪匹马地应付这类事情。

事实上，道森比特德通常对付的那些毒品贩子聪明多了。道森曾经把特德和他父亲打得屁滚尿流，他们两个都手持武器，不管你怎么看待道森，这都说明点问题。道森根本不怕特德或者阿贝，他已经准备好了。他在必要的时候，会变得冷酷无情，所以有充分理由该让特德歇歇了。但是，特德不会就此罢手的，因为他压根没法头脑清醒地思考问题。

阿贝一点都不希望特德再次被送进监狱。阿贝需要他，家里有一半成员都很别扭，而且喜欢做些蠢事。假如特德看见道森，而阿贝无法阻止他冲动报复的话，特德可能再次站到审判席上。这个念头让他胃里发烧，胃酸翻江倒海。

阿贝弯下腰，在柏油马路上呕吐起来。他用手背擦了擦嘴巴，道森最后消失在拐角处。特德还没有出来。阿贝心里松了口气，决定不告诉他看见的情景。他再次发抖起来，肠子火烧火燎的。上帝，他想要拉屎。谁会想到那家伙带着把美工刀呢？

阿贝并没有打算杀死那个人，他只想给他个警告，他或者任何想打坎迪的主意的男人。但是，阿贝再也没有下次机会了。他一发起脾气，就停不下来。他应该小心点，可能触犯法律的时候，他总是小心谨慎，但是，每个人都应该理解，谁也别想染指他的女朋友。男人们最好别看她，也别跟她说话，更别提打主意把手伸进她的裤子。她也许正怒气冲冲，但是，坎迪应该明白自己现在是他的女人。他实在不想把她那张漂亮脸蛋揍得鼻青脸肿来让她弄清楚这一点。

坎迪不知道该拿阿贝·科尔怎么办。是的，他们出去约会过几次，他也许认为自己已经有权控制她了。但他是个男人，她很久以前就懂得男人了，哪怕是阿贝这样的愣头青。她可能只有二十四岁，但她十七岁起就独立生活了，她知道只要自己留着金色的蓬松长发，用那样的眼神抬头看着男人们，她就可以让他们做任何她想要的事情。她知道如何使一个男人神魂颠倒，无论他实际上有多乏味。过去七年，她这一招屡试不爽。她有一辆福特野马敞篷车，威尔明顿某个老男人的礼物；她的窗台上放着一尊小佛像，据说是黄金的，是查尔斯顿一个亲密的中国男人送的。她知道自己要是告诉阿贝手头缺钱，他很可能给她一笔钱，并感觉自己像个国王。

但是，这也许不是个好主意。她不是本地人，几个月前才来奥利安托，根本不知道科尔家族是什么人。她对他们了解得越多，就越不敢跟阿贝走得太近。并非因为阿贝是个罪犯。她在亚特兰大跟一个毒品贩子厮混过几个月，为了将近两万美金，他们俩对这样的交易都感到很高兴。但现在，不是阿贝的罪犯身份把她唬住了，而是，特德让她不安。

阿贝来的时候总是带着特德，坦白地说，特德让她害怕。不仅是他的满脸麻子或者黄褐色的牙齿吓到她了，还是他的整个……气场。当他咧嘴朝她笑的时候，有种兴高采烈的恶毒，就好像他无法决定到底是扼死她，还是亲吻她，但是，他觉得两者都同样很有趣。

特德一开始就让她感到毛骨悚然，但是，她不得不承认，认识阿贝越久就越担心他们俩是一块料子。最近，阿贝的占有欲越来越强，这开始让她觉得害怕。老实说，也许是时候离开了。开车向北去弗吉尼亚州，还是向南去佛罗里达州，其实无关紧要。她打算明天就走，但是她还没有钱旅行。她的钱都从指缝里溜走了，她盘算着，要是周末能在酒吧里钓上几个顾客，假如她打得一手好牌，到礼拜天她就能挣到足够的钱。在阿贝·科尔发觉她走掉之前，离开这个鬼地方。

运货的卡车摇晃着在中心线和路边沿之间迂回前进，艾伦·邦纳正拿着一包香烟往大腿上弹着，想从里面抽出一根来，同时当心夹在两腿间的一杯咖啡不会洒出来。收音机正高声放着一首乡村歌曲，内容是关于一个男人丢了他的狗，或是想养条狗，或是喜欢吃狗肉，诸如此类的。但是歌词永远不像节奏那么重要，这首歌的曲调有着严肃的节奏。再加上那天是礼拜五，这意味着艾伦只要再工作七小时，就会迎来漫长、欢乐的周末，他已经开始心情舒畅了。

"你能不能把声音关小点？"巴斯特说。

巴斯特·蒂伯逊是公司新来的学徒工，这是他还待在卡车上的唯一理由，整个星期他都一直在抱怨这个那个，或者问东问西。这样足够把任何人逼疯。

"什么？你不喜欢这首歌？"

"员工手册里说，大声开收音机会导致分心。罗恩在雇我的时候特别关照过。"

这是巴斯特另一个特别烦人的地方。他是个一丝不苟坚持规则的人。也许这就是罗恩雇他的原因。

艾伦弹出了香烟，用牙齿叼着，一边找打火机。东西在他的口袋很深处，打火机掏出来的时候，他得集中精神防止咖啡洒掉。

"不用担心。今天是礼拜五，记得吗？"

巴斯特似乎对他的回答并不满意，艾伦的眼神瞥过来，注意到今天早晨他熨过衬衫了。毫无疑问巴斯特保证也让罗恩注意到了。没准进办公室的时候，还夹着本笔记本和钢笔，这样他就能把罗恩说的每句话都记下来，同时恭维罗恩的智慧。

这家伙的名字呢？那是另外一回事。什么样的父母会给孩子起名叫巴斯特？

艾伦最后终于掏出了打火机，运货车又一次拐上了路边沿。

"嗨，你怎么起了个名字叫巴斯特？"他问道。

"这是个姓氏。我妈妈那边的。"巴斯特皱起了眉头，"今天要运几趟货？"

整个星期，巴斯特都在问这个问题，艾伦仍然没有弄明白为什么确切的数字这么重要。他们往加油站和便利店运送乘客、坚果、薯条、果脯和牛肉干，但关键是不能迅速驶过路线，否则罗恩就会增加更多的站点。艾伦去年学会了这一点，他不会再犯同样的错误。他的地图已经覆盖了整个帕姆利科县，这意味着他没完没了地沿着人类历史上最乏味的道路开车。即便如此，这也无疑是他做过的最好的工作，好过盖房子、打理园林、洗车或任何自他毕业后做过的工作。这里，新鲜空气吹进车窗，他想把音乐开多响就多响，没有老板经常站在背后朝他的脖子吹冷风，工资也不算差。

艾伦笼起手，一边点烟，一边用胳膊肘驾驶。他把烟从开着的窗口呼出去。"够多了。我们能送完就算运气。"

巴斯特朝另一边的车窗转过脸去，屏住呼吸说："那样的话，我们也许不应该吃这么长时间的午饭。"

这孩子一本正经得让人恼火。他就是个娃娃，即便从实际上说，巴斯特的年纪还比他大。然而，他也不愿意巴斯特跟罗恩打报告说他在磨洋工。

"跟午饭没关系，"艾伦尽量听上去严肃地说，"这跟客户服务有关系。你不能只是跑进跑出，你得跟别人说话。我们的工作是保证顾客愉快，这就是为什么我总是确保照章办事。"

"就像抽烟。你知道不应该在车里面抽烟。"

"每个人都有点癖好。"

"还有把收音机开得震天响？"

噢，这孩子显然在列他的罪状，艾伦脑子不得不转得快一点。

"我是为你着想。你知道，这是某种庆祝。这是你第一个星期的结束，你工作做得很好。我们今天结束后，我保证会让罗恩知道这一点。"

这样提起罗恩足以让巴斯特安静几分钟了，虽然也没安静多久，但跟这样一个人在车里待了一个星期，有一点安静就是件好事。这一天没法很快就结束，但是，下周他又能独自开车了。感谢上帝。

今天晚上呢？周末就要开始了，他要尽最大努力忘掉巴斯特。今晚他要去"潮水酒吧"，镇外的一家小夜总会，那里几乎是附近唯一能提供夜生活的地方。他会喝点啤酒，打会儿台球，假如他运气好，那个可爱的酒吧招待也会在那儿。她的紧身牛仔裤把身体线条勾勒得恰到好处，每次俯身递给他啤酒的时候，都让人注意她暴露的上装，啤酒的滋味也显得好多了。星期六和星期天晚上也一样，他母亲跟长期男友利奥会有安排，不会像前一天晚上那样来他的房子看他。

他无法理解母亲为什么不跟利奥结婚，也许那样她就有更好的事情做，而不是对她已经长大成人的儿子管头管脚。这个周末，他不希望如母亲期待的那样，去管理公司，因为这压根儿就不可能。穿得破旧一点又怎样呢？那时，他会坐在自己的运货车里，假如这不值得小小庆贺一番，那就没什么事情值得了。

玛里琳·邦纳为艾伦感到担心。

当然不是一直担心，她尽力让自己不要忧虑太多。不管怎么说，他是成年人了，她知道他已经长大成人，可以自己作决定了。但她是他的母亲，在她看来艾伦最主要的问题是，他总是会选容易的道路。这样没有前途。更有挑战的路途上才会有更好的机会。让她感到不安的是，他生活得像个十几岁的大孩子，可他已经二十七岁了。昨晚，她去他的房子看他，他正在打游戏。他的第一反应居然是问她想不想试一下。她站在门道上，不禁疑惑自己怎么会生出这样一个儿子，他看上去一点都不了解她。

当然，她知道情况可能会更糟。糟糕得多。底线是艾伦人品不错。他人很好，有份工作，从来没有陷入过麻烦，在这个时代的世风下，这样就算很好了。不管怎么说，她读报纸，听镇上的闲言碎语。她知道他的很多朋友，她从小看着那些年轻人长大，有些甚至出身在更好的家庭，如今堕落到吸毒、酗酒，甚至进了监狱。想到他们生活的环境，就不难理解了。过多的人群繁荣了美国小镇，让小镇看上去就像诺曼·洛克威尔的油画一般，但现实却完全不同。因此，奥利安托或者任何其他小镇，除了医生、律师或者有产业的人，根本没有高收入的工作。诚然在许多方面，小镇是生儿育女的理想地方，但是年轻人也没有什么雄心壮志可以实现。小镇没有，也不可能有中层管理职位，周末也没有什么事情可以做，甚至也没什么新的人可以认识。她无法理解艾伦为什么依然想生活在这里，但是，只要他快乐并且以自己的方式活在这个世界上，她也愿意帮助他过得容易一些，哪怕这意味着她要给他离农舍不远的地方买一整幢房子，来让他开始自己的生活。

不，她对奥利安托这样的小镇并不心存幻想。在这方面，她跟小镇其他的体面家族不一样，但是，她失去了丈夫，年纪轻轻拖着两个孩子，这足够改变一个人的看法。贝内特家族的银行家们上过北卡罗来纳大学，这并不能阻止他们努力收回果园的抵押赎回权。她的姓氏和关系也无助于养活挣扎在生存线上的家庭。甚至，她在北卡罗来纳大学拿的响当当的经济学学位也没给她带来敲门砖。

所有的事情终究要归结到钱上面。归根结底，一个人实际所能做的比他们自认为自己是什么人物要重要得多。这就是为什么她无法继续容忍奥利安托镇维持现状的原因。这些天，她雇了一个勤奋的移民，而不是北卡罗来纳大学毕业生或者杜克大学的交际花，后者总相信过上好日子是世界欠她的。在伊芙琳·科利尔或尤金妮亚·威尔科克斯这样的人看来这样的做法简直亵渎上帝，但她早就把伊芙琳和尤金妮亚这类人看作恐龙，她们依恋的世界早就不存在了。在最近的镇会议上，她就直言不讳地说了。往日这样的言论一定会引起骚动，但是玛里琳的生意在镇上属于少数几家还在扩张的，所以别人也无法再说什么，包括伊芙琳·科利尔或尤金妮亚·威尔科克斯。

戴维过世之后，玛里琳开始珍惜来之不易的独立生活。她学会了听从直觉，她不得不承认自己喜欢掌控自己的生活，没有任何人会用期待来阻碍她。她想这就是为什么她拒绝了利奥一次又一次求婚的原因。他在莫尔黑德城做会计，人聪明、随和，她喜欢跟他在一起度过时光。更重要的是他尊重她，孩子们都崇拜他。埃米莉和艾伦无法理解她为什么总是说不。

但是，利奥知道她总会说不，他觉得可以接受，因为事实上他们俩都对这种方式感到舒适。他们明天晚上可能去看场电影，礼拜天她去教堂，然后去墓地看望戴维，将近四分之一个世纪以来，她每周末都会这么做。随后，她跟利奥一起吃晚饭。她以自己的方式爱着他。也许并不是其他人所理解的那种爱，但是没关系。她和利奥所拥有的，对他们来说已经够好了。

距离半个小镇之外，阿曼达正坐在厨房的桌边喝咖啡，尽力对她母亲故意的沉默视而不见。前一天晚上，阿曼达回来时，母亲正等在客厅里，阿曼达还没得空坐下，质问就开始了。

"你去哪里了？你为什么这么晚回来？你为什么不打电话？"

"我打过电话了。"阿曼达提醒妈妈，妈妈显然想责备她，但她不想争论不休，阿曼达咕哝着说她头疼，真的得回房间躺着。假如母亲早上的态度暗示着什么，她显然很不高兴。妈妈除了进厨房时说了声"早安"，一句话都没有说，直接朝烤面包机走去。妈妈叹了口气打破沉默，往里面扔了块面包。面包有点烤焦了，她又叹了口气，这次稍微大声了点。

"我知道了。"阿曼达想说。你心烦意乱。你现在好了吗？但她没说什么，而是呷了口咖啡，决心不管妈妈明示暗示，她都不想被拖进一场争吵。

阿曼达听见烤面包弹出来的声音。她母亲打开抽屉拿出刀，关上抽屉的时候弄得叮叮当当响。她开始往面包片上涂黄油。

"你觉得好点了吗？"母亲终于开口问道，没有转过身。

"好点了，谢谢！"

"你准备好告诉我发生什么了吗？或者你去了哪儿？"

"我告诉过你，我出门很晚了。"阿曼达竭力保持声音平静。

"我给你打过电话，但我听到的都是你的语音邮件。"

"我的手机没电了。"昨晚她在路上想到撒这个谎的。她母亲猜到她会这么说。

母亲拿起盘子。"这就是你没有打电话给弗兰克的原因？"

"我昨天跟他说过了，在他下班回家一个小时后。"她拿起晨报，扫视了一下新闻标题，故意装得若无其事。

"好吧，他也给这里打了电话。"

"怎么？"

"他很惊讶你还没回来，"阿曼达的母亲鄙夷地说，"他说据他所知，你两点就走了。"

"我走之前有些事要办。"她说。撒谎撒得太容易了，她想，但是她已经编了很多谎话了。

"他听上去心烦意乱。"

"不，他听上去像是喝过酒了，"阿曼达想，"而且，我怀疑他是否还记得。"她从桌前站起身，往杯子里重新倒满咖啡。"我待会儿会打电话给他。"

她母亲坐了下来。"昨晚有人约我去打桥牌。"

"那么，这就是原因咯。"阿曼达想。不管怎么说，起码是部分原因。她母亲沉迷桥牌，三十年来总是跟同一群女人一起打牌。"你应该去的。"阿曼达说。

"我没法去，因为我知道你会来，我以为我们会一起吃晚饭。"她母亲僵硬地坐着，"尤金妮亚·威尔科克斯不得不替我。"

尤金妮亚·威尔科克斯就住在同一条街上，她家的宅子颇有历史，跟伊芙琳家的一样美轮美奂。虽然，她们表面上是朋友——她母亲和尤金妮亚一辈子都有交往——但是，她们一直都在暗中较劲，比较谁的房子更好、谁的花园更美，还有所有的一切，包括她俩谁做的红丝绒蛋糕更好。

"我很抱歉，妈妈。"阿曼达说，重新坐了下来，"我应该早点给你打电话。"

"尤金妮亚连叫牌都不会，她把整个牌局都毁了。玛莎·安已经打电话跟我抱怨过了。不管怎么说，我告诉她你回镇上了，事情真是接二连三，她邀请我们今天晚上去吃饭。"

阿曼达皱了皱眉头，放下咖啡杯。"你没答应吧？"

"我当然答应了。"

道森的影子闪过她的脑际。"我不知道是不是有时间，"她临时捏造理由说，"今晚可能会要守灵。"

"可能要守灵？这是什么意思？到底有没有守灵？"

"我的意思是说，我不确定有没有。律师打电话给我的时候，没有提起葬礼的细节。"

"这很奇怪，不是吗？他什么都没告诉你？"

"也许吧，"阿曼达想，"但是，塔克安排我和道森昨晚在他的房子里一起吃晚饭，没有什么比这更奇怪了。"她说："我肯定他只是遵照塔克的意思。"

听到塔克的名字，她母亲用手指摸了摸戴在脖子上的珍珠项链。阿曼达从来没见过她不打扮得珠光宝气、浓妆艳抹就离开卧室的时候，今天早晨也不例外。伊芙琳·科利尔是旧南方精神的代表，毫无疑问她到死都会保持这一点。

"我不明白你干吗非得回来参加葬礼。你好像根本就不认识这个人。"

"我认识他，妈妈。"

"好多年前了。我的意思是，如果你还住在镇上的话，也许我还能理解。但是，你没有理由特地赶过来参加葬礼。"

"我来是出于敬重。"

"你知道，他的名声不算最好。很多人认为他是个疯子。我该跟朋友们怎么解释你在这里？"

"我不知道你为什么必须要解释。"

"因为他们会问你为什么在这里。"她说。

"他们为什么会问？"

"因为他们觉得你很有意思。"

阿曼达从她母亲的语调里听出弦外之音，她不明白是什么意思。她边想着，边往咖啡里加了点奶油。"我没意识到自己是个热门话题。"她评论道。

"你想想就不会觉得惊讶了。你很少再带弗兰克或孩子们回来了。假如他们觉得奇怪，我也没有办法。"

"我们以前说过这个问题了。"阿曼达说，无法掩饰自己的恼怒。"弗兰克要工作，孩子们要上学，但是，这并不意味着我就不能回来了。有时候，女儿们会回娘家。她们会回来看望母亲。"

"但是有时候，她们根本不是来看母亲。假如你想知道事实的话，这就是他们真正觉得有趣的地方。"

"你在说什么呢？"阿曼达眯起了眼睛。

"我在说事实上，你总是趁我不在奥利安托的时候回来。你住在我的房子里，甚至都不让我知道。"她一点都不想掩饰自己的敌意。"你没意识到我知道，对吗？比如去年我去旅行的时候？或者前年我去查尔斯顿看姐姐的时候？这镇子很小，阿曼达。人们会看见你。我的朋友们看见你了。我不能理解的是，你为什么不相信我会发现。"

"妈妈——"

"别解释了，"她说道，抬起一只修得完美的手，"我知道你为什么来。我年纪是大了点，但我还没有老朽。你来这里参加葬礼，还会为了别的什么？你显然是来见他的。你每次告诉我去逛商店了，其实是去见他了，我说得对不对？还有你每次说去海滩看朋友的时候？你一直在对我说谎。"

阿曼达垂下眼帘，什么都没说。她实在没有什么可以说的。在沉默中，她听见一声叹息。当她母亲继续说的时候，声音已经失去控制。

"你知道什么？我也在替你撒谎，阿曼达，我厌烦透了。但是，我仍旧是你的母亲，你可以跟我说。"

"是的，妈妈。"她从自己的声音里，听到了那个十几岁任性孩子的回声，她为此憎恨自己。

"是孩子们出了什么问题，你没告诉我？"

"不，孩子们很好。"

"是弗兰克？"

阿曼达把咖啡杯的柄转向另一边。

"你想说说吗？"她问道。

"不！"阿曼达的声音很干脆。

"我能为你做什么吗？"

"不！"她又一次说。

"你怎么了，阿曼达？"

出于某些原因，这个问题让她想起了道森，一瞬间她仿佛回到了塔克的厨房，沐浴在道森的注视下。她知道自己什么都不想，只想再见他一面，无论后果会是什么。

"我不知道，"她最后喃喃地说道，"我希望我是去见他了，但是我没有。"

阿曼达上楼去洗澡。伊芙琳·科利尔站在后门廊上，凝视着河面上笼着的一层雾气。从伊芙琳还是个小女孩起，这就成了一天中她最喜欢的时光。那时候，她还不住在河边；她住在父亲的磨坊附近。但是，周末她总到桥边散步，有时一连坐上好几个钟头，看着阳光渐渐驱散雾气。哈维知道她一直希望住在河边，所以他们结婚几个月后，他就买下了这座房子。当然，他是以极便宜的价格从她父亲手里买下来的——科利尔家那时拥有大片房产——所以，对他来说这并不太费劲，但是这不重要。重要的是他在乎她，她希望他依然在身边，哪怕只是跟他说说阿曼达的事。谁知道这些天在她身上发生了什么事？但是，当阿曼达还是个小女孩的时候，她就已经很神秘了。她对事情有自己的想法，从她学会走路起，她就跟潮湿夏日里弯曲变形的门一样顽固。假如妈妈让她待在身边，她一有机会一定会溜得远远的；假如妈妈让阿曼达穿得漂亮点，她就会跳下台阶，穿上些从衣橱角落里找出来的衣服。在阿曼达还很小的时候，妈妈还有可能控制她，让她循规蹈矩。不管怎么说，她姓科利尔，人们对她是有期待的。但是，一旦阿曼达进入青春期……天知道，就好像魔鬼进入她的身体。先是认识了道森·科尔——一个科尔家的人！——然后就开始撒谎、溜出去，当伊芙琳想说服女儿有点理智的时候，阿曼达就没完没了地情绪化，反应激烈。由于心力交瘁，伊芙琳的头发开始变白了，虽然阿曼达不知道。假如不是经常用波旁威士忌灌醉自己，伊芙琳都不知道怎样度过那些糟糕的日子。

后来，他们成功让她跟那个姓科尔的小子分手，阿曼达去念了大学，情况开始改善。这些年日子美好而稳定，外孙、外孙女也带来了许多快乐。那个女婴是个悲剧，才蹒跚学步又那么漂亮，但是，上帝从来不会保证任何人的生活中没有苦难。阿曼达出生前一年，她自己也流产过一次。她很高兴在度过很长一段时间后，阿曼达能重新振作起来——上帝知道，她的家庭需要她——并且开始从事一些值得注意的慈善工作。伊芙琳更喜欢轻松一点的工作，也许像青年会那样，但是，杜克大学医院依然是个不错的机构，她不会不好意思告诉朋友们，阿曼达主持那些募集基金的午餐会，甚至她在那里做志愿者工作。

最近，阿曼达似乎又开始重蹈覆辙——在所有的事情上，像个十几岁的孩子一样撒谎！噢，她们从来没有怎么亲密无间过，她早就承认事实上她们永远都无法亲密。所有的母亲和女儿都是最好的朋友，这是一个迷思，但是，友谊总是远不如家庭重要。朋友来了又去，家庭总是在那里。不，她们并不对彼此吐露心事，但是，吐露心事不过是抱怨的另一种说法，这通常只是浪费时间。生活犹如一团乱麻。生活一直如此，从来都是如此，所以，为什么还要抱怨呢？你要么努力去改变它，要么什么都不做，你选择什么，就会有怎样的生活。

一个人即使不够敏锐，也能发觉阿曼达和弗兰克之间出了问题。她近几年很少看见弗兰克，因为阿曼达总是一个人来，她也记起他有些过分沉溺于啤酒了。然而，阿曼达自己的父亲也嗜好波旁威士忌，即使他的婚姻如何幸福美满。好多年来，她看见哈维就受不了，更别提想要嫁给他了。假如阿曼达问她，伊芙琳也许会承认这一点，同时，她也会提醒女儿并不是另一边的草更绿。年轻一代不明白的是，草只有多浇水才会最绿，这意味着弗兰克和阿曼达想让事情变好的话，都应该拿出水管。但是，阿曼达并没有问。

这很遗憾，因为伊芙琳能觉察出，阿曼达给本来危机重重的婚姻增加了更多问题——撒谎只是一部分问题。因为阿曼达曾经跟妈妈撒谎，不难揣测她也向弗兰克撒谎。谎言一旦开始，哪里会有尽头？伊芙琳不能肯定，但是阿曼达显然陷入了困惑，人们困惑时总会犯错误。这当然意味着，这个周末她不得不格外警觉，不管阿曼达是不是高兴。

道森回到镇上了。

特德·科尔站在棚屋前的台阶上，一边抽烟，一边悠闲地打量着"肉树"，男孩们打猎回来后，他总是这样称呼战利品。那里有一对鹿，已经剥皮并且掏空内脏，被挂在下垂的树枝上。苍蝇嗡嗡作响，叮在肉上缓缓爬行，内脏堆积在地面的污泥上。

清晨的微风吹得正在腐烂的动物尸体微微转动，特德猛吸了一口烟。他看见了道森，他知道阿贝也一定看见他了。但是，阿贝撒了谎，这跟道森那副"悉听尊便"的神气一样，让他怒不可遏。

他开始有点厌烦自己的哥哥阿贝了。他厌烦了被差遣来差遣去的感觉，厌烦了老是怀疑家族的钱究竟去了哪里。是时候了，老阿贝该明白自己在玩火自焚。他亲爱的哥哥近来走背运。那个带着美工刀的男人差点捅死他，即便几年前这样的事情都不会发生。假如特德在场，绝不会发生这样的事，但是，阿贝没有告诉他自己的计划，这是阿贝越来越不小心的另一个证据。他的新女朋友让他完全变了样——坎迪，或者坎美，不管她见鬼的叫自己什么。是的，她有张漂亮脸蛋，身材好到特德也忍不住想花些时间研究一番。但她是个女人，规则很简单：你想从她们身上得到点什么，你就可以得到，假如她们生起气来或者丢了你的脸，你得让她们明白她们自己的错误。开头可能会有些教训，但是女人终究会回心转意。阿贝似乎已经忘记了这些。

阿贝还当着面向他撒谎。特德轻轻把烟蒂弹到走廊上，他想毫无疑问，他很快要跟阿贝摊牌。但是，第一要紧的事情是：必须除掉道森。他等这一天等很久了。因为道森，他的鼻子歪了，他的下巴是靠金属丝才合起来的；因为道森，他的生活就这样被毁了，他忍无可忍，他九年的生活就这样一无所成。没有人可以招惹他却一走了之。没有人。道森不行，阿贝也不行。没有人。而且，他等这一天已经等了很久很久。

特德转身回到屋内。棚屋是上世纪末修建的，头顶只有一盏电灯，用一根电线垂挂下来，几乎无法驱走阴影。他三岁的孩子蒂娜，正坐在电视机前面破烂的沙发边上，在看迪斯尼的某部动画片。埃拉走过她的身边，什么都没有说。厨房里，煎锅上结着厚厚一层培根油脂。埃拉走回房间喂宝宝，宝宝正站在高脚椅子上尖叫，脸上抹着滑腻腻的黄色东西。埃拉二十岁，屁股很窄，稀疏的褐色头发，脸颊上两片雀斑。她穿的裙子难以遮掩隆起的腹部。她有七个月的身孕了，感觉很累。她总是感觉很累。

他从柜台里匆匆拿走钥匙，她转过身。

"你要出去？"

"别管我的事！"他说。她转过身去，他拍了拍宝宝的脑袋，然后向卧室走去。他从枕头底下拿出一把格洛克手枪，把枪插进腰带，开始兴奋起来，觉得世界上的一切都开始对劲起来了。

报仇雪恨的时候到了，终于可以一了百了了。

七

  道森跑完步回来，其他客人正在店里喝咖啡，阅读免费的《今日美国》报纸。他走上楼梯进房间时，闻到厨房里飘来的培根和鸡蛋的香味。冲完澡，他穿上牛仔裤和短袖衬衫，然后下楼吃早餐。

  道森来到餐桌边时，大部分人都已经吃过早餐，所以他独自用餐。虽然刚跑完步，但他一点都不饿。尽管如此，旅馆主人还是给他盛了满满一盘——她叫艾丽丝·拉塞尔，一个六十多岁的女人，八年前退休后搬来奥利安托——他预感假如他不吃完，她会失望的。她有种祖母般的亲切，尤其在穿上那身围裙和格子家居服后。

  他吃早餐的时候，艾丽丝说起她和丈夫像许多其他人一样，退休来到奥利安托是因为爱好航行。她丈夫有些厌倦了，所以他们最终在几年前买下了这座旅馆。令人惊讶的是，她称呼他"科尔先生"。哪怕他提起自己在这座小镇长大，她也没有一点认出他来的迹象。显然，她依然是个外乡人。

然而，他的家族就在附近。他在便利店看见了阿贝。道森一拐弯，赶紧躲进房屋间的小巷，悄悄潜回小旅馆，尽可能躲避大路。他根本不想跟家里人发生纠葛，特别是特德和阿贝，但是，他有种不安的感觉，事情还没有结束。

他还有些事情需要做。吃完早餐，他拿起在路易斯安那就订好送到旅馆的花束，钻进他租来的汽车中。一边开车，一边盯着后视镜，确保没有人跟踪。在墓地，他曲曲折折地穿过熟悉的墓碑，来到戴维·邦纳医生的墓前。

正如他所希望的，墓地空寂无人。他把花束放在墓石上，为邦纳一家念了一小段祷文。他只待了几分钟，就开车回到了小旅馆。走出汽车，他抬头看了看。蓝天向着地平线延伸，天气已经开始变暖。早晨如此美丽，时光不可浪费，他决定去散步。

阳光在纽斯河上闪烁，他戴上一副太阳眼镜。穿过街道，他开始熟悉附近的地形。虽然店都还开着，人行道上却几乎没有人，他有点疑惑这些商店是怎么维持生意的。

他看了一眼手表，发现离约好的时间还有半个小时。他继续散了会儿步，停下来看先前跑步经过的那家咖啡馆。他不想喝更多的咖啡，就决定一瓶水。他凝视咖啡馆的时候，感到一阵轻风吹过，店门开了。他看到有人走了出来，脸上立即浮现微笑。

阿曼达站在比恩咖啡馆的柜台边上，往一杯埃塞俄比亚咖啡里加奶油和糖。比恩咖啡馆是俯瞰港口的一间小屋，供应二十来种咖啡和美味甜点，阿曼达每次来奥利安托都会光顾这里。跟欧文饭店一样，当地人聚在这里打听各种小镇巷议。在她身后，她能听到窃窃私语。虽然忙碌的早晨已经过去很久，咖啡馆依旧比她想象的更拥挤。阿曼达进来之后，柜台后面那个二十来岁的服务员一刻也没有停歇过。

　　她极其需要咖啡。早晨跟妈妈聊过之后，她一直觉得无精打采。先前冲澡的时候，她度想回到厨房，跟母亲推心置腹地谈一下。但等擦干身体，就改变主意了。虽然，母亲一直渴望变得善解人意，支持她追求幸福，但更容易想象得出，母亲听到道森的名字后，会是一副震惊、失望的表情。她会发表气愤填膺、居高临下的长篇大论，就像对阿曼达十几岁时那样喋喋不休。她母亲毕竟是个价值观念老套的女人。决定有好有坏，选择有对有错，但是，某些界线是无法逾越的。家里的规矩没有商量的余地，特别是牵涉到门第的问题。阿曼达一直都了解这些规矩，她深知母亲相信什么。她母亲强调责任，只相信结果，无法容忍哭哭啼啼。阿曼达知道这样并不总是件坏事；她在对待自己的孩子时就采取了一点同样的态度，她知道这样他们就会规矩。

　　不同之处在于，她母亲似乎对所有事情都很坚定。她总是对自己的身份和选择充满信心，好像生活是一首歌，她只需要跟上节拍，就知道一切都会按计划进行。阿曼达总是想，她母亲从来不会懊悔任何事情。

但是，阿曼达跟她不一样，她无法忘记贝儿生病以及最终死去时，母亲无情的样子。当然，母亲表达了同情，他们经常去杜克大学儿童癌症中心的时候，她还留下来照顾贾里德和林恩；葬礼过后的几个星期，她还给他们做过一两顿饭。但是，阿曼达实在无法理解母亲怎么能若无其事地接受当时的状况，她也无法忍受母亲在贝儿死后三个月就开始谆谆告诫，说阿曼达需要"重新开始生活"，不应该继续"自怨自艾"。她说得好像失去贝儿，并不比跟男朋友分手更痛苦。每当想起这些，她依然忍不住感到一阵怒火，她有时候不知道母亲到底有没有同情心。

她吁了一口气，努力提醒自己，母亲的世界跟自己的不同。她母亲从来没上过大学，除了奥利安托，从来没有在其他地方生活过，也许跟这些有关系。她接受现成的一套东西，因为没有什么其他可以比较的。她自己的家庭缺少温情，在阿曼达的成长过程中，母亲很少跟她分享些什么。但是，谁知道呢？阿曼达能肯定的只是，母亲的自信会导致更多麻烦。但现在，阿曼达还没有做好准备。

阿曼达给咖啡杯盖上盖子时，她的手机响了。电话是林恩打来的，她出去到走廊上接电话，他们聊了几分钟。然后，阿曼达给贾里德打了电话，喊他起床，听他睡意蒙眬地咕哝着。挂电话前，他说盼着礼拜天见到她。她希望自己也能给安妮特打电话，但她安慰自己说，她肯定在野营地玩得很开心。

犹豫一下之后，她也给弗兰克的办公室打了电话。她早上还没时间打给他，虽然她告诉母亲打过了。像往常一样，她得等他看完病人后的一分钟空闲时间。

"嗨，你好。"他接电话时跟她打招呼。他们聊了会儿，她推测他不记得昨晚给家里打电话这回事了。尽管如此，他听上去很高兴听到她的声音。他问起了她母亲，阿曼达告诉他，等会儿她们会一起吃晚饭；他告诉她，他礼拜天早上打算跟他的朋友罗杰一起去打高尔夫球，也会去乡村俱乐部看勇士队打球。以往的经验告诉她，这些活动无可避免地包括了狂饮，但她竭力压下心头怒火，她知道挑战他毫无益处。弗兰克问起了葬礼，以及她还计划在镇上做些什么。虽然，阿曼达诚实地回答了问题——她还不知道会做些什么——她还是不由自主地避免提及道森的名字。弗兰克似乎没有注意到哪里出了问题，但是，他们结束谈话时，阿曼达感到一阵明显的不舒服的罪恶感。再加上她的怒气，她不由觉得情绪异常得难以平复。

道森站在一棵白玉兰树下等着，直到阿曼达把手机放回手袋里。他觉得自己看见了她神情间的困惑，但她拉直了肩上的带子，神情又变得无法揣测。

她跟他一样穿着牛仔裤，他朝她凝望时注意到，绿松石色的宽松上衣把她的眼睛衬得更深邃了。她陷入了沉思，等看见他后，就朝他走去。

"嗨，"她说，露出了微笑，"没想到在这里碰到你。"

道森走上走廊，看她伸手抚了抚整齐的马尾辫。"我们见面前，我想喝点水。"

"不喝点咖啡？"阿曼达指了指身后，"这里是镇上最好的咖啡馆。"

"我吃早餐时喝过了。"

"你去欧文饭店了吗？塔克特别喜欢那个地方。"

"没有。我就在住的地方吃的。旅馆服务包括了早餐，艾丽丝什么都准备好了。"

"艾丽丝？"

"碰巧某个泳装超模开了家旅馆。你没什么理由要嫉妒。"

她笑了："是啊，当然。你早上怎么样？"

"挺好的。我出去跑了个步，有机会看看这里的变化。"

"你觉得怎么样？"

"我觉得仿佛进入了时间隧道。我就好像《回到未来》里面的迈克尔·杰·福克斯。"

"这是奥利安托的迷人之处。当你在这里时，很容易假装其余的世界都不存在，你所有的问题都会随风而去。"

"你听上去就像在给商会做广告。"

"这就是我的迷人之处。"

"你肯定有许多迷人之处。"

他说这句话的时候，深深地注视着她，她心里一动。很少有人这样盯着她看，恰恰相反，她每天沿着平淡无奇的路线来来回回，感到周围的人仿佛对她视而不见。她还没来得及回味自我的觉醒，他朝门口点了点头。"我去买瓶水，好吗？"

他走了进去，阿曼达从她的角度看见，他朝冰柜走去时，那个漂亮的二十出头的收银员竭力避免盯着他看。道森走到店后面，店员照了照她柜台后面的镜子，然后在记账的时候带着友好的微笑跟他打招呼。阿曼达迅速走开了，他没看见她在看着。

片刻之后，道森回来了，还在应付店员没完没了的招呼。阿曼达强迫自己绷着脸，他们仿佛默契地离开走廊，朝一个能更好眺望船坞的地方走去。

"柜台后面的姑娘在跟你调情。"她察觉道。

"她只是友好而已。"

"她的热络很明显。"

他耸了耸肩，拧开了瓶盖。"我没有注意到。"

"你怎么可能没注意到？"

"我在想别的事情。"

他说完后，她知道他还有其他的话要说，就等着。他眯起眼睛，看着船坞里排成一排晃动的船只。

"早上我看见了阿贝，"他最终说道，"那时我出去跑步。"

阿曼达听见他的名字，身体变得僵硬。"你肯定是他吗？"

"他是我的堂兄，你记得吗？"

"发生什么事了？"

"没什么。"

"那就好，对吗？"

"我还不能肯定。"

阿曼达紧张起来。"这是什么意思？"

他没有立刻回答。他喝了一口水，她几乎能听见他的脑筋急速转动的声音。"我想这意味着，最好尽量不要让他们看到我。否则的话，等他们来了，我就得想办法对付他们。"

"也许他们不会做什么。"

"也许吧，"他同意说，"目前一切顺利，对吗？"他把瓶盖拧回去，改变了话题。"你觉得坦纳先生会跟我们说什么？我们电话上交谈的时候，他显得很神秘。他不肯告诉我任何关于葬礼的事情。"

"他也没有跟我说多少。今天早上，妈妈也跟我说起同样的事情。"

"是吗？你妈妈怎么样？"

"她昨天晚上错过了桥牌，有点不高兴。为了弥补遗憾，她就硬要我今晚陪她到一个朋友家里吃饭。"

他笑了。"所以……就是说你吃晚饭前都有空？"

"怎么了？你在想什么？"

"我不知道。我们还是先看坦纳先生会说什么吧。这提醒我，我们应该出发了。他的办公室就在街区尽头。"

阿曼达把咖啡杯的盖子按紧，他们开始沿着人行道走去，从一片树荫走进下一片。

"你还记得问我能不能给我买个冰激凌吗？"她问道，"第一次？"

"我记得我很疑惑你为什么答应了。"

她没理会他的评论。"你带我去杂货店，那里有个老式的喷泉和很长的柜台，我们都要了热巧克力圣代。他们在那里做冰激凌，那依然是我吃过的最好的冰激凌。我无法相信他们最后把那里拆毁了。"

"顺便问一句，什么时候拆掉的？"

"我不知道。也许是六七年前？有一天，我回乡的时候，注意到杂货店不见了。我觉得很伤心。孩子们小时候，我还会带他们去，他们在那里总是很开心。"

他试着想象她的孩子们在旧杂货店里，坐在她的身边，但是，眼前浮现不出他们的脸。他们长得像她吗，他想，还是像他们的父亲？他们拥有她的热情、仁慈的心吗？

"你觉得孩子们会不会更愿意在这里长大？"他问道。

"他们还小的时候会愿意。这是个美丽的小镇，有很多地方可以玩耍和探索。但是，一旦他们长大点，他们就会觉得受到拘束。"

"就像你？"

"是啊，"她说，"就像我。我迫不及待地想离开这里。我不知道你是否记得，我申请了纽约大学和波士顿学院，这样我就能感受一座真正的城市。"

"我怎么能忘记？这些地方听上去都如此遥远。"道森说。

"是的，好吧……我爸爸念了杜克大学，我是听着杜克大学长大的，我在电视里看到杜克大学的篮球赛。我猜我命中注定要去那里，这就是我要去的地方。最后证明这是正确的选择，因为这是所很好的学校，我交了很多朋友，我在那里变得成熟。另外，我知道自己不会喜欢在纽约或波士顿生活。我内心深处依然是个小镇姑娘。我喜欢听着蟋蟀的鸣叫入睡。"

"那你一定会喜欢路易斯安那州的。那里是世界昆虫之都。"

她微笑着喝了一口咖啡。"你还记得'戴安娜'飓风来临的时候，我们开车去海边吗？我一刻不停地恳求你带我去，你一直劝我放弃这个念头？"

"我觉得你真疯狂。"

"但是，你还是带我去了。因为我希望你这样做。我们几乎无法走出你的汽车，风刮得那么大，海洋看上去……很狂野。雪白的浪花滔天，直到大海尽头，你站在那里抱紧我，竭力说服我回到车里。"

"我不希望你受到伤害。"

"你在钻井上的时候，有没有遇到这样的风暴？"

"没有你想象的那么频繁。我们只要按照事先的计划，通常就能及时撤离。"

"通常？"

他耸了耸肩。"气象专家有时候也会出错。我有几次就在飓风边缘，让人心惊胆战。你全得仰仗老天爷的仁慈，钻井摇晃的时候，你只能蹲下，心里知道假如飓风来了，没有人救得了你。我亲眼看见有几个人完全崩溃了。"

"我也会跟他们一样崩溃的。"

"'戴安娜'飓风来的时候，你倒还好。"他拆穿了她。

"那是因为你在身边。"阿曼达放慢了说话的节奏，声音很诚恳，"我知道你不会让我出任何事情的。你在周围的时候，我总是感到很安全。"

"哪怕我的父亲和堂兄弟找到塔克那里？来索要钱财？"

"是的，"她说，"甚至那时。你的家里人从来没有骚扰过我。"

"你是运气好。"

"我不知道，"她说，"我们在一起的时候，我有几次在镇上看见特德和阿贝，我还时不时地看见你的父亲。我们狭路相逢的时候，他们脸上总带着得意洋洋的假笑，但是他们从来没有让我觉得紧张。后来，特德被抓走以后，我回来过暑假，阿贝和你父亲总是躲得远远的。我想他们知道，假如我出事的话，你会怎么做。"她在一片树荫下停下来，脸转向他。"所以，我从来不害怕他们。一次也没有。因为我有你。"

"你过分相信我的能耐了。"

"是吗？你的意思是你会让他们伤害我？"

他没有回答。她从他的表情中知道她是对的。

"你知道，他们一直都害怕你。甚至特德。因为他们跟我一样了解你。"

"你害怕我？"

"我不是这个意思。"她说，"我知道你爱过我，你会为我做任何事情。这就是为什么你跟我分手的时候，我会那么伤心，道森。因为即便那时，我也知道这样的爱情多么珍稀。只有最幸运的人经历过。"

道森一时间说不出话来。"我很遗憾。"他最后说。

"我也是。"她说，不再掩饰往日的悲伤。"我曾经是个幸运的人，记得吗？"

道森和阿曼达来到摩根·坦纳的办公室后，坐在铺着磨损的松木地板的局促的接待处。茶几上堆着过期杂志，还有几把垫子和已经磨破的椅子。前台接待在读一本平装小说，她看上去老得要命，早该拿好几年养老金了。这里没什么事情可以让她做。他们等了十分钟，电话从来没有响起过。

最后，门终于开了，一位老人探出脑袋，他有一头浓密的白发，眉毛仿佛灰色的毛毛虫，外套皱巴巴的。他招手让他们进办公室。"我想你们是阿曼达·科利尔和道森·科尔？"他跟他们俩握了握手，"我是摩根·坦纳，我向你们致以慰唁。你们一定很难过。"

"谢谢！"阿曼达说。道森只是点了点头。

坦纳把他们引向两把高背皮椅子。"请坐。不会很长时间的。"

坦纳的办公室跟接待处完全不同，红木书架上排放着上百本法律书籍，窗户俯视着街道。华丽的古董桌子，边角雕刻细致，上面摆着一盏蒂凡尼灯。桌子中央摆着一个胡桃木盒子，正对着皮革扶手椅。

"我很抱歉来晚了。我刚刚在打电话，讨论最后几分钟的细节。"他边说边绕着桌子走动，"你们在想为什么所有的安排都要保密，但那是塔克的意思。他固执己见，对事情有自己的看法。"他从浓密的眉毛下打量他们。"我想你们都知道这一点。"

阿曼达偷偷看了道森一眼，坦纳坐了下来，伸手拿面前的一份文件。"我很高兴你们俩都能来。听完他谈论你们之后，我知道塔克也会因此感到欣慰的。你们肯定都有问题想要问，所以我们开始吧。"他迅速向他们笑了一下，露出一口令人惊讶的洁白整齐的牙齿。"如你们所知，塔克的遗体是礼拜二早晨被雷克斯·亚伯勒发现的。"

"谁？"阿曼达问道。

"他是邮差。他经常特别留心去探望塔克。当他敲门的时候，没有人回答。但是门没有上锁，他进去后发现塔克躺在床上。他给治安官打了电话，后来确定并非谋杀。然后，治安官给我打了电话。"

"他为什么给你打电话？"道森问。

"塔克要求他打电话给我。他已经通知治安官办公室，说我是他的遗嘱执行人，他过世之后应该尽快联系我。"

"你说得好像他知道自己要死了。"

"我想他预感到死亡来临，"坦纳说，"塔克·霍斯泰特勒是个老人，他并不害怕面对衰老的现实。"他摇了摇头，"我只希望自己大限将至的时候，也能同样坚定，同样井井有条。"

阿曼达和道森交换了一下眼神，什么都没说。

"我劝他让你们知道他最后的愿望和计划，但是他出于某些原因希望保密。我仍然无法解释这一点。"坦纳几乎像个父亲般说话，"他显然很关心你们两个。"

道森坐着朝前挪了挪。"我知道这个不重要，但是，你们俩怎么认识对方的？"

坦纳点了点头，仿佛他预料到这个问题。"十八年前，我认识了塔克，我有一辆福特野马经典款汽车要他修理。当时，我是罗利一家大公司的合伙人。我是个说客，假如你想知道真相的话。我有很多业务跟农业有关。但是，长话短说，我在这里待了几天，监督修理进程。我只是听说过塔克的名气，对他修车的能耐还不怎么相信。不管怎么说，那时我们就互相认识了，我发现自己喜欢这里的生活节奏。几个星期后，我终于来取走我的汽车，他问我要的报酬没有我想象的那么高，我对他的工作惊叹不已。一转眼，十五年过去了。我觉得疲惫，一闪念之间，我决定搬到这里退休。没费多大周折，我就来了。大约过了一年，我开了间事务所。没有太多业务，大部分是遗嘱，时不时会有些不动产结账。我不需要工作，但是这样我就有点事情可以做。我每个星期离开房子几个小时，我妻子就再高兴不过了。不管怎么说，有一天，我在欧文饭店碰巧看见塔克，我告诉他，假如他需要什么，我就在附近。后来，去年二月份，他就来找我，没有人比我更惊讶了。"

"为什么是你，而不是……"

"镇上另外一个律师？"坦纳问道，替他把话说完，"我有种印象，他想找个在镇上扎根不深的律师。他不怎么相信律师和委托人之间的权益，哪怕我向他保证不受任何限制。我还需要补充些什么没有讲到的？"

阿曼达摇了摇头，他把文件拿到眼前，戴上一副老花眼镜。"那让我们开始吧。塔克留下了一些指示，希望我作为遗嘱执行人安排事务。这些遗嘱包括，事实上他不想要传统的葬礼。他要求我，在他死后安排火葬，依照他的遗嘱中对时间的要求，塔克·霍斯泰特勒已于昨天举行了火葬。"他朝桌上的盒子做了个手势，毫无疑问里面是塔克的骨灰。

阿曼达脸色变得苍白。"但是，我们昨天才赶到这里。"

"我知道。他要求我在你们到达之前，安排好所有事情。"

"他不希望我们在那里？"

"他不希望任何人在那里。"

"为什么？"

"我只能说，这是他的特别指示。但是，据我猜想，他觉得假如让你们来安排，会给你们增添很多麻烦。"他从文件夹中取出一页，拿了起来，"他说——下面是他的原话——'我的死没有理由给他们增加负担'。"坦纳摘下老花镜，向后靠进椅子，试图衡量他们的反应。

"换句话说，没有葬礼？"阿曼达问。

"没有传统意义上的葬礼，没有。"

阿曼达向道森转过身去，又转向坦纳。"那么他为什么希望我们来？"

"他让我联系你们，是希望你们为他做另外一些事情，这些事情比火化更重要。特别是，他希望你们把他的骨灰撒在，对他来说非常特别的一个地方，这个地方你们显然谁都没有去过。"

阿曼达一会儿就猜到了。"他在万德米尔的小屋？"

坦纳点了点头。"是那里。明天就不错，你们愿意什么时间去都行。当然，假如你们对这个主意感到不便，我会来安排的。我不管怎么说都要去那里一趟。"

"不，明天可以。"阿曼达说。

坦纳拿起一张纸条。"这里是地址，我还冒昧打印了指示。

这有些与众不同，你们也许会疑惑。还有另外一件事，他让我给你们这些东西。"他说，从文件夹中取出三个封了口的信封，"你们看到两封信上有你们的名字。他要求你们先大声念出没有标记的那封信，这是在举行仪式前要做的。"

"仪式？"

"我的意思是说撒骨灰。"他说，把指示和信封递给他们，"当然，假如你们想说什么，就尽管开口。"

"谢谢！"她说，接过这些东西。信封异乎寻常地重，沉甸甸地似乎装满秘密。"但是，还有另外两封信呢？"

"我认为你们要等举行完仪式再读。"

"你认为？"

"塔克没有特别交待，除了说等你们读完第一封信之后，你们会知道什么时候打开另外两封信的。"

阿曼达拿了信封，塞进手袋，细细咀嚼坦纳告诉他们的每一句话。道森看上去同样迷惑不解。

坦纳又把文件仔细读了一遍。"还有什么问题吗？"

"他特别交待了把骨灰撒在万德米尔什么地方吗？"

"没有。"坦纳回答。

"我们怎么知道该撒在哪儿呢？我们从来没去过那里。"

"我问过他同样的问题，但他似乎肯定你们知道该怎么做。"

"他想到过什么特别的时间吗？"

"这也由你们来决定。但是，他坚持这是个私人仪式。他要求我保证，关于他的死一个字都不要透露给报纸，连讣告都不要。除了我们三个，我觉得他不希望任何人知道他死了。我最大程度地遵照了他的遗愿。当然，尽管我很谨慎，消息还是传了出去，但我希望你们知道我已经尽力而为了。"

　　"他有没有说为什么？"

　　"没有，"坦纳问道，"我也没有问。那时我已经明白，除非他自愿告诉你，否则问也是徒劳。"他看着阿曼达和道森，等待他们继续发问。他们沉默不语，他用手指弹了弹文件夹最上面一页。"我们继续来谈他的财产，你们都知道塔克没有活着的亲人。我知道你们很难过，现在也许不是讨论他的遗嘱的恰当时候，但他要求我在你们都在场的时候，告诉你们他的打算。这样可以吗？"他们点了点头，他就继续说。"塔克还是有些财产的。他拥有不少土地，还在几个账户存有基金。我还在统计数字，但是，你们应该知道这些：你们可以随意取用他的个人财产，哪怕只是一样东西。他只要求假如你们有任何意见分歧，你们就在这里商量解决办法。我会在几个月内处理遗嘱认证，他剩余的财产将被出售，收益将捐赠给杜克大学医院的儿童癌症中心。"坦纳向阿曼达微笑，"他认为你们想知道这些。"

　　"我不知道该说什么，"她能感觉到旁边道森的戒心，"他真的很慷慨。"她犹豫着，深受感动却不想承认，"他……我猜他知道这对我意味着什么。"

坦纳点了点头，整理了一下文件，然后把它们放在旁边。"那就到此为止，除非你们想到了什么。"

没有什么其他事情了，说了再见以后，阿曼达站了起来，道森从桌子上拿起胡桃木骨灰盒。坦纳站了起来，但是没有跟他们出来。阿曼达跟着道森走向门口，注意到他皱起了眉头。还没走到门前，他停了下来，转过身。

"坦纳先生？"

"怎么？"

"你说的有件事情我很好奇。"

"哦？"

"你说明天就很好。我猜你是指明天比今天好。"

"是的。"

"你能告诉我为什么吗？"

坦纳把文件放到桌角。"我很抱歉，"他说，"我不能告诉你。"

"这是怎么回事？"阿曼达问。

他们正在向她的汽车走去，车还停在咖啡馆外面。道森没有回答，而是把手伸进了口袋。

"你午饭在哪儿吃？"他问。

"你还没回答我的问题。"

"我不知道该怎么回答。坦纳没有告诉我答案。"

"但是，你为什么要问那个问题？"

"因为我很好奇，"他说，"我总是对所有事情充满好奇心。"

她穿过马路。"不，"她最后说，"我不同意。总之，你生活得像个禁欲主义者一样接受事物原来的样子。但是，我知道你在做什么。"

"我在做什么？"

"你在转移话题。"

他不想费劲否认。他把骨灰盒夹到胳膊下。"你也没有回答我的问题。"

"什么问题？"

"我问你午饭在哪儿吃。因为假如你有空的话，我知道一个好地方。"

她犹豫了一会儿，想起小镇上人们会嚼舌头，但是，像往常一样，道森能读出她的想法。

"相信我，"他说，"我知道该去哪儿。"

半个小时后，他们回到塔克的房子，坐在小河旁铺着的毯子上，毯子是阿曼达在塔克的衣柜里找到的。回来的路上，道森在布兰特利乡村饭店买了三明治，还有几瓶水。

"你怎么知道的？"她问道，又回到他们的老问题。跟道森在一起，她又想起从前她没开口，道森就猜得出她的想法。他们年轻时，匆匆一瞥或再微小的姿势，都足够暗示出一个充满想法和情感的世界。

"你母亲，还有所有她认识的人还住在镇上。你结婚了，我属于你的过去。不难想象，我们被人看见下午在一起的话不是个好主意。"

她很高兴他能理解，但是，当他从袋子里拿出三明治，她却感到一阵内疚的战栗。她告诉自己，他们只是在一起吃午饭，但这不是全部事实，她知道这一点。

道森似乎没有注意到。"你要火鸡还是鸡肉沙拉？"他问道，把两个都拿到她面前。

"随便。"她说。然后，她改变了主意，说，"鸡肉沙拉。"

他把三明治递给她，还有一瓶水。她看了看周围，欣赏着寂静。薄雾般朦胧的流云，飘过头顶上空。她看见房子附近，一对松鼠互相追逐着，爬上一棵覆满寄生藤的橡树树干。小河远处，一只乌龟在一截木头上晒太阳。这就是她长大成人的环境，如今却变得异常陌生，跟她现在生活的世界截然不同。

"你对这次会面怎么看？"他问。

"坦纳看上去是个体面的人。"

"塔克写的那些信呢？你有什么看法？"

"从我早上听见的那些？毫无头绪。"

道森点了点头，拆开了他的三明治，她也一样。"儿童癌症中心呢？"

她点了点头，自然而然地想起贝儿。"我告诉过你，我在杜克大学医院做志愿者。我也给他们募集资金。"

"是的，但是你没有提起过在医院哪个地方工作。"道森回答说，他把三明治拆开了，但是一口都没动过。她听见他声音里的疑问，知道他在等她回答。阿曼达心不在焉地拧着瓶盖。

"我和弗兰克还有一个孩子，一个小女孩，比林恩小三岁。"她停了一会儿，仿佛要集中力气，但她知道跟道森说这些，不会像跟别人那样感到尴尬和痛苦。

"她十八个月大的时候，被诊断患了脑瘤。没办法进行手术，虽然儿童癌症中心的医生和护士们都很尽心尽力，六个月后，她死了。"她的目光越过古老的河水，感到熟悉的、根深蒂固的痛苦，她知道悲哀永远无法驱散。

道森伸过手去，捏了捏她的手。"她叫什么名字？"他问道，他的声音很柔软。

"贝儿。"她说。

他们很久都没有说一句话，只听见河水汩汩地流动，树叶在头顶沙沙地响。阿曼达觉得她不需要再说什么，道森也不期待她再说话。她知道，他完全理解她的感受，即使他爱莫能助，他也能感到同样的痛苦。

吃完午饭，他们收拾了剩余的晚餐，还有毯子，开始走回房子。道森跟着阿曼达走进屋子，看着她消失在拐角去把毯子放好。她周围有某种壁垒，仿佛她害怕越过什么无形的界限。他从厨房食品柜里拿出杯子，倒了一些甜茶。她走回厨房，他给了她一杯茶。

"你还好吗？"他问道。

"是的，"她说，拿过杯子，"我挺好的。"

"我很抱歉，假如我让你难过。"

"你没有，"她说，"只是说起贝儿，我有时还是会觉得难受。也没有料到……周末会这样度过。"

"我也一样。"他表示同意。他往后靠着长台子，"你觉得做这件事怎么样？"

"做什么？"

"房子里外兜一遍。看看有什么你需要的。"

阿曼达吁出一口气，希望自己的心神不定没那么明显。"我不知道。我觉得哪里有些不对劲。"

"不应该这样。他希望我们记住他。"

"不管怎么样，我都会记得他的。"

"他想要的不仅是记忆。他希望我们拥有他的一部分，也希望我们拥有此地的一部分。"

她呷了一口茶，心想他也许是对的。但是，此刻把他的东西翻个遍，想找到纪念品，似乎又有点过分。"我们过段时间再说，好吗？"

"好的。等你准备好了再说。你想在外面坐一会儿吗？"

她点了点头，跟着他来到后走廊上，他们在塔克的旧摇椅上坐了下来。道森把杯子放在腿上。"我想塔克和克拉拉以前经常坐在这里，"他说，"坐在外面，看着世界忙忙碌碌。"

"也许是吧。"

他朝她转过身来。"我很高兴你来看他。我不想他总是一个人在这里。"

她可以感觉到手里拿着的杯子湿漉漉的一层水汽。"你知道他总是看见克拉拉，对吗？在她过世以后。"

道森皱了皱眉头。"你在说些什么？"

"他发誓说她还在周围。"

他的脑海里瞬间闪过那些活动和影子，他曾经经历过这些。"你是什么意思？他看见她了？"

"就像我刚刚说的。他看见她，还跟她说话。"她说。

他眨了眨眼。"你是说塔克相信自己看见鬼魂？"

"怎么？他从来没有告诉过你？"

"他从来没有跟我说起过克拉拉，就是这样。"

她睁大了眼睛。"从来没有？"

"他只告诉过我她的名字。"

所以阿曼达把杯子放在一边，开始告诉他这些年来塔克跟她分享的故事。十二岁的塔克如何退了学，在叔叔的汽车修理站找到份工作；十四岁的时候，他如何在教堂第一次遇到克拉拉，从那一刻起，他就知道自己以后会跟她结婚；经济大萧条几年之后，塔克一家，包括他的叔叔，如何搬到北方找工作，然后再也没有回来。她告诉道森，他跟克拉拉在一起最初的几年，包括克拉拉第一次流产，还有他累死累活地替克拉拉的父亲在农场上干活，晚上还卖力盖这座房子。她说战后克拉拉还流产过两次。上世纪五十年代，塔克搭建了修理站，慢慢开始修理汽车，其中包括一辆凯迪拉克，车主是一位崭露头角的歌星，名叫埃尔维斯·普雷斯利①。她终于说完了克拉拉的死，还有塔克如何跟克拉拉的鬼魂说话，道森已经喝光了杯子里的茶，正盯着杯子看，毫无疑问正努力把她说的故事，跟他认识的那个人对上号。

"我无法相信他什么都没有跟你说。"阿曼达感到很诧异。

"我猜他有自己的理由。也许他更喜欢你。"

"我想不是这样的，"她说，"只是因为我认识他比较晚，你认识他的时候，他还在伤心之中。"

"也许吧。"他说，显得有些不相信。

阿曼达继续说："你对他来说很重要。不管怎么说，他让你住在这里。不止一次，而是两次。"道森最后点了点头，她把杯子放在一边。"我能问你个问题吗？"

"什么问题都可以。"

"那么你们两个到底说些什么？"

"汽车、引擎、变速器。有时候我们谈论天气。"

① 猫王。

"真是才华横溢。"她开玩笑说。

"你无法想象。但是，当时我也不很健谈。"

她朝他俯过身来，突然变得意味深长。"好吧，现在我们都知道塔克的故事，你也知道我的故事。但是，我依然不知道你的故事。"

"你当然知道。我昨天就告诉过你了。我在一家钻井平台上工作，住在乡下一幢活动房屋里，还是开着同一辆汽车，没有约会。"

阿曼达慵懒地让她的马尾辫垂在肩头，动作几乎带着撩拨。"告诉我一些我不知道的事情，"她哄着他说，"关于你的别人不知道的事情。告诉我一些让我惊讶的事情。"

"没有什么事情可以说。"他说。

她仔仔细细地打量着他。"我怎么不相信你的话？"

因为，他想，我从来瞒不住你任何事情。"我不知道。"他改口说。

听了他的回答，她沉默了一会儿，脑子里在想些别的事情。"你昨天说了一些事情，我觉得很好奇。"他脸上露出疑问的表情，她继续说下去。"你怎么知道玛里琳·邦纳没有再结婚的？"

"我碰巧知道。"

"是塔克告诉你的？"

"不是。"

"那你怎么知道的？"

他双手交叉在一起，往后靠进摇椅里，知道假如自己不说，她会再问一遍的。她在这方面也一点都没变。"我从头开始说，这样也许比较好。"他说，叹了口气。他跟她说了邦纳一家的故事——很久以前，他去拜访了玛里琳摇摇欲坠的农舍，他们一家多年来的挣扎，他出狱后开始匿名送钱给他们。最后，他说起多年来，他雇了私家侦探报告这家人的情况。他说完后，阿曼达沉默了，看得出该怎么回答让她很纠结。

"我不知道该说什么。"她最后脱口而出。

"我知道你会这么说。"

"我是认真的，道森。"她说，她显然很生气。"我的意思是，我知道你做的事情很高尚，我肯定你改变了他们的生活。但是……有些事情也很悲哀，因为这明显是一场事故，而你无法原谅自己。每个人都会犯错误，哪怕有些错误比另外一些更糟。事故总是会发生的。但是，你为什么要雇人跟踪他们？为什么要知道他们的生活中发生了什么？那样是不对的。"

"你不懂——"他开始说。

"不，是你不懂。"她打断他的话，"你不认为他们需要隐私吗？拍照片，挖掘他们的个人生活……"

"不是这样的！"他抗议说。

"但是事实如此！"阿曼达拍了一下摇椅的扶手，"假如他们发现怎么办？你能想象这有多可怕吗？他们会感到自己被背叛，生活被入侵？"她把手放在他的胳膊上，让他出乎意料，她抓得很紧，似乎急于保证他听见她说话。"我不是说，我不同意你在做的事情；怎么处理你的钱是你自己的事。但是，其余呢？侦探是怎么回事？你应该停止这样做。你向我保证你会停止，好吗？"

他能感觉到她触摸的温度。"好吧，"他最后说，"我保证以后不会再这么做。"

她仔细看了看他，肯定他是在说实话。他们相遇以来第一次，道森几乎看上去很累。他的硬朗形象似乎被打破了，他们坐在一起的时候，她在想假如那年夏天她没有离开，他会过得怎么样。假如他在监狱里的时候，她去看看他会怎么样？假如道森不被过去的错误所折磨，他现在的生活应该会大为不同。那样的话，道森即便不幸福，也起码能找到一点安宁。对他来说，安宁几乎难能可贵。

但是，他不是唯一找不到安宁的人，对吗？难道不是所有人都希望得到安宁吗？

"关于邦纳一家，"他说，"我还有一件事情要交代。"

她感到自己几乎喘不过气来。"还有？"

他腾出手擦了擦鼻翼，似乎要争取点时间。"今天早晨，我去邦纳医生的墓地献了花。我出狱之后就一直这么做。对我来说承受得太多了，你知道吗？"

她凝视着他，想他是否还有让她惊讶的事情，但是他没有继续说什么。"这不像你做的其他事情一样严重。"

"我知道。我只是想应该提到这件事。"

"为什么？因为你现在想听我的意见？"

他耸了耸肩。"也许吧。"

她一时没有回答。"我觉得献花没有问题，"她最后说，"只要你做得不过分。实际上……那样挺合适的。"

他转向她。"是吗？"

"是的，"她说，"去他的墓地献花很有意义，而且并不侵犯别人的生活。"

他点了点头，但什么都没说。阿曼达在沉默中靠得更近了。"你知道我在想什么吗？"她说。

"我说了所有的事情之后，几乎害怕猜你想什么了。"

"我在想你跟塔克比你意识到的更像。"

他向她转过身去。"这算好事还是坏事？"

"我还在这里陪着你，对吗？"

即便在阴凉处，空气也热得令人窒息，阿曼达带着道森回到屋内。纱门在他们身后轻轻碰上。

"你准备好了吗？"他问，一边查看一下厨房。

"没有，"她说，"但是，我想我们不得不如此。那个文件看起来还是不对劲。我甚至不知道从何开始。"

道森用脚步量着厨房的长度，然后转向她。"好吧，让我们这样：想一想你最后一次来看塔克的情景，你想起什么？"

"当时就跟以往一样。他谈起了克拉拉，我给他做饭。"她轻轻耸一下肩，"他在椅子里睡着了，我在他肩上盖了条毯子。"

道森把她拉进起居室，朝壁炉点了点头。"那么，也许你可以拿走这张照片。"

她摇了摇头。"我不能这么做。"

"你情愿让它被扔掉？"

"不，当然不是。但是，你应该拿走。你跟他比我更熟。"

"不是这样的，"他说，"他从来没跟我提起克拉拉。当你看见照片，你就会想起他们两个，不只是他本人，这就是他为什么告诉你关于她的故事。"

她犹豫着，他朝壁炉走去，轻轻把照片从壁炉架上拿下来。"他希望这对你很重要。他希望他们两个对你来说很重要。"

她伸手去拿照片，凝视着它。"但是，假如我拿走了，你留下什么呢？我的意思是说，这里没有太多东西。"

"不要担心。我先前看见过一些我想留下的东西。"他朝门口走去，"来吧。"

阿曼达跟着他走下台阶。他们向汽车修理站走去，她渐渐明白：假如房子造就了她和塔克的纽带，那么修理站就是属于道森和塔克的地方。甚至在他找到东西之前，她已经知道他想要什么了。

工作台上整洁地叠着一方褪色的印花手帕，道森伸出手去。

"这就是他想要我留下的东西。"他说。

"你肯定吗？"阿曼达向那方红布瞥了一眼，"这不是什么重要的东西。"

"我刚注意到，这里有件干净的东西，所以一定是留给我的。"他咧开嘴笑了，"但是，我肯定。对我来说，这就是塔克。我从来没看见他身边没有手帕。当然，一直是同样的花色。"

"当然，"她表示同意，"我们在谈论塔克，对吗？这位先生总是保持习惯不变。"

道森把印花手帕塞进后裤兜。"这不是件坏事。变化并不总是好的。"

这句话似乎悬挂在空气里，阿曼达没有回答。他背靠着那辆"黄貂鱼"汽车，触到了她记忆中的某些东西，阿曼达朝他走了一步。"我忘了问坦纳怎么处理这辆汽车。"

"我在想，我最好把车修好。然后，坦纳可以让车主把它取走。"

"真的吗？"

"看起来所有的零件都在这里，"他说，"我很肯定塔克希望我完成修理。另外，你要跟妈妈去吃饭，所以，我今晚也没有别的事情可以做。"

"你要修多久？"阿曼达扫了一眼装着备用零件的盒子。

"我不知道。也许需要几个小时吧？"

她把注意力转向汽车，从车头走到车尾，然后转向他。"好吧，"她说，"你需要帮忙吗？"

道森嘲弄地微笑着。"我最后一次见到你之后，你学会如何修理引擎了？"

"没有。"

"你走了以后，我会把它弄好的，"他说，"没有什么大问题。"他转过身，朝房子做了下手势。"假如你愿意回房子里的话，我们可以回去。外面可真够热的。"

"我不想你工作得太晚。"她说，仿佛重新发现了一个旧的习惯，她走到了曾经属于她的地方。她把一根拆轮胎棒拨到一边，撑起身子坐到工作台上，让自己感到舒适。"我们明天有重要的事情要做。另外，我一直都喜欢看着你工作。"

他觉得自己听到了某种类似于允诺的言外之意，过去的岁月仿佛又重返到他们身上，允许他重游最快乐的时光和地点。他背过身去，提醒自己阿曼达已经结婚了。她根本不需要再续前缘，使事情变得复杂。他慢慢地深吸一口气，伸手去拿工作台另一边的盒子。

"你会觉得无聊的，修车要花一些时间。"他说，试图掩饰自己的想法。

"不用担心我。我习惯了。"

"习惯了无聊？"

她交叠起双腿。"我以前曾在这里一坐几个小时等你做完工作，然后我们可以离开，去做些有意思的事情。"

"你应该说些什么的。"

"要是我无法忍受下去，我会说的。但是，我知道自己把你拉走的时间太多，塔克就不会再让我来了。那也是我不让你一直说话的原因。"

他的脸有一半在阴影里，她的嗓音是种诱惑。太多记忆涌上心头，她就像从前一样坐在那里，就像从前一样说话。他从盒子里拿起化油器，检查了一下。化油器返修过，但是显然修得很好，他把化油器放在一边，迅速读了一遍订单。

他走到车前，突然打开引擎盖，朝里面凝视着。他听见她清了清嗓子，就朝她瞥去。

"既然塔克不在这里，"她说，"现在，我们可以想说什么就说什么，哪怕你在工作。"

"好吧，"他站得更直了，朝工作台走过来。"你想说什么？"

她想了想。"好吧，说说这个怎么样？我们在一起的第一个夏天，你记忆最深的是什么？"

他伸手去拿一套扳手，思考这个问题。"我记得总在疑惑，你究竟为什么愿意跟我在一起。"

"我是认真的。"

"我也是。我一无所有，而你拥有一切。你可以跟任何人约会。虽然我们尽力瞒着别人，我那时就知道只会给你带来麻烦。

对我来说这是不明智的。"

她把下巴搁在膝盖上，紧紧抱着双膝。"你知道我记得什么？我记得我们开车去大西洋海滩。我们看见那些海星的情景，就好像它们一下子给冲上岸来，我们沿着海滩一直从这头走向那头，把它们扔回水里。后来，我们分了一个汉堡，还有薯条，看着夕阳落下。我们肯定聊了整整十二个小时。"

她笑了笑，继续说，她知道他也回想起了往事。"这就是我为什么喜欢跟你在一起。我们可以做最简单的事情，比如，把海星扔回大海，分享一个汉堡包，还有聊天，那时候我就知道自己是幸运的。因为你是第一个并不总想着让我刮目相看的人。你接受自己本来的样子，更重要的是，你也接受我本来的样子。其他事情都无关紧要——无论是我的家庭、你的家庭，或者世界上的任何别人。只有我们两个。"她停了一下，"我从来也没有那样快乐过，后来，只要我们在一起总是那么快乐。我永远都不希望结束。"

他迎着她的目光。"也许一切并没有结束。"

带着年龄和成熟带来的距离感，她明白了他当时有多爱她。他依然爱着她，她内心深处有个声音在低诉，一时间她有种奇怪的印象，他们过去所分享的一切，仿佛一本书的开头几章，结尾还没有写完。

这个念头本该把她吓一跳，但是她没有害怕，她用手掌摩挲着他们名字首字母的隐约轮廓，这是许多年前刻在工作台上的。

"你知道吗，我父亲过世后，我来过这里。"

"哪里？这里？"她点了点头，道森又伸手去拿化油器。"我记得你说，你是几年前才开始去看塔克的。"

"他不知道。我来这里的事情，我从来没告诉过他。"

"为什么？"

"我没法告诉他。我只有这样才能不崩溃，我想要一个人待着。"她停了下来，"那是贝儿去世后过了一年，妈妈打电话告诉我，爸爸心脏病突发，那时我内心依然在挣扎。我不明白发生了什么。他和妈妈一周前来达勒姆看过我们，但是下一件我知道的事情，就是我们拖儿带女地赶去参加他的葬礼。我们开了一上午的车到这里，当我踏进家门，妈妈打扮得光彩照人，立刻开始跟我们讲在殡仪馆的任务。我的意思是说，她几乎没有表达任何感情。她似乎更担心葬礼仪式上选的花对不对，还有我有没有给所有的亲戚打电话。这就像是一场噩梦，等到一天结束，我感到如此……孤独。所以，我半夜离开家，开车到处转悠，出于某些原因，我最后在路边停下车，走到这里。我无法解释这一点。我坐在这里痛哭起来，一连哭了几个小时。"她呼出一口气，回忆如潮水般涌来。"我知道爸爸从来没有给你机会，但他并不是个坏人。我跟他相处总是比跟妈妈好得多，我年纪越大，我们就越亲密。他爱孩子们——尤其是贝儿。"她沉默了，最后悲伤地笑了笑。"你觉得奇怪吗？我的意思是说，他死后我来到这里。"

道森想了想。"不，"他说，"我觉得一点都不奇怪。我服完刑，也回到了这里。"

"你没有其他地方可以去。"

他抬起眉毛。"你有地方可以去吗？"

当然，他是对的。塔克的房子不仅是田园牧歌般的回忆，也总是她能来大哭一场的地方。

她把手指扣得更紧了，用力驱散回忆，平复了一下情绪，看着道森开始把引擎拼装在一起。随着下午时光流逝，他们轻松地聊起了日常琐事，过去和现在，各种生活的碎片变得丰满，从书本到梦想去的地方，他们谈论起所有的事情，彼此交换意见。他在用扳手校正零件，她听着套筒扳手熟悉的咔嗒声，感到一种似曾相识的感觉。她看着他用力拧松一个螺栓，他咬紧牙关终于把螺栓拧下来，然后小心翼翼放在一边。就像他们年轻时候一样，他会时不时停下手里的活儿，显出她说的所有事情，他都认真地听着。他以朴素的方式希望她知道，无论过去还是将来，她对他来说永远都是重要的，这种方式在她眼中是一种痛苦的强烈感情。后来，他从劳动中停下休息，他走进房子，带回来两杯甜茶。一瞬间，只是一瞬间，她想象自己可以过一种完全不同的生活，她知道这种生活是她一直真正想要的。

接近傍晚的时候，太阳低低地照耀在松树上方，道森和阿曼达终于离开汽车修理站，慢慢朝她的汽车走去。过去几个小时，他们之间的关系已经有所变化——也许是过去的重生，脆弱而不可捉摸——让她感到既激动又害怕。至于道森，当他们肩并肩走着，他渴望伸出胳膊搂着她，但为了不让她心乱，他还是阻止了自己。

他们最后走到她的车门边，阿曼达的微笑带着某种试探。她抬起头看他，注意到他浓密的睫毛，所有女人都会嫉妒的。

"我希望自己不必走。"她承认说。

他身体的重心换到另一只脚。"我肯定你和妈妈会度过一段美好时光。"

也许吧，她想，但更可能不会是什么美好时光。"你走的时候会锁门吗？"

"当然。"他说，注意到阳光照着她闪闪发亮的皮肤，几缕散乱的秀发在微风中拂动。"你明天打算怎么办？你想要我在那里跟你碰头，还是我跟你一起走？"

她思前想后，觉得左右为难。"我们没有理由开两辆车去，对吗？"她最后问道，"我们十一点左右在这里碰头吧，然后开车一起去。"

他点了点头，看着她，他们两个都没有动。最后，他微微朝后退了一步，打破暧昧的空气，阿曼达觉得有些激动。她没有意识到自己正屏住呼吸。

她坐进汽车前座，道森在她身后关上车门。落下的夕阳把他的身体勾勒出一道剪影，她几乎觉得他是个陌生人。她突然感觉有点尴尬，便伸进手袋翻找钥匙，注意到她自己的手正在颤抖。

"谢谢你的午饭。"她说。

"随时效劳。"他回答说。

汽车开动时，她朝后视镜瞥了一眼，她看到道森还站在她离开的地方，仿佛希望她改变主意，调转车头。她感到某些危险的东西在涌动，某些她竭力否认的东西。

他还爱着她，她现在能肯定，意识到这一点，令人陶醉。她知道这样是错误的，她竭力驱走这种感觉，但是道森和他们的过去又一次深深扎下根，多年来，她第一次感到终于回家了，她再也不能否认这个简单的事实。

八

　　特德看着从前的小美女啦啦队长从塔克家门口开车驶上马路，他承认在她这个年纪，她看上去真他妈精神。她一直都是个美人，从前那些日子，他有好多次想要占有她。就想把她扔进车里，榨干她的美色，然后把她埋在没有人找得到的地方。但是，道森的父亲插手了，说这女孩碰不得，那时特德以为汤米·科尔知道自己在做什么。

　　但是，汤米·科尔其实什么都不知道。特德直到进了监狱才想明白这一点，等他从牢里放出来，他几乎像憎恨道森一样憎恨汤米·科尔。他的儿子羞辱了他们两个之后，汤米什么都没做。他让他们成了笑柄，这就是为什么特德出狱之后，汤米被列在了名单的第一个。汤米那天晚上看上去像是酗酒而死，做到这个并不困难。特德只需要在他喝得酩酊大醉之后，给他注射酒精，接下去的事情你知道，汤米被他自己的呕吐物窒息而死。

　　如今，道森终于也要从特德的名单上划掉了。等待阿曼达离开时，他在想他们两个究竟在里面做什么。也许为了弥补分开的那么多年，他们正在使劲滚床单，尖声喊叫对方的名字。假如他一定要猜，他得说她已经结婚了，他猜想她的丈夫是不是怀疑发生了什么。也许没有。女人不会喜欢到处说这种事情，尤其是一个开那样的汽车的女人。她可能嫁给了哪个有钱的混蛋，下午在沙龙消磨时间里做指甲，就像她的妈妈那样。她的丈夫也许是某个医生或者律师，过于虚荣以至于不屑认为老婆会背着自己鬼混。

　　也许她很擅长保守秘密。大部分女人都擅长这一点。见鬼，他应该知道的。女人结婚与否，对他来说毫无区别；假如她们送上门来，他就来者不拒。即便乱伦也没有关系。他跟地盘上半数女人出去过，甚至那些嫁给他堂兄弟的女人，还有他们的女儿也一样。过去六年来，他每周都要跟卡尔文的老婆克莱尔私会几次，克莱尔从未跟任何人透露半点。埃拉也许知道这些，因为他的内裤是她洗的，但是她也守口如瓶，假如她知道好歹，就会继续守口如瓶。男人的事情是他自己的事情。

　　阿曼达最终拐了弯，红色的车尾灯闪了一下，从视野中消失了。她没有看见他的卡车——毫不令人惊讶，因为他停在路边，尽量隐蔽在灌木丛中。他打算再等几分钟，确保她不会再回来。他根本不想被人看见，但是他还在发愁怎么做到。假如今天早上阿贝看见了道森，那么道森肯定也看到了阿贝，他有可能起了疑心，也许道森把枪放在膝盖上，正坐在那里等他。也许道森有自己的计划，以防万一他的亲戚真的露面。

就像上次一样。

特德用格洛克手枪敲着大腿，心想关键是要让道森措手不及。尽量靠近以便实施枪击，然后把尸体扔进卡车，把租来的汽车丢弃在地盘上某个地方。把车牌号用锉刀锉掉，然后一把火烧了，直到只剩下一副外壳。处理尸体也一样不算困难。尸体绑上重物扔进河里，让时间和流水处理余下的问题。或者，找个没有人找得到的地方，也许把他埋在树林里。没有尸体就很难证实谋杀。小美女啦啦队队长，甚至治安官，尽可以怀疑他，但是怀疑不是证据。当然，事情可能会暴露，但最终会过去。他和阿贝会找到解决办法。假如阿贝不够小心的话，他也许会发现自己也将沉到河底。

最终准备好后，特德离开汽车，走进树林。

道森把扳手放在一旁，关上引擎盖，结束了修理。阿曼达走后，他无法排除被人监视的感觉。刚感觉有人盯着，他紧紧握住扳手，在引擎盖周围张望，但是那里没有人。

现在，他走到汽车修理站门口，他扫视了一下四周，看了看景色。他看见橡树和松树的树干上爬满了葛藤，注意到树荫开始变长。一只老鹰在头顶掠过，它的影子从车道一闪而过，欧椋鸟在枝头鸣叫着。在初夏的炎热中，其他一切都静悄悄的。

但是，有人正在监视他。有人在外面，他肯定这一点。他脑子里闪过一杆猎枪的影子，许多年前，他曾把猎枪埋在房子附近一棵橡树下面——枪埋得不深，也许在地下一英尺，包裹在油布里，密封起来，不受自然环境侵蚀。塔克在屋子里也有枪，也许在他的床底下，但是道森不知道这些枪支有没有许可。他看过去外面什么都没有，但是刚刚一瞬间，车道远处的树丛中闪过一个模糊的影子。

但他想集中精力锁定目标，却什么都看不见。他眨了眨眼睛，继续等待，想弄清楚是不是自己幻想出来的，他脖子上的汗毛慢慢竖了起来。

特德小心翼翼地移动着，他知道冲进去会很愚蠢。他突然懊悔自己没带上阿贝。假如阿贝从另外一个方向接近的话，会好得多。但起码道森还在那里，除非他决定走出这个地方。特德似乎听见了汽车发动的声音。

他不知道道森到底在哪里，在房子里，还是修理站，或者外面的什么地方。他希望他不在里面；走近房子很难不被注意到。塔克的房子在一片空地中间，后面有条小河，但是每一面都有窗户，道森也许会看见他走近。这样的话，他也许退回去等道森出来更好。问题是道森可能从前门，也可能从后门出来，特德不可能同时守在两个地方。

他真正应该做的是故意打草惊蛇。那样的话，道森会出来察看动静，他可以等到道森足够接近，再扣动扳机。三十英尺远的时候，他对格洛克手枪有信心。

但是怎么引蛇出洞呢？这才是问题。

他匍匐前进，避开面前散落的一堆堆乱石——整个小镇都布满泥灰石。最简单，也是最有效的，就是扔几块泥灰石，"咣啷"一声扔到车上，或者打破一扇窗户。道森会到外面来察看，特德就会等着。

他抓了一把泥灰石，塞进口袋里。

道森迅速赶到他看到影子闪过的地方，仿佛是钻井平台爆炸后，他经历过的幻觉重现，他感觉这一切太熟悉了。他来到空地的边缘，朝树林望去，努力使加速的心跳平静下来。

他停了下来，听见欧椋鸟的鸣叫，上百只欧椋鸟在树丛中呼唤。也许有上千只。孩提时，每当他拍手，成群的欧椋鸟就会从树间冲天而起，仿佛它们是织在一起的，他总是感到惊叹不已。它们如今在啼鸣，仿佛在呼唤着什么。

是一种警报吗？

他不知道。离他远处，森林仿佛是活着的，空气带着咸味，充满浓重的朽木的气息。橡树低垂的枝条匍匐在地面上，然后再向天空伸展。枝叶间长满了葛藤和寄生藤，几英尺远的地方几乎模糊不见。

他用眼角的余光再次看见活动的影子，迅速转过身，他在胸膛中屏住呼吸。他看见一个深色头发的男人，身穿蓝色风衣，走到一棵树后。道森耳中可以听到自己怦怦的心跳。不，他想，这不可能。这不是真的，这不可能是真的，但是，他知道自己看见了某些东西。

但是，他把树枝推到一边，跟着那个男人进入树林深处。

现在离得近了，特德想。他透过树叶看见烟囱的尖顶，他弯下腰小心翼翼地走动。悄无声息，一点声响都没有。这是等待猎物的关键，特德一向擅长捕猎。

假如猎人的技巧足够娴熟，捕猎人和捕猎动物是一样的。

道森穿过灌木丛，绕过树木。他试图拉近距离时，感到呼吸困难。他害怕停下，但每走近一步都感到更害怕。

道森来到看见深色头发男人的地方，继续向前走，寻找他的踪迹。道森汗流浃背，衬衫黏在后背上。他忍住不让自己惊叫出来，他怀疑自己是否真的能叫出声来。他的喉咙哑得砂纸一样。

地面是干的，松针在脚下发出轻微的爆裂声。道森跳过一棵倒下的树，看见那个深色头发男人正穿过枝丫，躲在一棵树后，他的风衣在他身后被风吹得飘起来。

道森见状马上向他跑过去。

特德慢慢向空地边缘的原木垛走去。房子在木堆后面若隐若现。从他的角度，可以看见修理站内部。灯还亮着，特德观察了将近一分钟，看有没有人走动的迹象。他几乎肯定，道森刚刚还在里面修理汽车。但他现在不在里面，也不在屋前的空地上。

他要么在房子里，要么就在屋后。特德弯下腰，走进树林里，再绕到屋后。道森也不在那里。他原路返回，回到原木垛旁。汽车修理站依然没有道森的身影。这意味着他应该在房子里。也许他正喝上一杯，也许正在撒尿。不管怎样，他都很快就会出来。

于是，他安下心来等待。

道森第三次看见这个男人，这次离马路更近了。他全速冲向他，灌木和树枝拍打着他，但是他们之间的距离并没有缩短。他气喘吁吁，速度渐渐慢了下来，终于在路边停下。

那个男人不见了。当然，前提是他真的曾在树林里出现过，道森突然不能肯定这一点。被人监视的不安感消失了，冰冷的恐惧也消失了，他只剩下又热又累的感觉，筋疲力尽又觉得自己很愚蠢。

塔克过去常常看见克拉拉的鬼魂，现在呢，在初夏的炎热中，道森看见一个穿着蓝色风衣的深色头发男人。塔克是不是像他一样疯狂？他一动不动地站着，等待呼吸恢复正常。他肯定那个男人跟着他，假如是这样的话，他是谁？那个男人想要干什么？

他不知道，但他越集中注意力回想看见了什么，那个影子就越是一闪而过。它消失了，就好像醒来后几分钟梦境就消失了，他再也无法肯定任何事情。

他摇了摇头，很高兴快修完那辆"黄貂鱼"了。他想回到小旅馆洗个澡，躺下来思考事情。深色头发的男人，阿曼达……自从钻井发生事故以后，他的生活就发生了巨变。他看了看来的方向，觉得没有必要再走回树林。沿着大路走更容易，走上车道就行了。他踏上柏油碎石路，开始步行，他注意到一辆旧卡车停在路边灌木丛中。

他很疑惑这里为什么停着辆卡车，树林这边除了塔克的房子就什么都没有了。轮胎并没有瘪，他猜想卡车可能抛锚了，但是那样的话，不管开车的人是谁，他都会走上车道求助。道森走进灌木丛中，他注意到卡车门关着。他俯身过去，把手放在引擎盖上。有温度，但是不热。卡车停在这里可能有一两个小时了。

他也不知道为什么卡车要藏起来，停在灌木丛背后。假如车需要拖走，停在路旁边更好。看上去似乎司机不希望任何人注意到这辆卡车。

似乎有人故意把卡车藏起来了？

这样一切就顺理成章了，从那天早上看见阿贝起，每件事情都有迹象。这不是阿贝的卡车——那天早上他跑步经过阿贝的车——但这不能说明什么。道森小心翼翼地绕着卡车走了一圈，他发现树枝扭到了一边，就停了下来。

切入点在这里。

有人沿着这条路过来，正朝房子走去。

特德等得不耐烦，拿出一块泥灰石，心想假如道森在里面的时候，他打碎一扇窗户，道森可能只会躲在里面不出来。但是，闹出大动静就不一样了。假如有什么东西扔在房子墙上裂开，弄出很大声响，他一定会跑出来看看发生什么了。他也许正巧会走过原木垛，只有几步路远。不可能错过。

他感到满意，把手伸进口袋，拿出第一块泥灰石。他小心翼翼地从木堆后面瞥过去，窗户里面没有人。于是，他迅速站起来，用尽力气把石头扔出去，又迅速躲回。石头在墙上撞得粉碎，声音又响又猛烈。

在他身后，一大群欧椋鸟从树间飞起，发出嘈杂的鸣叫。

道森听见"砰"的一声闷响，一群欧椋鸟云一般在他头顶飞过，又迅速地栖落下来。响动并不是枪声，而是另外一种声音。他放慢了脚步，悄悄地向塔克的房子走去。

有人在那里。他很肯定。毫无疑问，是他的兄弟。

特德如坐针毡，心想道森究竟在哪个鬼地方。他不可能没听见响声。但是，他在哪儿呢？他为什么不出来？

他从口袋里掏出另外一块石头，用尽全身力气扔出去。

道森听见第二次更大的声响，身体僵硬了。他慢慢放松下来，蹑手蹑脚走得更近了，想确定响声是从哪里传来的。

特德正藏在木堆后面。全副武装。

他正背对着道森，目光越过木堆向房子望去。他是在等待道森从房子里出来吗？他弄出动静，是希望引诱道森出来看个究竟吗？

道森突然后悔自己没有把猎枪挖出来。不管怎么说，带着任何武器都好。汽车修理站有些工具，但他没法在特德看不见的情况下，拿到任何东西了。他盘算着退到路上，但是特德看上去不会离开，除非他有什么理由。尽管如此，他还是从特德的姿势中看出他焦躁不安，这是件好事。失去耐心是猎人的致命缺点。

道森在一棵树背后蹲下身来，思考着，希望找到机会摆脱困境，而不被子弹射到。

五分钟过去了，十分钟过去了，特德窝着一肚子火。什么动静都没有。房子前面没人活动，连该死的窗子后面也没半个人影。但是，一辆租来的汽车停在车道上——他能看见保险杠贴纸——有人曾在汽车修理站工作。肯定不是塔克或者阿曼达的。假如道森没有从前门出来，也没有从后门出来，那么他只可能在房子里。

但是，他为什么没有出来？

也许，他在看电视或者听音乐……或者在睡觉，或者在洗澡，或者天知道在做其他什么事情。不管什么理由，他肯定什么都没有听见。

特德又在那里蹲了几分钟，更加怒气冲天，最后决定不再傻等下去了。他猫着腰从木堆后面出来，一溜烟跑到房子旁边，朝门前瞥去。他什么都没看见，就又蹑手蹑脚走到门廊上，紧紧贴在门和窗户之间的墙壁上。

他使劲听里面的动静，却什么都没听见。没有吱吱嘎嘎的地板声音，没有电视机的喧闹声音，也没有音乐的低沉音响。他确定自己没有被发现后，就沿着窗框瞥进去。他握住门把手，慢慢转动。

门没有上锁。太好了。

特德准备好了枪。

道森看着特德慢慢推开门。门在特德身后一关上，道森就疾速向汽车修理站跑去，他估计自己只有一分钟时间，也许更短。他从工作台上抓起生锈的拆轮胎棒，全速向房子前面冲去，他揣摩特德现在极可能在厨房或者卧室。他祈祷自己的判断正确。

他跳上门廊，站在特德刚才站的地方，紧贴着墙，手里握紧拆轮胎棒，做好准备。没过多久，他听见特德在里面边咒骂，边跺着脚走到前门。门开了，道森看到特德恐慌的脸色，当特德看见道森时已经太迟了。

道森抡起拆轮胎棒，把特德的鼻梁打得粉碎，他的胳膊感觉到震动。特德踉踉跄跄往后退，鲜血如一股红色的热流喷涌而出，道森已经追了上去。特德倒在地板上，道森用拆轮胎棒死死抵住他伸出的胳膊，让枪顺着地板滑到一边去。特德听见自己骨头断裂的声音，终于开始尖叫起来。

特德在地板上痛苦地扭动，道森伸手拿过枪，瞄准特德。

"我告诉过你不要回来。"

这是特德听见的最后一句话，他的眼珠朝上翻了翻，一阵剧痛让他昏厥过去。

虽然他很恨自己的兄弟，他也无法下手杀死特德。同时，他也不知道该拿他怎么办。他想他可以叫来治安官，但是，他一旦离开小镇，就知道无论是否接受审讯，自己都不会再回来了，所以无论如何，特德都会安然无恙。道森依然会被关上几小时，交待事情经过，毫无疑问他会受到怀疑。他毕竟还是科尔家的人，而且他有监狱记录。不，他作出决定，他不想再惹麻烦。

但是，他也不能就这样把特德扔在那儿。他需要医生，但把他扔在诊所毫无疑问又会招来治安官。假如叫救护车的话，也会发生同样的事情。

他弯下腰，翻了翻特德的口袋，找到一部手机。打开手机后，他猛按了几下按键，拉出联系人名单。里面有一些名字，大部分人他都认识。够好了。他又摸索了一番，找到特德的卡车钥匙。他跑到修理站，找到一些橡皮绳和电线，把特德捆了起来。

太阳已经下山了，他把堂兄甩在肩头。

道森把特德扛下车道，扔进卡车的车斗。又把车头转向自己度过童年的那块地方。他不想引起注意，就关上了车头灯，把车开到科尔家地盘的边缘，看到一块写着"不准擅入"的牌子就停了下来。他把特德从卡车的车斗里拖出来，让他靠在招牌底下。

他打开手机，按了"阿贝"的名字。手机响了四次，阿贝才接电话。道森能听见话筒里传出很响的音乐。

"特德？"他的声音盖过了噪声，"你他妈的在哪里？"

"我不是特德。但是，你需要过来接他。他伤得很严重。"道森回答说。阿贝还没来得及回答，道森就告诉他在哪里能找到特德。他挂了电话，把手机扔在特德两腿之间的地上。

他回到卡车，开足马力离开这个地方。他把特德的手枪扔进河里，又打算顺路去旅馆拿东西。接下来，他就把汽车交还给主人，把车停在原来的地方。他在奥利安托镇外找了家旅馆。洗澡，吃点东西，终于可以上床睡觉了。

他很累。毕竟，这是漫长的一天。他很高兴一切都结束了。

九

阿贝·科尔感到胃里跟炮烙似的,高烧还没有发作,他想也许下次医生进病房查看特德的时候,也应该让医生看看他自己的伤势。当然,他们可能也会让他住院,但这种情况不会发生。这样会引出一些问题,阿贝并不想回答。

天很晚了,已经将近午夜,医院终于变得安静。在模糊的夜色中,他朝他的哥哥望去,他想道森真是好好收拾了他一番。就像上次那样。阿贝发现特德的时候,以为他已经死了。满脸鲜血,胳膊弯向一边,特德真是太不小心了。要么是特德粗枝大叶,要么是道森正等着他——阿贝想道森也许是有备而来。

阿贝觉得肚肠痛得火烧火燎,触发一阵阵恶心。医院也不管用。这里热得像个火炉。阿贝还留在病房里的唯一理由,是因为他想等特德醒过来,这样他就能弄明白道森是不是想搞什么名堂。他为自己的疑神疑鬼感到心惊肉跳，但转念一想觉得自己也许不过是想得太多。抗生素最好快点生效。

这天晚上糟透了，不仅仅因为特德。他本来打算先顺路去看坎迪，但是，他到潮水酒吧的时候，酒吧里一半的男人都挤在她身边。他看一眼就知道，她在搞什么名堂。她穿着一件露背装和一条几乎遮不住屁股的热裤。她看见他走了进来，马上变得很紧张，仿佛做了什么坏事被抓了现行。她看上去不高兴看见他。他想要当场把她拖出酒吧，但是她身边有那么多人，他觉得这也许不是个好主意。他们得好好谈谈，她得打开天窗说亮话。这点毫无疑问，但是眼下最好弄清楚，为什么他走进来时，她看上去问心有愧。或者说，是谁让她觉得愧疚。

这里发生的事情简直一清二楚，毫无疑问是酒吧里的某个男人。虽然阿贝高烧得有点头重脚轻，胃里火烧火燎的，但他依然决心找出是哪个人。

所以，他安下心来等待，过了一小会儿，他觉得自己找到那个人了。一个年轻人，深色头发，跟坎迪调情有点过火，不像是偶尔碰到的。阿贝看见她碰了碰那个年轻人的胳膊，给他拿啤酒的时候，让他饱览了她的乳沟。阿贝刚要跑上前去问个究竟，手机就响了，电话那头是道森。下一件他记得的事情，就是一边赶往医院，一边用拳头猛击方向盘，而特德四肢摊开躺在后座上。他一边向新伯尔尼飞驰，一边想着坎迪跟那个狂妄的混混在一起，脱下吊带上装，在他的怀抱里呻吟的画面。

他脑子里充满这些念头，不由怒气冲天。现在，她已经下班了。他知道有人会坐上她的汽车，而他自己却什么都做不了。不过现在，他得先弄清楚道森想做什么。

整个晚上特德时而清醒，时而昏迷，在脑震荡和药物的作用下，他即便醒来的时候，也一直意识不清。第二天上午，他怒不可遏。他生阿贝的气，因为阿贝不停地问道森会不会跟过来；他生埃拉的气，因为她一直哀号抽泣，愁眉苦脸；还因为他听见走廊里亲戚们窃窃私语，仿佛他们在掂量是不是还应该继续害怕他。怒火主要还是集中在道森身上。特德躺在床上，尽力回想到底发生了些什么。在此之前，他记得的最后一件事情，是道森站在他的身边。他花了很长时间才明白阿贝和埃拉告诉他的情况。最后，医生不得不把他捆起来，并且威胁说要叫警察。

此后，他的举止平静多了，因为只有如此他才能从这里出去。阿贝坐在椅子里，埃拉坐在他的床边上。她不停手忙脚乱地照料他，他忍住没有反手打她；不过，事实上他被绑在床上，即使想打她也办不到。他想挣脱捆他的皮带，满脑子都是道森，他必死无疑。医生建议特德再住一晚观察伤情，并警告说走来走去会很危险，但是特德全然不在乎。道森随时都可能离开小镇。埃拉的抽泣声暂时停歇，他咬牙切齿地开始说话。

"走开，"他说，"我要跟阿贝说话。"

埃拉抹了把脸，一声不吭地离开了病房。她走了以后，特德转向阿贝，他觉得哥哥看上去像在打盹。阿贝脸色通红，不停地出汗。他得了传染病。阿贝才是需要住院的人，而不是他。

"让我出去。"

阿贝凑过身来，疼得皱起了眉头。"你打算回去找他？"

"这事儿没完。"

阿贝指了指石膏。"你的胳膊都折了，还怎么能抓住他？昨天，你两条胳膊完好无缺，都没有把他抓住。"

"你跟我一起去。你得先把我带回家，这样我可以拿另外一把格洛克手枪。你和我一起结果了他。"

阿贝坐回椅子里。"我为什么要这么做？"

特德瞪着他，想起阿贝先前紧张地问了他一连串问题。

"我昏倒前记得的最后一件事情，是他告诉我下一个就是你。"

十

道森在水边的沙袋上跑着，漫不经心地追逐着燕鸥，看它们冲进海浪，又振翅飞向天空。虽然天刚蒙蒙亮，海滩上还是挤满了其他跑步的人、遛狗的人，还有堆沙堡的孩子们。沙丘远处，人们在甲板上喝着咖啡，脚搁在栏杆上，享受清晨的时光。

他幸运地订到了房间。每年这个时候，海滩上的旅馆通常会预订一空，他打了好几个电话，才碰巧找到一个被取消预约的房间。他本打算在这附近或者新伯尔尼找个旅馆房间。因为医院在新伯尔尼，所以他决定最好住得更远些。他不得不藏匿踪迹。他猜想特德不会就此善罢甘休。

尽管尽了最大的努力，他也无法阻止自己想起那个深色头发的男人。假如深色头发的男人没有追踪他，他就永远也不会发现特德在那里等着。那个影子——那个幽灵——在召唤他，他随之而去，就像钻井平台爆炸后，他在大海上也曾跟随着这个影子。

这两场事故在他的脑海中互相追逐，像一个没完没了的回环。那个影子救过他一次命，也许是种幻觉，但是两次呢？他第一次怀疑，深色头发的男人来访，也许有更大的目的，仿佛他被拯救有什么缘故，某种他也不知道是什么的缘故。

为了驱走脑子里的念头，道森加快了脚步，他的呼吸变得沉重起来。他脱下衬衫当毛巾擦了擦汗，但步子并没有变慢。他瞄准远处的码头，决心加快步子直到到达码头。几分钟后，他大腿的肌肉开始燃烧。他继续往前跑，集中注意让体力发挥到极限，但眼睛却四处打量，下意识地在海滩边的人群中，搜寻深色头发男人的身影。

他抵达码头后，并没有放慢步子，而是保持速度，直到回到旅馆。几年来，他第一次跑完步心情比开始还沮丧。他弯下腰，试图喘过气来，却没有找到任何具体的答案。自从他来到镇上以后，他的内心世界已经发生翻天覆地的改变。周围的一切也莫名其妙地发生了变化。并不是因为那个深色头发男人或者特德，也不是因为塔克过世了。一切迥然不同是因为阿曼达。她不再只是一个记忆；她突然变得无比真实——过去的形象变得鲜活、充满生气，她仿佛从未离开过他。年轻的阿曼达不止一次出现在他的梦里，他不知道她的梦想在未来会不会改变。她会变成什么样？他不能肯定。他唯一能肯定的是，很少有人能理解他跟阿曼达在一起时的感觉。

这个时候的海滩很安静，清早赶来看海的人已经回到车里，来度假的人还没有铺开他们的毛巾。海浪以平稳的节奏起伏，发出催眠般的浪涛声。道森向海面瞥去，关于未来的想法使他绝望。无论他多么在乎她，他不得不接受她有丈夫和孩子的事实。他们分手过一次，已经十分痛苦，他想到要再度放下对她的感情，突然觉得无法忍受。微风吹起，在他耳畔轻轻说，他跟她在一起的时间已经所剩无几。他向大厅走去，这个想法使他沮丧，他一心希望事情能有所转变。

阿曼达边喝咖啡，越发觉得应该下决心对付母亲。他们正坐在后面的阳台上，眺望着花园。她的母亲优雅地坐在一把白色柳条椅里，穿得仿佛正等着州长来访。她正对昨天晚上的事情条分缕析。她饶有兴致地谈论晚饭和打桥牌时她朋友们的话，隐隐中带着评头论足的语气，仿佛能从中发现无穷无尽的阴谋。

阿曼达本以为晚上会待上一两个小时，但由于桥牌拖了时间，他们直到十点半才结束。阿曼达发现他们意犹未尽，谁也不想回家。但在这个钟点，她已经开始打呵欠，她真的想不起来母亲说了些什么。在她看来，谈话跟过去，跟小镇上的其他闲聊别无二致。话题从邻居转到孙子孙女，到最近的圣经学习是谁主讲的，到怎样挂窗帘，到烤肋排的价格上涨，再添油加醋一些无害的八卦。换句话说就是一些平凡琐事，直到她母亲把话题提升到国家大事的高度，当然她是在瞎扯。母亲在她的秘密中没有发现错误或者戏剧性的事情。阿曼达很庆幸在她喝完第一杯咖啡后，母亲才开始喋喋不休地抱怨。

阿曼达越来越心不在焉，无法停止对道森的思念。她试图说服自己局面控制得很好，但是，她眼前为何总是浮现他浓密的头发落在衣领上的样子，穿着牛仔裤的身姿，以及他来到后最初那段时间，他们自然而然拥抱的画面？她结婚很久了，应该知道这些事情都不如共同的利益造就的简单友谊和信任重要；他们分别了二十多年，短短几天的重聚，甚至不够建立起这些基本的纽带。人们需要很长时间，才能变成老朋友，信任却是在某一个瞬间建立起来的。她想，女人会容易在男人身上看到她们想看到的，起码开头是这样，她在想自己是不是在犯同样的错误。当她在思考这些无法回答的问题时，母亲却没法保持沉默，不停地咕哝。

"你在听我说话吗？"她母亲问道，打断了她的思路。

阿曼达放下杯子。"我当然在听。"

"我在说你得好好学学叫牌。"

"我打了一段时间了。"

"这就是为什么我说，你应该加入俱乐部，或者建个俱乐部，"她提醒道，"你没听到这些话？"

"我很抱歉。今天，我脑子里塞满了东西。" "是啊。小小的仪式，对吗？"

阿曼达忽略了母亲话里的挖苦，因为她没心思吵架。她母亲正巴不得呢，她知道。她母亲整个早上都气呼呼的，她把昨天晚上想象出来的争吵，当作借口无可避免地挑起来。

"我告诉过你，塔克希望撒他的骨灰，"她解释道，声音保持平稳，"他的妻子克拉拉也是火葬。也许，他认为这样他们就又可以在一起了。"

她母亲似乎没有听见她说话。"怎么会有人打算这么做？听上去……真脏。"

阿曼达转身朝向河流。"我不知道，妈妈。我没想过这些。"

她母亲不动声色，做作得像个冷面模特。"孩子们呢？他们好吗？"

"今天早上，我还没有跟贾里德和林恩说过话。但是，我知道他们挺好的。"

"弗兰克呢？"

她喝了一口咖啡，没说话。她不想谈论他。昨晚他们吵过一架，对他们来说吵架几乎成了家常便饭，吵过什么他也早已抛诸脑后。婚姻，不管好的还是坏的，都是不断的重复。

"他还行。"

她母亲点点头，等她继续说下去。阿曼达什么也没说。

沉默中，她母亲拉直了膝盖上的餐巾，继续说下去。"那么，今天你要做些什么？你就是把骨灰倒在他说的地方？"

"差不多吧。"

"你需要征得同意吗？我讨厌别人随便在什么地方，想怎么做就怎么做。"

"律师没有说什么，所以，我肯定这行得通。我觉得塔克只是希望我参与，他早就计划好了。"

她母亲稍稍前倾，自鸣得意地笑了笑。"哦，那就好，"她说，"因为你们是朋友。"

阿曼达转过身，突然厌倦了这一切——她母亲、弗兰克，以及她生活中的所有骗局。"是的，妈妈，因为我们是朋友。我很喜欢他的陪伴。他是我认识的最好的人之一。"

她母亲第一次感到难堪。"他的葬礼仪式打算在哪里办？"

"你干吗要关心？你显然不赞成。"

"我只不过想跟你聊聊。"她鄙夷地说，"你没必要发脾气。"

"也许我听上去像在发脾气，因为我内心受到了伤害。你从来没说过什么支持我的话。你甚至没说过'我很难过你失去了一位朋友。我知道他对你很重要'。当亲密的朋友过世以后，别人通常都会这么说。"

"假如我事先知道，你们是这种关系的话，我会这么说的。但是，你一直都在撒谎。"

"你能不能停下来想一想，因为你一直这个样子，我才不得不撒谎。"

她母亲转了转眼珠。"太荒谬了。我可没有逼着你撒谎。鬼鬼祟祟溜回来的人不是我。是你作的决定，不是我。所有的决定都有结果，你应该学会为自己的选择负责。"

"你以为我不知道这些吗？"阿曼达感到热血冲上了脸颊。

"我觉得，"她母亲一字一顿地说，"你有时候太自我中心了。"

"我？"阿曼达眨了眨眼，"你认为我以自我为中心？"

"当然，"她母亲说，"某种程度上说，每个人都自我中心。我只是说，你有时候做得有点过分。"

阿曼达从桌子对面望过去，吃惊得没法说话。她母亲——居然是她母亲——所说的只不过是火上浇油。在她母亲的世界里，其他人只不过是她顾影自怜的镜子。她慎之又慎地斟酌着措辞。"我觉得讨论这个不是个好主意。"

"我觉得是个好主意。"她母亲回答说。

"因为我没有告诉你塔克的事？"

"不是，"她回答，"因为我觉得这跟你和弗兰克之间的问题有关。"

阿曼达听到这里，内心一下子退缩了，她竭尽全力才维持住平静的声音和表情。"你怎么会觉得我跟弗兰克有问题？"

她母亲语气平静，还稍稍多了些暖意。"我比你想象的更了解你，你没有否认就证明我没猜错。你不情愿说起你们之间的事情，这一点我并不难过。这是你跟弗兰克之间的事，我插不上嘴，也帮不上忙。我们都明白。婚姻是伙伴关系，不是民主政治。问题是这些年，你跟塔克分享的心事究竟是什么？假如我非要猜的话，你不仅是想去看塔克，而且需要跟他分享你的心事。"

她母亲把话扔在那里，眉宇间充满质问，阿曼达沉默着，暗自震惊不已。她母亲摆弄了一下餐巾。"现在，我想你会回来吃晚饭。你想出去吃，还是在家里？"

"那么，就这样结束了？"阿曼达脱口而出，"你把猜测和指责扔给我，然后就闭口不谈了？"

她母亲把两只手摆在膝上。"我没有闭口不谈。是你拒绝谈论这个问题。但是，假如我是你的话，就会想想自己究竟想要什么，因为你回到家，就要对自己的婚姻作出一些决定。最终，婚姻也许能维持下去，也许不能，这很大程度上取决于你。"

她的话里有种残酷的真实。毕竟，这不仅仅是她和弗兰克之间的事情，还有他们养育的孩子。阿曼达突然感到筋疲力尽。她把杯子放回茶托，感到火气慢慢消退，只剩下某种挫败感。

"你还记得我们家码头附近，常来玩耍的水獭一家吗？"她最后问道，没有等母亲回答，就接着说，"我还是小女生的时候？每次它们出现，爸爸就会抱起我，把我带出去。我们会坐在草地上看它们嬉水，互相追逐。我从前总认为它们是世界上最幸福的动物。"

"我不明白这跟我们说的有什么关系？"

"我又看见水獭了，"阿曼达接着说，声音压过她母亲，"去年，我们去海边度假的时候，我们参观了松丘海岸的水族馆。我看到新建的水獭展馆很兴奋。我一定跟安妮特说过很多次我家后面的水獭，她迫不及待想看到它们，但是，等我们最后到那里看到的，一切都跟我小时候不一样了。当然，水獭在那里，但是它们躺在平台上睡觉。我们在水族馆待了几个小时，它们还是一动不动。我们出来的时候，安妮特问我为什么它们不玩耍，我不知道该怎么回答。但是，我们离开后，我感到……悲哀。因为，我知道这些水獭为什么不玩耍。"

她停下来，手指沿着咖啡杯边缘滑动，然后抬头迎向母亲的目光。

"它们不快乐。水獭们知道自己并没有生活在一条真正的河里。它们也许无法理解这是怎么发生的，但是，它们似乎理解自己关在笼子里，不能出去。这不是它们本来打算过的生活，甚至不是它们想要过的生活，但是，它们无法改变这一切。"

她坐在桌子边以来，她母亲第一次看上去不知道该说什么。阿曼达推开杯子，站起身来离开桌子。她走开时，听见母亲清了清嗓子。她转过身。

"你讲这个故事是不是想说明什么？"她母亲问道。

阿曼达露出疲惫的笑容。"是的，"她说，声音很柔和，"我是想说明什么。"

十一

道森放低了"黄貂鱼"的车顶，倚靠着车身等待阿曼达。空气闷热难耐，预兆着下午晚些时候会有一场暴雨，他漫不经心地想塔克是不是有把雨伞放在房子里。他怀疑没有。他想不起来塔克几时撑过雨伞，就像他想不起来他几时穿过正装，但是，谁知道呢？他已经发现，塔克是个让人出乎意料的人。

有个影子掠过地面，道森看见一只鱼鹰懒洋洋地在头顶盘旋，直到阿曼达的汽车最终出现在车道上。她把车开进他旁边的阴凉处时，他听见砂砾在轮胎下面发出吱吱嘎嘎的声音。

阿曼达走出汽车，看到道森穿着黑裤子和平整的白衬衫，感到有些意外，但是这套行头确实很合身。他潇洒地把夹克衫甩在肩头，他看上去几乎帅得有些过分，她母亲的话显得更有先见之明了。她深吸了一口气，不知道接下去该做什么。

"我迟到了吗？"她问道，朝他望去。

道森看着她走近。尽管还有几英尺远，晨光把她眸子里一泓清澈的深蓝映得夺目，仿佛阳光照耀下一尘不染的湖水。她穿着一身黑色裤装，一件无袖的丝质衬衫，脖子上戴一条银质的吊坠项链。

"没有，"他说，"我早到了，因为我想确保汽车没问题。"

"怎么样？"

"不管是谁修的，活儿都干得利索极了。"

她微笑着走近他，凭着冲动吻了他的脸颊。道森看上去有点手足无措，她也同样有点困窘，脑海里回响着她母亲的话。她朝汽车走去，竭力逃避那些缭绕的余音。"你把车顶放下来了？"她问。

她的问题把他的思绪拉了回来。"我想可以开这辆车去万德米尔。"

"这不是我们的车。"

"我知道，"他说，"但这辆车需要试驾一下，这样我才能保证没问题。相信我，车主在决定晚上开车去镇上兜风前，也希望一切都运转良好。"

"万一半路抛锚怎么办？"

"不会的。"

"你肯定？"

"我肯定。"

她的唇上浮现出笑容。"那么，我们为什么要试驾？"

他摊开双手，很无奈。"好吧，也许我就是想开这辆车。让这样一辆汽车停在车库里，简直是一种罪过，尤其是想到车主不会知道，而汽车钥匙就在这里。"

"那么，我来猜猜——我们结束以后，就把车撑起来，让轮子倒转，这样里程表就会回到原点，对吗？这样车主就不知道了？"

"这不管用。"

"我知道。我是在看《春天不是读书天》的时候学到的。"她得意地笑着。

他微微向后仰，打量着她。"顺便说一句，你看上去光彩夺目。"

她听见他的话，觉得热流涌上脖子，不知道自己为什么在他面前总是脸红。"谢谢。"她说着把一缕头发拨到耳后，也打量着他，在两人之间保持一点距离，"我从来没有看见你穿过正装。这是新的吗？"

"不是，但我很少穿。只在特殊的场合穿。"

"我想塔克会赞成的，"她说，"你昨晚后来是怎么过的？"

他想起了特德以及发生的一切，包括他因此搬到了海边。"没做什么。跟你母亲吃晚饭怎么样？"

“不值一提。”她说。她探身进车里，用手抚摸着方向盘，然后抬头看了看他。“我们早上倒是有场有趣的对话。”

“是吗？”

她点了点头。“让我想起了这几天发生的事情。想起你、我……还有生活，所有的一切。开车过来的路上，我意识到自己很高兴塔克没有跟你提起我。”

“你为什么这样说？”

“因为昨天，我们在汽车修理站的时候……”她犹豫着，试图找到正确的字眼，“我的言行有些出格。我是说，我的举止。我想要道歉。”

“你为什么要道歉？”

“很难解释。我的意思是说……”

她的声音开始变小，道森看了看她，最后走近了一步。“你还好吗，阿曼达？”

“我不知道，”她说，“我对什么都没有主意了。我们年轻的时候，事情要简单得多。”

他犹豫着说：“你想说什么？”

她抬头看了看他。“你必须明白，我已经不是从前那个小女孩了，”她说，“我现在是个妻子，也是个母亲，像所有其他人一样，我并不完美。我为自己所作的选择而挣扎，我犯过错误，半数时间我在想自己到底是谁，自己到底在做些什么，还有我的生活究竟有没有意义。我一点都不特别，道森，你需要知道这一点。你必须要理解，我只是个……普通人。"

"你并不普通。"

她的表情痛苦，却无所畏惧。"我知道你相信这一点。但我就是个普通人。问题是这样的事情不同寻常。我完全违背了我的原则。我希望塔克曾经提起过你，这样我对这个周末就会有心理准备。"她无意识地伸手去碰银项链吊坠，"我不想铸成大错。"

道森把重心换到另一只脚，他完全理解她刚刚说的话。这是他一直都爱她的理由之一，即便他知道自己不该把这些大声说出来。这不是她想要听到的。他尽量使自己的语调变得温柔。"我们一起聊天，吃饭，一起怀旧，"他指出，"这就是所有的一切。你没有做错任何事情。"

"不，我做错了。"她笑了笑，却无法掩饰笑容里隐藏的悲哀，"我没有告诉母亲你在这里。我也没有告诉我的丈夫。"

"你想告诉他们吗？"他问。

这才是问题，对吗？无意识中，她母亲问了她同样的问题。她知道自己应该说什么，但此时此地，话却怎么也说不出口。相反，她发现自己开始慢慢摇了摇头。"不想。"她最后轻轻说道。

道森似乎觉察到她坦白时心头掠过的恐惧，因此他伸手去拉阿曼达的手。"我们去万德米尔，"他说，"我们去祭奠塔克，好吗？"

她点了点头，最后顺从了他温柔而急促的抚触，她觉得自己的另一部分悄悄溜走了，她开始接受，事实上，自己已经无法完全控制将要发生的事情。

　　道森把她带到汽车另一边，替她开了门。阿曼达坐了下来，道森从他租来的汽车里取出塔克的骨灰盒，她觉得有点头晕目眩。他把骨灰盒放进驾驶座后面的空隙，跟他的夹克衫放在一起，坐进汽车。阿曼达拿出了指示，也把她的手袋放到座位后面。

　　道森转动钥匙之前踩了一下油门，引擎咆哮着恢复了活力。他把引擎加速了几分钟，汽车微微有些震动。道森最后停止空转，把汽车倒开出修理站，慢慢开到大路上，小心避开深坑。他们开回奥利安托，驶上安静的高速公路，路上引擎的声音只是稍稍低了一些。

　　阿曼达开始坐定下来，她发现可以从眼角看见所有自己真正需要的东西。道森一只手放在方向盘上，这个姿势如此熟悉，让她痛苦地想起从前那些漫长的行驶。他开车的时候，总是他最放松的时候，她现在又感觉到这一点，他娴熟地一件又一件摆弄仪器，前臂的肌肉鼓起来又松弛下去。

　　汽车加速的时候，阿曼达的头发飞扬起来，于是她把头发扎成一个马尾。噪音太响了，他们两个都没法说话，但她觉得不错。她很满意可以独自思考，跟道森单独在一起，车开出几英里之后，她感到先前的紧张开始消失，仿佛被风吹散。

　　道森开车的速度很平稳，尽管路上空荡荡的。他不赶时间，她也一样。阿曼达跟她曾经爱过的男人坐在一辆汽车里，开往他们都不认识的地方，就在几天前，这样的念头对她来说依然是荒谬可笑的。这样很疯狂，简直无法想象，但同时也很刺激。起码有一小段时间，她不再是个妻子，不再是个母亲，也不再是个女儿，多年来，她第一次感到几乎是自由的。

但是，道森一直都让她感觉自由，他把一只胳膊肘靠出窗外，她向他瞥去，试图想起有什么人跟他有哪怕一点相似。他眼角的皱纹里刻着痛苦和悲哀，也刻上了智慧，她在想他要是当父亲会怎么样。她猜他会是个好父亲。很容易想象，他那样的父亲会几个小时，玩闹着把棒球扔来扔去，也会给他的女儿编辫子，哪怕他笨手笨脚不知道该怎么弄。这个念头既诱人，又充满禁忌。

当道森转过头来看她，她知道他在想着她，她不知道在钻井上有多少个夜晚，他在做同样的事。道森，就像塔克一样，属于那种罕见的人群，他们一生只爱一次，分离只会使他的思念更加浓烈。两天前，意识到这一点还让人困窘不安，但是，她现在理解道森没有其他的选择。毕竟，爱着的人比被爱的人，对爱情的感触更深。

一阵南风吹来，带来海水的气息，阿曼达闭上眼睛，享受这一刻的光阴。他们最终抵达万德米尔郊外，道森打开了阿曼达给他的指示，迅速扫视了一眼，点了点头。

万德米尔与其说是个小镇，还不如说是个村庄，镇上只有数百人口。她看见沿路零星有些房子，还有一家乡村小店，外面只有一台加油机。一分钟后，道森转弯离开高速公路，驶上一条覆满轮胎印迹的车道。她不知道他是怎么看见车道的——蔓延的野草使得车道从高速公路上根本看不见——他们开始缓慢前进，转过一道又一道弯，避开被暴风雨刮倒的腐烂的树干，沿着缓慢升高的地形往前行驶。在高速公路上引擎发出的噪音，现在几乎哑了，被周围的风景吞没，郁郁葱葱的景色似乎从四面八方向他们涌来。车道越开越窄，低垂的树枝挂满了寄生藤，他们开过时，枝条轻轻拂着车身。杜鹃繁茂、恣肆风流的花朵正在枯萎，它们跟野葛争夺着阳光，挡住了两旁的视线。

道森俯身靠近方向盘，微微调整方向，一点一点前进，小心不让车身的油漆被擦到。在他们头顶，太阳躲在云层后面慢慢下落，周围葱翠的景色变得深邃起来。

他们转过一道弯，车道稍微变宽了些，然后又转过一道弯。"太疯狂了，"她说，"你确定我们没走错路吗？"

"看地图是这个地方。"

"为什么离开大路那么远？"

道森耸了耸肩，跟她一样迷惑不解，但是，转过最后一道弯后，他本能地踩下刹车，车停了下来，他们两人突然都明白了。

十二

车道最后通往古老的橡树丛掩映下的一座小木屋。木屋经过风吹雨打，油漆已经剥落，百叶窗的边缘开始发黑，前面有个小型的石头门廊，立着一些白色的柱子。多年来，其中一根柱子被藤蔓缠绕，向屋顶蔓延。门廊边上有一把金属椅子，角落里有一盆盛开的天竺葵，给绿色的世界增添了一抹色彩。

但他们的目光最终还是被野花吸引了。成百上千朵野花摇曳生姿，仿佛草地上绽放的烟花，一直延伸到木屋的台阶上。野花丛齐腰深，仿佛一片红色、橙色、紫色、蓝色和黄色的海洋，潮水般的色彩在阳光下波浪起伏。这块地周围有一小圈木板栅栏，在百合和菖兰的遮蔽下几乎看不见。

阿曼达惊讶地看着道森，又看了看那片花海。这里仿佛仙境，像人们想象中的天堂。她不知道塔克是什么时候开始种花的，但她转瞬就明白这些野花是塔克为克拉拉种的。他种花是为了表达她对他的意义。

"真是不可思议！"她深深吸了一口气。

"你知道这些吗？"他的声音跟她一样充满惊叹。

"不，"她回答说，"这是对他们两个来说有意义的事情。"

她说着，仿佛清楚地看见克拉拉坐在门廊上，塔克靠着一根柱子，陶醉在花园迷人的美景中。道森终于把脚从刹车上挪开，汽车向房子驶去，花朵像颜料一样混成一片，朝着太阳舒展容颜。

他们把车停在房子附近，爬出车外，继续欣赏美景。花丛中看得见一条蜿蜒曲折的小路。他们如催眠一般走进那片色彩的海洋，头顶是浮云疏落的天空。太阳从云朵背后探出头来，阿曼达感觉到热量在周围的香味中蒸腾。她所有的感觉都敏锐了数倍，仿佛这一天就是为她而创造的。

道森走在她身边，她感觉到他伸手过来。她任由他握着手，感到自然而然，她想象着自己仿佛能感受到这些年的苦工如何刻进他的老茧。他的手掌布满细小的疤痕，但他的抚触却不可思议地温柔，她突然很肯定道森一定也给她建造了一个花园，假如他知道她想要的话。

永远。他在塔克的工作台上刻下了这个词。十几岁男孩的诺言，没有别的什么了，但是，他仿佛把记忆保存得鲜活。现在，她能感觉到诺言的力量了，他们穿过花丛时，那个诺言仿佛弥补了他们的距离。她能听见遥远的地方隆隆的雷声，她有种奇怪的感觉，雷声是在呼唤她，催促她聆听。

她的肩膀挨着他的肩膀，她的心跳开始加速。"我在想这些花朵会重新开放，还是他每年都得播种？"他小心翼翼地说。

他的声音把她从白日梦里拉了出来。"两种都有，"她回答说，她的声音听在自己耳朵里很奇怪，"我能认出一些花来。"

"所以，他今年早些时候来过？他是来种花的？"

"他一定来过。我看到一些野胡萝卜花。我母亲在房子旁种了一些，每当冬天花就死了。"

他们花了几分钟沿着小路漫步，她认出几种一年生的草花，黑眼苏珊、蛇鞭菊、牵牛花、陀螺紫菀跟一些多年生花卉混生在一起，比如，勿忘我、墨西哥帽子花，还有东方罂粟。花园看上去没有什么规划；花草似乎浑然天成，任意生长，不管塔克的计划是什么。从某种程度上说，这里的天然野趣增加了花园的美，他们走在一片色彩的混沌中，她想到的只有她很高兴跟道森在一起，这样他们就能彼此分享。

微风渐起，空气变得凉爽，云朵越聚越多。他抬眼望着天空，她看着他。"暴风雨快要来了，"他观察了一下天气，"我也许应该把汽车顶棚拉起来。"

阿曼达点了点头，却没有放开他的手。她有点怕他不会再握她的手了，也许不会再有这样的机会。但是，他说的没错，云层正在变暗。

"你在里面等我。"他说道，听上去同样不情愿，他慢慢地松开缠绕着她的手指。

　　"你觉得门锁着吗？"

　　"我敢打赌，是的，"他笑了，"我过一分钟就过来。"

　　"你能把我的包也带来吗？"

　　他点了点头，她看着他走开，想起跟他谈恋爱之前，她会为他神魂颠倒。开始的时候，是一种小女孩的迷恋。她会在该做功课的时候，在笔记本上乱涂他的名字。没有人知道，甚至道森也不知道，他们最终坠入爱河并不是个意外。每当老师要求学生组搭档时，她总会找借口去洗手间，等她回来的时候，通常总是只剩下道森一个人。她的朋友们总是向她投去同情的目光，她却为能跟这个安静、神秘的男孩一起，暗自激动不已。道森看上去要比同龄人聪明许多。

　　现在，他关上车顶，历史仿佛重演，她又感到同样的兴奋。他身上有些东西，仅对她一人诉说，他们分开多年，她一直怀念这种亲密。她知道，在某种程度上，她一直在等待他，就像他一直在等待她。

　　她无法想象再也见不到他，她无法接受道森变成一场空空的回忆。命运，以塔克的名义，开始干涉他们的生活，她向那座小木屋走去，她知道必定有某种因缘，某种冥冥之中的契机。毕竟，过去的已经过去了，未来还等着他们。

正如道森预料的，前门没有上锁。走进小屋后，阿曼达首先想到这里是克拉拉的庇护所。

木屋跟奥利安托的房子大致结构差不多，有同样磨损的松木地板、杉木墙，但是，沙发上却放着色彩鲜艳的靠垫，墙上挂着充满艺术感的黑白照片。杉木板磨光了，漆成浅蓝色，巨大的窗户让光线如潮水般涌入房间。房间里有两个放满了书的嵌入式书架，散放着瓷器小雕塑，这些显然是克拉拉多年来搜集的。一把安乐椅背上，搁着一条精致的手工被子，乡村风格的茶几上一尘不染。房间两边各有一盏落地灯，角落里的收音机旁放了一张小型的纪念日照片。

她听见道森从她身后走进小木屋。他安静地站在门道上，手里拿着他的夹克和她的包，看上去似乎不知道该说什么。

她掩藏不住自己的惊讶。"这里很不错，对吗？"

道森慢慢走进房间。"我怀疑是不是走错了地方。"

"别担心，"她说，指了指照片。"就是这里。但是，很明显这里是克拉拉的地方，不是他的。他从来都没有改变这里。"

道森把夹克搭在一把椅子背上，把阿曼达的包放在一起。"我从来不记得塔克的房子会这么干净。我猜坦纳一定雇了人来打扫。"

当然他雇了人，阿曼达想。她想起坦纳提起过要来，他嘱咐过他们等到见面后一天再来这里。门没上锁肯定了她的猜测。

"你看过其余的地方了吗？"他问道。

"还没有。我正忙着弄清楚克拉拉让塔克坐哪儿。很明显她从来不让他在这里吸烟。"

他翘起大拇指，越过肩头指了指门口的方向。"这就是为什么门廊上有把椅子。也许她就让他坐在那儿。"

"甚至她去世以后？"

"他也许害怕她的鬼魂会出现，因为他在室内吸烟就骂他。"

她笑了，他们在木屋里转了转，又在起居室碰到对方。厨房在屋后，望得见河流，跟奥利安托的房子一样，但是，从白色的碗橱、复杂的蔓叶装饰，到台面上方蓝白相间的瓷砖，厨房的风格也完全是克拉拉式的。炉子上有个茶壶，台子上有瓶野花，显然是从门前的花园里采来的。窗台下放着一张桌子，桌面上摆着两瓶酒，一瓶红酒，一瓶白酒，还有两只晶莹剔透的玻璃杯。

"他的准备不出所料。"道森说，拿起了酒瓶。

她耸了耸肩。"还有更糟糕的事情。"

他们隔着窗户眺望贝河的美景，他们两个都没有再说话。他俩站在一起的时候，阿曼达沐浴在一片宁静中，因为熟悉而感到舒适。她能感觉到道森呼吸时胸膛的起伏，她不得不压抑握住他手的冲动。他们在无言的默契中离开了窗口，继续往前走。

厨房对面是间卧室，中间有张舒适的四柱床。窗帘是白色的，书桌上没有弯曲也没有刮痕，不像塔克在奥利安托的家具。两边的床头柜上有一对水晶灯，衣橱对面的墙上挂着一幅印象派的风景画。

卧室旁边是间浴室，摆着四脚的浴缸，正是阿曼达一直想要的那种。洗手池上方挂着一面古老的镜子，她看见镜中映出她和道森，这是自从他们回到奥利安托以来，她第一次看见他们在一起的样子。她突然想起，他们在少年时代，从来没有作为恋人合过影。他们曾经说起过，但是从未付诸实践。

她现在感到后悔，但是就算她有张照片又如何？她会把它扔进抽屉角落，抛诸脑后，每隔几年才重新发现它？还是她会把它放在特别的地方，只有她才知道的地方？她不知道，但是，在浴室镜子里看见道森的脸在她旁边，感到格外的亲密。她很久没有从别人身上感到吸引力，但现在却感觉到了。她知道自己被道森深深吸引。她陶醉在他掠过她的目光中，他轻松优雅的姿态中；她敏锐地感觉到他们彼此心心相印。尽管只是时间问题，她出于本能地信任他，知道自己会告诉他一切。是的，他们第一天晚上在饭桌上就争论了，对邦纳一家的事情持不同意见；但是，他们的争论中有种质朴的诚实。他们互相没有隐瞒，没有企图掩饰自己的判断；他们的争吵爆发得快，消失得也快。

阿曼达继续在镜中观察道森。他转过头，在镜子里碰到她的目光。他没有看别处，温柔地替她理了理落在眼前的一缕头发。然后，他走开了。她肯定不管接下去发生什么，她的生活已经无可挽回地改变了，她永远无法想象这一切是可能的。

从起居室拿回包后，阿曼达在厨房找到道森。他开了一瓶酒，倒了两杯。他递给她一杯，然后他们无言地走到门廊上。地平线上的乌云滚滚而来，带来一阵轻雾。河岸的斜坡长满树木，树叶呈现一派生机勃勃的深绿色。

阿曼达把酒放在一边，翻了翻她的包。她取出两个信封，把信封上写着道森名字的递给他，把另外一个信封放在膝盖上。仪式开始前，他们要先读这封信。她看着道森把信折起来，塞进裤后袋里。

阿曼达把空白的信封递给他。"你准备好了吗？"

"没问题。"

"你想打开信吗？举行仪式前，我们要先读信。"

"不，你打开吧，"他说，把椅子拉近些，"我就从这里读。"

阿曼达拆开封口一角，然后轻轻打开。阿曼达展开信纸，被纸上潦草的字迹震惊了。文字这里那里都涂改过，字迹凌乱，颤颤巍巍，显示出塔克的年纪。信很长，前后总共有三页，她不禁想，他花了多长时间写的？日期是今年二月十四日，情人节。从某方面看，恰如其分。

"你准备好了？"她问。

道森点了点头，阿曼达凑近了，他们开始一起读。

阿曼达、道森：

　　谢谢你们能来。也谢谢你们为我做这些。我不知道还能找其他什么人。

　　我并不会妙笔生花，所以我想最好开头就告诉你们，这是个爱情故事。我是说，关于我和克拉拉的爱情故事。假如你们不会感到厌烦，我会把我们恋爱和结婚开头几年的琐碎细节，向你们娓娓道来。我们真正的故事始于一九四二年——这是你们想听的部分。那时候，我们已经结婚三年，她已经流产一次。我知道这对她的伤害有多大，我也深受伤害，因为我什么都不能做。有些人在患难中分离。另一些人，就像我们，却因患难而更紧密。

　　这是题外话。顺便说一句，你们年纪大了，就会碰到很多这样的事。等着瞧吧。

　　刚刚说过，那年是一九四二年，为了纪念我们结婚周年，我们去看了《只为你我》，是吉恩·凯利和朱迪·加兰担纲主演的。这是我们第一次看电影，我们不得不开车到罗利附近。电影结束后，我们坐在那里，直到灯光亮起，脑子里想的都是刚刚的电影。我想你们大概没看过这部电影，我就不啰唆细节了，电影讲了一个男人为了逃避参加第一次世界大战，把自己弄伤残了，他不得不重新赢回心爱女人的心，因为她认为他是个懦夫。那时候，我也收到了征兵通知，所以有些情节戳中了我的心事，因为我也不希望离开我的姑娘去参军，但是，我们两个都不愿意想起这些。相反，我们谈论起跟电影同名的主题歌。这是我们听过的最迷人、最动听的歌曲。开车回家的路上，我们唱了一遍又一遍。一个星期后，我加入了海军。

这有点奇怪，因为我说过刚收到陆军的征兵通知，要是我知道自己现在做什么的话，参加陆军也许更合适些，我会修理引擎，更何况，我不会游泳。我也许最终会进车辆调配场，确保卡车和吉普车能开过欧洲。假如车辆不能行驶，陆军就无法行动，对吗？但是，即便我只是个乡下小伙，我也知道军队把你安排在需要的地方，而不是你想去的地方，当时，人们都知道我们攻打欧洲只是时间问题。艾克刚刚深入北非。他们需要步兵，地面部队。我正兴奋地想着攻打希特勒，成为步兵的念头并不合适我。

在征募办公室，他们把征兵海报贴在墙上。海报上说：加入海军，举起枪支。画面上一个没穿衬衫的海员，正在装载炮弹，某些东西吸引了我。我可以做这些，我这样想着，就走到征募海军的办公桌前，而不是陆军，并且在那里签到。当我回到家，克拉拉已经哭了几个小时。她要我保证回到她的身边。我向她保证我会的。

我接受了基本训练，进了军械学校。一九四三年十一月，我火速赶往约翰斯顿号，这是在太平洋的一艘驱逐舰。千万别以为在海军服役比在陆军或者海军陆战队危险少一些，或者不那么可怕。你的运气全靠舰艇，而不是你自己的机灵，假如船沉了，你也活不了。假如你掉进水里，你就死定了，因为舰队不会冒险停下来救你。你无法逃跑，无法躲藏，你无法控制任何事情，这个念头牢牢地抓住你的头脑，无法摆脱。除了在海军的那段时间，我这辈子都没有经历过这么多恐怖。到处都是炸弹和硝烟，甲板上着了火。同时，机枪在扫射，你从未听过这样可怕的噪声。也许像十倍的雷声，但这也无法描述枪声的轰鸣。在大型战役中，日本零式战斗机向着甲板不断轰炸，炮弹到处乱飞。在枪林弹雨中，你得专心干活，泰然处之，安之若素。

一九四四年十月，我们正在萨马附近巡航，准备进攻菲律宾。我们舰队有十三艘船，听上去有很多舰艇，但是，除了运输舰，主要就是驱逐舰和护航舰，所以我们火力不足。我们看见海平面上出现一整支日本舰队，正朝我们开来。四艘战舰、八艘巡洋舰、十一艘驱逐舰，拼命想要让我们葬身海底。后来我听见有人说我们就像大卫和歌利亚，只不过我们连弹弓都没有。这个形容相差无几。他们开火的时候，我们的枪弹几乎够不着他们。那么，我们该怎么办呢？既然知道自己毫无胜算？我们投入了战斗。现在，人们称之为莱特湾海战。我们勇往直前。我们是第一艘开火的舰艇，也是第一艘冒烟和发射鱼雷的舰艇，我们既是巡洋舰又是战舰。我们也造成了很多破坏。但是，因为我们冲在前面，我们也是第一艘沉入水底的舰艇。敌军的两艘巡洋舰靠近，开始开火，然后，我们就下沉了。船上有三百二十七个人，那天死了一百八十六个人，他们中间有些人是我的好朋友。我是活下来的一百四十一个人之一。

　　我打赌你们一定在想我为什么要告诉你们这些——你们可能会想我又在跑题了——所以，我还是言归正传。在救生筏上，我意识到自己不再害怕了，我们周围战斗依然正酣。我突然觉得自己会好好活下去，因为我知道我和克拉拉之间的故事还没有结束，因此，我内心平静。假如你愿意的话，也可以说这是因为炮弹休克，但是，我知道当时在硝烟弥漫的天空下，想起了几年前的结婚纪念日，我开始唱《只为你我》，就像我和克拉拉在从罗利开车回家的路上那样。我用最大的声音唱着，仿佛在这世界上我什么都不在乎，因为我知道克拉拉也许会听见，她会明白没有理由要担心。你看，我曾经许下诺言。没有什么可以阻挡我实现诺言，哪怕是沉到太平洋海底。

　　疯了，我知道。但是，就像我说过的，我获救了。我被重新分派到一艘军舰上，第二年春天，作为海军陆战队被拉到硫黄岛。接下去，战争结束了，我回到了家里。我回来后，再也没有谈起过战争。我无法谈论战争。一个字也无法谈起。回忆太痛苦了，克拉拉理解这一点，所以，我们慢慢恢复了正常生活。一九五五年，我们开始在这里建造小木屋。大部分活儿是我自己干的。一天下午，做完了一天的工作，我朝克拉拉走去，她正坐在阴凉处编织。我听见她在唱《只为你我》。

我呆住了，关于战争的记忆，潮水般涌入脑海。我好多年都没有想起过这首歌，我从来都没有告诉她那天在救生筏上发生的事情。但是，她一定从我的表情中猜到了什么，因为她抬头看着我。

"我们结婚纪念日的歌曲。"她说着又开始编织。"我从来没告诉过你，你参加海军的时候，有一天晚上我做了个梦，"她接下去说，"我在野花地里，虽然我看不见你，但是，我听见你给我唱了这首歌，当我醒来时，我就不再担忧了。那天以前，我总是担心你再也不会回来了。"

我站在那里，惊呆了。"这不是梦。"我最后说。

她笑着，我感觉她知道我会这么回答。"我知道。就像我说的，我听见你了。"

从此以后，我一直对我和克拉拉之间有强大的联系深信不疑——有些人也许会说这是通灵现象。所以几年后，我决定建造花园，我在结婚纪念日把她带到这里，向她展示一切。那时，花园弄得没那么好，不像现在这个样子，但她发誓说这是世界上最美的地方。所以，第二年我开垦了更大的地方，播撒了更多的种子，一直哼着我们的歌。我们婚姻中的每一年，我都在做同样的事，直到她过世以后。我把她的骨灰撒在了这里，这是她钟情的地方。

她去世以后，我一蹶不振。我开始易怒、酗酒，在这个过程中，慢慢失去了自我。我不再耕作，不再播种，也不再歌唱，因为克拉拉已经走了，我找不到理由继续下去。我憎恨这个世界，我不想继续生活下去了。我不止一次想过自杀，然后，道森就来了。有他在身边是件好事。从某种程度上，他提醒了我自己还属于这个世界，我在世间的工作还没有完成。但是，他也被带走了。于是，我来到这里，多年来第一次看见这个地方。季节不对，但是，有些花朵依然还在吐艳，虽然我不知道为什么，当我唱起我们的歌，泪水模糊了我的眼睛。我猜，我是为道森而哭，但是，我也是为自己而哭。但是，我主要是为了克拉拉而哭泣。

故事就是从那时开始的。那天晚上，我回到家，透过厨房窗户看见克拉拉在里面。我听见她哼着我们的歌，虽然声音很微弱。但她的影子很模糊，不像真的在那里，我走进屋子，她已经不见了。所以，我回到小木屋，又开始耕作起来。这么说吧，一切准备好之后，我又看见她，这次是在门廊上。几周后，我播撒完种子，她开始经常出现，也许是每周一次，她消失前，我能够靠近些。当野花盛开时，我来到这里，在花丛中徜徉，我回到家，就清清楚楚地看见她，听见她。她就站在门廊上等着我，仿佛在疑惑我为什么花了那么长时间才弄明白。从此以后，故事就这样一直延续着。

你们瞧，她是野花的一部分。她的骨灰帮助野花生长，花儿长得越茂盛，她的魂灵就越鲜活。只要我让鲜花不断开放，克拉拉就能想法子回到我身边。

这就是你们在这里的原因，这就是我请求你们这样做的原因。这里是我们的地方，世界上一个不起眼的角落，这里爱情能使任何事情成为可能。我想你们两个，会比任何人都理解这一点。

现在，我到了跟她团聚的时候了，到了我们一起歌唱的时候了。我的生命已经走到尽头，我已了无遗憾。我又回到克拉拉身边了，这是我想归去的唯一所在。请把我的骨灰撒向风和花朵，不要为我哭泣。我希望你们为我们俩微笑，请你们只为你我快乐地微笑。

塔克

道森身体朝前倾，前臂支在腿上，尽力想象塔克是怎么写这封信的，这完全不像那个把他带进家里的沉默寡言的粗犷男人。这是道森从未认识的另一个塔克，道森完全不了解这样一个人。

阿曼达重新把信叠起来，脸上神色温柔，格外小心，生怕把信纸撕坏。

"我知道他说的那首歌，"她把信妥帖地装进手袋后说，"有一次他坐在摇椅里的时候，我听见他唱过。我问起他，他没有回答，而是用电唱机放给我听。"

"在房子里？"

她点了点头。"我记得歌曲很迷人，塔克闭上了眼睛，他看上去……听得入了迷。一曲终了，他站起来，把唱片放在一边，当时我不知道这是怎么回事。但是，现在我明白了。"她转向他，"他是在呼唤克拉拉。"

道森慢慢转动着他的酒杯。"你相信他的话吗？他说自己看见了克拉拉？"

"我不相信。不管怎么说，不太相信。但是，现在我无法确定。"

远处雷声轰鸣，有一次提醒他们来这里要做什么。"我想也许是时候了。"道森说。

阿曼达站起来，掸了掸裤子，他们一起走进了花园。微风徐徐，但是雾气变得更浓了。澄明的清晨已经过去，午后的天气映出过去昏暗的沉重。

道森拿来骨灰盒，他们找到通往花园中心的小路。阿曼达的秀发在微风中起伏，他看着她用手指梳理头发，把头发弄平顺。他们走进花园中央，停了下来。

道森意识到手里的骨灰盒沉甸甸的。"我们应该说些什么？"他喃喃地说道。她点了点头，他先开始致辞，悼念了给予他庇护所和友谊的男人。接下来，阿曼达感谢塔克成为她的密友，告诉他自己把他当作父亲一样。他们致完辞，起风了，道森打开了骨灰盒的盖子。

骨灰飞扬起来，在花丛上方盘旋着，阿曼达看着，不禁想塔克是在寻找克拉拉，最后一次呼唤她。

他们随后回到屋内，回忆塔克。他们默默坐着，感到相伴的亲切。外面，已经开始下雨。雨下得不大，但淅淅沥沥不断，一场温柔的夏雨仿佛上天的恩赐。

他们觉得肚子饿了，便冒雨冲了出去，"黄貂鱼"沿着弯曲的车道又开上了高速公路。他们没有回奥利安托，而是开往新伯尔尼。他们在古色古香的镇中心街区，找到一家叫切尔西的饭店。他们到来的时候，饭店里几乎没有人，但是，等他们离开时，几乎每张桌子都占满了。

雨暂时停歇了一阵子，他们沿着安静的人行道漫步，到还开着的店里逛逛。道森在一家二手书店翻了会儿书，阿曼达找到机会出去，给家里打了电话。她跟贾里德和林恩都说了话，又跟弗兰克聊了会儿。她也给母亲打了电话，给录音电话留了口信，告诉她会晚点回来，让她留着门。道森过来，她就挂了电话，想起夜晚快过去了，不禁感到悲伤。道森仿佛知道她在想什么，他的胳膊靠过去，她挽着他的臂膀，他们慢慢走向汽车。

回到高速公路上，雨又开始下了。他们越过纽斯河后，雾气变得更浓了，树林中垂下的藤蔓仿佛幽灵的手指。车头灯几乎很难照亮路面，树林似乎吞没了微弱的光线。在朦胧、潮湿的黑暗中，道森把车开得很慢。

雨点均匀地敲打在车顶上，就像远处的火车开过，阿曼达发现自己正在想着白天的事。吃饭的时候，她不止一次发现道森盯着她看，她下意识中希望他一直看着她。

她知道这样不对。她的生活不允许这种渴望，社会也无法容忍这样。她可以努力驱散自己的感情，看作生活中其他因素的短暂的副产品。但是，她知道这是不真实的。道森不是一个她碰巧约会过的陌生人，他是她的初恋，也是她唯一的爱，这是一生也不会褪色的。

弗兰克假如知道她的想法，一定会心碎的。尽管他们之间充满问题，她知道自己爱过弗兰克。然而，即便什么都没有发生——即便她今天就回家——她知道道森还会继续萦绕在她心头。虽然她的婚姻不幸福已经好多年了，但她并不只是在别处寻找安慰。道森使得一切变得自然而然、无可避免，每当他们在一起，他们总是能变成我们。她禁不住想他们之间的故事还没有结束，他们两个都在等着写完结局。

他们越过拜伊波罗后，道森把车开得慢下来。这里拐弯就能开上另外一条高速公路，通向南部的奥利安托，前方则是万德米尔。道森正要转弯，但是，他们开到岔路口时，她却想告诉他继续往前开。她不希望到明天，再担心不知何时才能再见他一面。这个想法很可怕，但话到嘴边却无法开口。

路上阒无一人。雨水流过碎石路面，流进高速公路两边浅浅的水沟。他们开到岔路口的时候，道森轻轻踩了刹车。他把车停了下来，她很惊讶。

雨刷不停地刷着，把雨水分向两边。雨点在车头灯的反射中闪烁着。引擎空转的时候，道森转向她，他的脸在阴影里。

"你母亲也许在等你。"

她感到心在跳动，越来越快。"是的。"她点了点头，什么都没有再说。

过了很长时间，他只是盯着她看，读着她的表情，她也凝望着他，眼里满是希望、恐惧和渴念。然后，他脸上闪过一丝笑容，转向挡风玻璃，汽车如此缓慢地开动起来，开往万德米尔，他们两个都不愿意，也无法停下来。

当他们回到小木屋，他们在门口一点都不觉得尴尬了。道森开了灯，阿曼达朝厨房走去。她重新往杯子里倒满酒，心里既感到不安，又有种隐秘的陶醉。

道森在起居室里调着收音机，最后他找到某首爵士老歌，他把音量调得很低。他从书架上的旧书里抽出一本，手指翻动着泛黄的纸页，阿曼达拿着酒杯向他走来。他把书放回书架上，接过酒杯，跟着她走到沙发边。他看着她脱掉鞋子。

"这里真安静。"她说。她把酒杯放在茶几上，双腿蜷起来，胳膊抱住膝盖。"我理解塔克和克拉拉为什么希望把骨灰留在这里了。"

起居室微弱的灯光，把她身影的轮廓烘托得神秘莫测，道森清了清嗓子。"你还会再回到这里吗？"他问道，"我是说这个周末之后？"

"我不知道。假如良辰美景不会逝去，那么，我还会回到这里。但是，我知道不会的，因为没有任何东西是永恒的。我希望记忆中，这里花朵盛放绚烂，永远像今天那样。"

"更不要说房子收拾得干干净净了。"

"是啊。"她表示同意。她伸手去拿酒，在杯子里摇晃着。"刚才，塔克的骨灰飞扬开的时候，你知道我在想什么吗？我想起那天晚上，我们坐在码头上看流星雨。我不知道为什么，突然之间，我就仿佛重新回到了那里。我看见我们躺在毯子上，说着悄悄话，听着蟋蟀鸣叫，仿佛一曲完美的奏鸣曲。我们上方的天空是如此……生动。"

"你为什么告诉我这些？"道森的声音很温柔。

她的表情忧郁。"因为，那天晚上，我开始明白我爱你。我真心真意地爱上了你。我想妈妈知道发生了什么。"

"你为什么说这些？"

"因为第二天早上，她问起了你，我告诉她自己的感觉，我们最后吵了起来，比谁的嗓音更尖利——我们大吵了一架，这是我们吵得最厉害的一次。她甚至扇了我一记耳光。我吓呆了，不知道该怎么反应。她一直不停地告诉我，我的行为是多么可笑，我不知道自己在做什么。她说的听上去好像，让她生气的是你，但是现在回想起来，我知道无论是谁，她都会不高兴的。因为，这不是你的问题，不是我们的问题，甚至不是你的姓氏的问题。问题出在她的身上。她知道我在长大，她害怕失去控制。她不知道该怎么应付——当时不知道，现在也还不知道。"她啜饮了一口酒，放低酒杯，用手指转动着杯脚，"今天早上，她说我是个以自我为中心的人。"

"她说得不对。"

"我也这么想，"她说，"起码开头是这样。但是，现在我开始怀疑自己。"

"你为什么这么说？"

"我的行为不太像个结了婚的女人，对吗？"

他看着她，不说话，给她时间考虑自己在说什么。"你希望我送你回家吗？"他最后说。

她犹豫了一下，然后摇了摇头。"不，"她说，"这就是问题所在。我想待在这里，跟你在一起。虽然我知道这样是不对的。"她目光低垂，乌黑的睫毛衬着脸颊，"这么说你明白吗？"

他用一根手指划过她的手背。"你真的希望我回答吗？"

"不，"她回答说，"不是真的希望。但是，这……很复杂。我是说，婚姻。"她感觉到，他在她的皮肤上画着复杂的图案。

"婚姻让你觉得快乐吗？"道森用试探的声音问道。

阿曼达没有马上回答，而是喝了一口酒，镇定了一下自己。"弗兰克是个好人。不管怎么说，大部分时候是个好人。但是，婚姻并不是人们想象的样子。人们希望相信，所有的婚姻都是完美的平衡，但实际上不是这样的。总是一个人爱另一个人更深一点。我知道弗兰克爱我，我也爱他……只是爱得没有那么多。我从来没有爱得那么深。"

"为什么？"

"你不知道吗？"她看着他，"那是因为你。当我们站在教堂里，准备好立下誓愿，我还记得那时，我希望站在那里的是你，而不是他。因为我不仅依然爱着你，而且深深地爱着你，深得无法用世间的尺度来衡量，甚至当时我就怀疑，我永远都不会这样爱弗兰克。"

道森感到口干舌燥。"那么，你为什么要嫁给他？"

"因为我觉得那样已经够好了。我希望我能改变自己。随着时间流逝，也许我也会同样爱他，就像我爱你那样。但是，我没有，一年年过去了，我想他也看出来了。这样伤害了他，但是，他越是想显示我对他有多重要，我越是觉得窒息。我憎恨那样。我憎恨他。"她对自己的话皱起了眉头，"我知道这样让我显得很糟糕。"

"你并不糟糕，"道森说，"你只是在说真话。"

"让我说完，好吗？"她说，"我希望你能理解。你要知道我的确爱着他，我很珍惜我们建立的家庭。弗兰克很爱我们的孩子。他生活的中心就是孩子们，这就是失去贝儿对我们打击这么大的原因。你不知道有多可怕，看着你的孩子病得越来越沉重，你知道自己无能为力，做什么都帮不了她。你的感情就好像过山车，你对上帝感到愤怒，感受到背叛，感到彻底失败，感到一切都毁了。尽管最终我还是从痛苦中熬了过来。弗兰克从未真正痊愈过。因为在一切表象之下，是无底的绝望……就好像把你给掏空了。所有原先的欢乐只剩下空洞。因为，那就是贝儿。她是欢乐的化身。我们过去曾开玩笑说，她是笑着走出子宫的。她还是个婴儿的时候，就很少哭。这样从未改变过。她总是在欢笑；对她来说，所有新事物都是激动人心的发现。贾里德和林恩总是争相引起她的注意。你能想象吗？"

她停了下来，声音变得更尖利。"然后，她开始头疼，蹒跚学步的时候，开始撞到东西。我们看了很多专家，每个人都说无能为力。"她艰难地咽了下唾沫，"后来……情况越来越糟。但是，你知道吗，她依然是从前的她。她的快乐丝毫不变。她直到生命尽头，几乎无法自己坐起来，也依然在笑着。每次我听见她的笑声，便觉得更加心碎。"然后，阿曼达安静下来，茫然地盯着暗下来的窗户。道森等待着。

"到了最后的日子，我总是一连好几个小时，跟她一起躺在床上，在她睡着的时候抱着她，她醒来时，我们就面对面躺着。我无法转身去，因为我希望记住她的面容：她的鼻子、她的下巴、她纤细的鬓发。当她最终久久睡去，我紧紧地抱着她，为上天不公平痛哭流涕。"

阿曼达说完眨了眨眼，仿佛没有意识到滑下脸颊的泪水。她没有伸手拭去泪水，道森也没有。他一动不动地坐着，倾听着每一句话。

"她死后，我的一部分也随之死去。很长一段时间，我和弗兰克几乎不看对方。不是因为我们互相生气，而是因为太痛苦了。我能在弗兰克身上看到贝儿，弗兰克也能在我身上看到她，这……令人无法忍受。我们几乎很难控制自己的情绪，哪怕贾里德和林恩比以往更需要我们。我开始每晚喝两三杯酒，竭力麻痹自己，但是，弗兰克比我喝得更多。最后，我发现喝酒没有用。所以，我不喝酒了。但是，让弗兰克戒酒就没有那么容易。"她停下来捏了捏鼻梁，记忆唤醒了熟悉的头痛。"他停不下来。我以为再生一个孩子，也许能让他痊愈，但是，这真的不管用。他是个酒鬼，过去十年来，他只过着一半的生活。我不知道怎样才能还给他另外一半的生活。"

道森干咽了一下。"我不知道该说什么。"

"我也不知道。我想告诉自己，假如贝儿没有死，弗兰克也许就不会这样。但是，然后我开始怀疑，他的颓废是不是部分也因为我的错。因为在贝儿之前，我已经伤害他很多年了。因为，他知道我不像他爱我那样爱他。"

"这不是你的错。"他说。即便对他来说，这话也不够有说服力。

她摇了摇头。"你这么说是好意，从表面上看，我知道你说得对。但是，假如他喝酒是为了逃避那些日子，也许他也是为了逃避我。因为，他知道我生气、失望，他知道自己无论做什么，也无法抹去十年的遗憾。谁会不想逃避呢？尤其是从你所爱的人身边逃走，尤其是真正想要的是让他爱你，就像你爱他那样的时候。"

"别这样，"他说，迎着她凝视的目光，"你不要为他的问题自责，让它们成为你的问题。"

"你说话就像那些从没结过婚的人，"她不自然地朝他一笑，"我结婚越久，就越意识到，没有什么事情是黑白分明的。我不是说我们婚姻中的问题全是我的错。我只是说某些地方也许有些灰色的阴影。我们两个都不是完美无缺的。"

"这听上去像是心理医生会说的。"

"也许是吧。贝儿去世几个月后，我开始一个星期看两次心理医生。假如没有她，我不知道自己该怎么活下来。贾里德和林恩也看了心理医生，但是没有那么久。我猜孩子们更容易恢复正常生活。"

"我相信你的话。"

她把下巴搁在膝盖上，表情显出内心混乱。"我从未告诉弗兰克我们的事。"

"从未？"

"他知道我高中时有过一个男朋友，但我没告诉他我陷得有多深。我甚至从没告诉他你的名字。我的父母显然尽力假装什么都没有发生过。他们把这件事当作深藏的黑暗的家庭秘密。当我告诉母亲我订婚了，她自然松了一口气。你注意，她一点都不激动。我妈妈不会为任何事情激动。她也许不动声色地考虑过了。我不得不提醒她，她才想得起弗兰克的名字。两次都这样。你的名字，她也记不起来……"

道森笑了，然后突然沉默下来。她喝了一口酒，品尝着酒液滑下喉咙的热度，几乎没注意到柔和的背景音乐依然在响着。"我们最后一次见面之后，发生了那么多故事，对吗？"她的声音很小。

"生活中总会发生许多故事。"

"不只是生活而已。"

"你说的是什么意思？"

"所有这一切。来到这里，见到你。我仿佛回到从前，那时我还相信所有的梦想都会成真。我很久没有这样的感觉了。"她转向他，他们的脸只离开几英寸距离。"假如我们远走高飞，开始一起生活，你觉得会不会梦想成真？"

"这很难说。"

"假如你一定得猜的话？"

"是的，我想我们会梦想成真的。"

她点了点头，感到他的回答有些灰心丧气。"我也这么想。"

外面一阵狂风，倾盆大雨像卵石一样敲击着窗户。收音机里传来另一个时代的柔和音乐，跟暴雨平稳的节奏混合在一起。室内像茧子一样温暖，阿曼达几乎相信其他任何东西都不存在了。

"你从前很害羞，"她喃喃地说道，"我们第一次在课堂上分在一组，你几乎不跟我说话。我不断地给你暗示，等你约我出去，我很发愁你到底会不会约我。"

"你很美，"道森耸了耸肩，"我是个无名小卒。这样让我感到紧张。"

"我现在还让你觉得紧张吗？"

"不，"他说，然后又想了想。他脸上浮现微笑，"也许有一点。"

她扬起了一根眉毛。"我该怎么不让你紧张？"

他握起她的手翻来覆去，他俩的手合在一起是多么完美，使他再次想起自己放弃了什么。一星期前，他依然感到心满意足。也许他并不完全快乐，也许有些与世隔绝，但是心满意足。他知道自己是谁，以及自己在世界上的位置。他独自一人，但这是清醒的选择，直到如今他也并不感到遗憾。特别是现在这个时候。因为，没有人可以取代阿曼达，永远都不会。

"你能跟我一起跳舞吗？"他最后问道。

她隐约露出一点笑容，回答说："好的。"

　　他从沙发上站起来，温柔地拉她起来。她站起来，他们走到小房间中央，她感到腿有点哆嗦。音乐溢满了整个房间，充盈着渴望，一时间他俩都不知道该怎么做。阿曼达等待着，看着道森转身面对她，他的面容不可捉摸。最后，他把一只手放在她的臀上，把她拉近身边。他们的身体紧贴在一起，她投入他的怀中，他的胳膊搂着她的腰，她感觉到他结实的胸膛。缓慢地，他们开始旋转、摇摆。

　　她对他的感觉如此美妙。她呼吸进他的气息，像记忆中那样既纯洁又真实。她能感觉到他腹部平坦又紧绷，他的双腿抵着她的腿。她闭上眼睛，把头枕在他的肩上，任欲望汹涌，她想起他们第一次做爱的晚上。那天晚上她在颤抖，现在她也在颤抖。

　　一曲终了，但他们继续拥抱着对方，直到另外一首歌曲开始。他呼吸的热气直冲她的脖子，她听见他呼出一口气，仿佛是种释放。他的脸靠得更近了，她把头往后仰，希望能永远这样跳下去。她希望他们能永远这样下去。

　　他的嘴唇先轻轻擦着她的脖子，然后温柔地掠过她的脸颊，虽然，她听见遥远的地方传来警告的回声，她依然被这种蝴蝶般的触摸拉走了。

　　后来，他们开始接吻，起先有点犹豫，然后就热烈地激吻起来，仿佛要补偿这一生的别离。她能感觉到他的手在抚摸她，他的手游走遍她的全身，当他们最终分开，阿曼达意识到自己有多久没有渴望过这些了。她渴望着他。她从半闭着的眼帘下凝视着道森，她需要他胜过她认识的任何人，此时此地，她需要整个的他。她也感觉到了他的欲望，这一切似乎命中注定，她再次吻了他，然后把他带进卧室。

十三

这一天糟透了。开头就很糟，下午和晚上也很糟，甚至连天气都糟透了。阿贝觉得他快死了。接连下了好几个小时的雨，雨水浸透了他的衬衣，他一会儿冷得发抖，一会儿热得出汗，无论他怎么努力，疾病的发作都停不下来。

他知道特德也不好过。他出院的时候，几乎是跟跟跄跄走向汽车的。但他无可阻挡地回到了他的窝棚的里屋，他把所有的武器都放在那里了。他们装载了卡车，然后向塔克的住处开去。

唯一的问题是，这里没有人。门前停了两辆汽车，但是车主人却毫无踪迹。阿贝知道道森跟那个女子快回来了。他们一定得回来，因为他们的车停在这儿，所以他和特德得分头等待。

他们等啊等，等啊等。

他们等了起码两个小时，天开始下雨。他们又在雨中等了一个小时，阿贝开始发抖。他每次发抖，眼睛都会翻白，因为他的肠子疼得厉害。他咒骂着上帝，觉得自己快死了。他为了打发时间，努力想起坎迪，但他胡思乱想一番，开始怀疑今天晚上，那个男人会不会又去那里。这个想法让他怒不可遏，他发抖得更厉害了，这种情况不断重演了一遍。他不知道道森究竟在哪里，还有他在这里做什么。他甚至不知道是否应该相信特德关于道森的话——事实上，他根本不相信——但是，他看了看特德的脸色，决定还是闭嘴的好。特德不打算放弃。阿贝人生中第一次有点害怕，不知道假如自己走过去，说他们还是回家吧，特德会做些什么。

现在，坎迪和那个男人很可能在酒吧里，开怀大笑，交换着意味深长的微笑。他一想起这些画面，就生气得脉搏加速。疼痛又开始发作，他再次肯定自己要昏厥过去了。他要去杀死那个男人。他诅咒着上帝。他下次再看见那个男人，就会杀了他，让坎迪知道一下规矩。不过，他得先把这件家务事处理好，那样的话，特德才会帮忙。上帝知道他自己现在没能耐一个人干了。

又过去一个小时，太阳在天空中下落得低了一点。特德觉得自己要吐了。他每动一下，头就好像要爆炸，胳膊在石膏底下痒得出奇，他真想把这该死的玩意儿扯下来。他肿胀的鼻子无法呼吸，他只想等道森露面，这样他立马就可以把事情了结。

他甚至不在乎小美女啦啦队长是否跟他在一起。昨天，他还担心目击证人，但现在不担心了。他只要把她的尸体也藏起来。

镇上的人也许会认为他俩一起私奔了。

即便如此，道森到底在哪里呢？他该死的一整天都去哪里了？天还下着雨？他肯定没料到会下雨。路对面，阿贝看上去快要死了。那家伙脸都快绿了，但是特德没法一个人搞定。特德仅有一只手可以活动，他脑壳里的脑浆哗哗地流来流去。看在上帝份上，他连呼吸都疼痛，他稍微活动就头晕，他不得不抓着什么东西，才不至于倒下来。

天色暗下来，雾气滚滚而来，特德不停地告诉自己，他们随时都会回来，但他越来越难以说服自己。他从昨天开始就没吃东西，现在他头越来越晕。

到了十点以后，他们依然没有出现。十一点，再是午夜，他们头顶上，星星让云朵像闪烁发光的毯子。

特德因寒冷而痉挛，开始干呕。他无法让发抖的身体平静下来，无法保持暖和。

一点钟了，依然什么都没有。两点，阿贝终于蹒跚地走过来，几乎无法站直。那时，特德也明白道森和阿曼达当晚不会回来了。特德和阿贝摇摇晃晃地走向卡车。他几乎不记得怎么开回家族地盘的，也不记得他和阿贝怎么紧靠着对方，跌跌撞撞走过车道。他能想得起来的，只有他倒在床上的时候，感到一阵愤怒，之后，一切全都进入黑暗。

十四

　　阿曼达在周日早上醒来，她花了几秒钟才弄清楚周围的环境，昨晚的情景涌入她的心头。她听见窗外的鸟鸣，阳光透过窗帘的缝隙流进来。她小心翼翼地翻了个身，发现身边空空的。一阵迷惑之后，她立即感到失望的刺痛。

　　她坐起来，抱着床单向浴室瞥去，不知道道森在哪里。她看见他的衣服不见了，便把脚放下来，用床单裹住身体，向卧室门口走去。她朝角落里瞥了一眼，看见他坐在门廊的台阶上。她转回屋里，匆匆穿好衣服，走进浴室。她迅速梳好头发，轻轻走到门前，她知道自己得跟他说话。她也知道他需要跟她说话。

　　道森听见门吱呀一响，便转过身。他朝她微笑，脸上胡子拉碴，使他显得有些玩世不恭。"嗨，早。"他说，把手伸向旁边。他拿出一只泡沫塑料杯子，还有一只搁在他的膝盖上。"我想你也许需要些咖啡。"

"你从哪儿找到这个的？"她问道。

"从便利店买的。就沿着马路走。据我所知，那里是万德米尔唯一卖咖啡的地方。虽然也许没有你礼拜五早晨喝的那么好。"

她拿起杯子，坐在他身边，他看着她。"你睡得还好吗？"

"挺好的，"她说，"你呢？"

"不怎么好。"他微微耸了耸肩，然后转过身去，又开始专心看着花。"雨最后还是停了。"他评论道。

"我注意到了。"

"我回到塔克那里之前，最好先洗一下车，"他说，"假如你需要的话，我会给摩根·坦纳打电话。"

"我会打电话给他的，"她说，"无论如何，我们肯定得聊一下。"阿曼达知道漫无边际地瞎聊，只不过要避免谈论明显的事实。"你不怎么开心，对吗？"

他的肩膀垂了下来，但是，他什么都没有说。

"你不高兴。"她轻轻说，心里觉得难受。

"没有。"他回答说，让她感到惊讶。他伸出胳膊搂着她。"一点都没有。我为什么要不高兴啊？"他俯身过来，温柔地吻她，然后，慢慢抽回身去。

"瞧，"她开始说，"昨晚的事情……"

"你知道我坐在这里的时候，"他打断她，"发现了什么？"

她摇了摇头，神情迷惑。

"我发现了一棵四叶草，"他说，"就在你出来前，在台阶这边发现的。它就这样朴素无华地冒出地面。"他拿给她看那片柔弱的小草，夹在一张叠起来的废纸片里。"它代表着幸运，今天早上关于这件事情我想了很多。"

阿曼达听见他的声音里有些困扰，所以她感到一阵不安。"你是什么意思？道森。"她悄悄问。

"幸运、"他说，"鬼魂、命运。"

他的话一点都没有减少她的迷惑，她看着他，他又喝了口咖啡。他放低杯子，凝望着远处。"我差点死了，"他最后说道，"我不知道。我也许早丢了性命。上回跌下来就可能摔死，还有那次爆炸。见鬼，我两天前就有可能会死掉……"

他声音越来越小，陷入了沉思。

"你吓着我了。"她最后说。

道森直起身子，回过神来。"春天的时候，油井上着了火。"他开始说。他告诉她所有的一切：大火把甲板变成了地狱；他掉进水里，看见那个深色头发的男人；那个陌生人带着他找到救生工具；后来，他又穿着蓝色风衣在补给船上出现，又突然消失。他告诉她接下去几个星期发生的事情，他觉得自己被人监视，他在船坞上又看见那个男人。最后，他描述了星期五遇见特德的情形，包括深色头发的男人莫名其妙地出现，随后消失在树林里。

道森说完后，阿曼达觉得心跳加速，她努力理解着发生的一切。"你是说特德想杀死你吗？他拿着把枪去塔克的住处，是为了对你穷追不舍，你昨天都不觉得有必要提一下？"

道森毫不在乎地摇了摇头。"事情已经结束了。我处理好了。"

她能听见自己的声音提高了。"你把他扔在老家的宅地上，然后给阿贝打了电话？你拿了他的枪，然后扔了？这就叫处理好了？"

他听上去很疲惫，不想争辩。"我们是一个家族的，"他说，"这就是我们处理事情的方法。"

"你跟他们不一样。"

"我一直都是他们的一员，"他说，"我姓科尔，你记得吗？他们来了，我们打架，他们再来。这就是我们做事的方式。"

"那么，你是什么意思？这事还没结束？"

"对他们来说，没有结束。"

"你之后打算怎么做？"

"就跟往常一样。努力避开他们，尽量不跟他们打照面。这样算不上太难。除了把汽车弄干净，也许再去墓地看看，我就没有理由在附近逗留了。"

她突然有个念头，一开始模糊不清，后来变得亮堂起来，这个念头在她心头搅起了一阵恐怖。"这就是我们昨晚没有回去的原因？"她急问道，"因为你认为他们会在塔克那边？"

"我肯定他们在那边，"他说，"但是，这不是我们在这里的原因。昨天，我根本没有想起他们。我跟你度过了完美的一天。"

"你不生他们的气？"

"不怎么生气。"

"你怎么能这样呢？就这样置之不理？哪怕你知道他们对你穷追不舍？"阿曼达感到体内肾上腺素上涨。"这就是为什么你说自己注定是科尔家的人？真是个疯狂的念头。"

"不，"他几乎无法察觉地摇了摇头，"我没有想起他们，是因为我想着你。自从你第一次进入我的生活，情况一直都是这样。我没有想起他们，是因为我爱你，我无法一心两用。"

她垂下眼帘。"道森……"

"你不必非得说。"道森让她别作声。

"不，我非说不可。"她强调说，她靠了过来，她的嘴唇迎向他的嘴唇。当他们分开，她的话自然而然到了嘴边，"我爱你，道森·科尔。"

"我知道。"他说，温柔地用手臂搂着她的腰，"我也爱你。"

暴雨已经把空气中的水分拧干，留下万里碧空和一片花香。

屋檐还时不时地落下几滴水，滴在蕨类植物和常春藤上，在金色的阳光下闪烁着。道森的胳膊一直搂着阿曼达，她倚在他的怀中，享受着身体紧贴的重量。

阿曼达重新包好四叶草，把它放进口袋里，他们站起来，手挽着手在园子里散步。他们绕过野花从——他们昨天走的路已经泥泞不堪——然后绕过屋后。房子建在断崖上；贝河在远处奔流，几乎跟纽斯河一样宽。他们看见水边有一只青鹭，抬着细长的腿走过浅滩；略远处，一群乌龟正在一根木头上晒太阳。

他们待了一会儿，一切景色尽收眼底，才慢慢绕回屋子。在门廊上，道森把她拉到身边，再次吻了她，她回吻了他，她对他的爱如潮水般涌来。当他们最终分开时，她听见手机微弱的铃声响起。她的手机提醒自己，她在另外一个地方还有生活。听见铃声，阿曼达不情愿地低下了头，道森也一样。铃声继续响着，他们的额头碰在了一起，她闭上了眼睛。铃声似乎要永远响下去，但是，铃声最终停了，阿曼达睁开眼睛看着她，希望他能理解。

他点了点头，伸手替她开了门。她走进屋子，她发觉他没有跟进来，就转过身。她看见他在台阶上坐下，就强迫自己朝卧室走去。她伸手进包里，摸出手机打开，看着错过的电话名单。

突然，她感觉胃里一阵恶心，她的脑子开始飞速转动。她边脱衣服，边走向浴室。她本能地在脑子里列出，自己要做的事和要说的话。她打开了淋浴头，在壁橱里找洗发水和肥皂，幸运的是她都找到了。她走进去，竭力冲洗掉恐惧的感觉。然后擦干身体，重新穿回衣服，尽可能把头发擦干，小心翼翼地擦上随身携带的那点化妆品。

她迅速走回卧室，整理好房间。她铺好床，把枕头放回去。她取回几乎空了的酒瓶，把剩下的酒倒进水池。她悄悄把瓶子扔进水池下面的垃圾桶，她想过两次把瓶子带在身边，但决定还是留在这里。她从茶几上拿起喝了一半的酒杯。把它用水冲洗干净并擦干，重新放回碗橱。她隐藏起证据。

但是，那些电话。那些错过的电话。还有留言。

她不得不撒谎。她肯定不会告诉弗兰克她去了哪里。她无法承受孩子们会怎么想。还有，她的母亲。她需要处理好这件事。她需要处理好一切，然而，这个念头之下潜藏着一个持续的声音，悄悄问着她：你知道自己做了什么吗？

是的。但是，我爱他，另一个声音说。

她站在厨房里，为情感所困扰，她觉得自己快要哭了。也许，她真的会哭，但是，过了一会儿，道森走进小厨房，预料到她的混乱心情。他伸出手臂抱住她，再次悄悄说他爱她，有那么一瞬间，哪怕如此不可能，她觉得一切都会好起来。

开车回奥利安托的路上，两个人都不说话。道森感觉到阿曼达很紧张，他深深体会，所以也只能闭口不言，但他的手紧紧握着方向盘。

阿曼达的喉咙觉得有些刺痛——她知道，是神经紧张导致的。道森在她身边，她才不至于崩溃。她的脑子一会儿陷入回忆，一会儿想着将来的打算，一会儿担起心来，念头一个接着一个，好像万花筒一样，随着转动千变万化。她陷入沉思，几乎没注意到汽车已经开出好几英里。

他们在中午前抵达奥利安托，经过船坞码头；几分钟后，他们开上了车道。她微微察觉道森变得紧张起来，他弯腰伏在方向盘上，扫视着车道两旁的树木。他甚至是小心翼翼的。他的两个堂兄，她突然想起，车开得慢了下来，道森的脸上突然有种难以置信的表情。

顺着他凝视的方向，阿曼达朝房子望去。房子和汽车修理站看上去一模一样，他们的车还停在原来的地方。但是，当阿曼达看见道森已经注意到的情景，她发现自己几乎毫无感觉。她一直都知道总有一天会这样。

道森把车开慢最后停下来，她转向他，脸上闪过一丝微笑，努力向他保证自己能处理好。

"她留过三条信息。"阿曼达无可奈何地耸了耸肩。道森点了点头，他意识到她需要独自应对。阿曼达深吸了一口气，打开车门走了出去，她母亲看上去为了这次会面，专门花时间精心打扮，阿曼达一点都不感到惊讶。

十五

　　道森看着阿曼达向房子走去，她母亲似乎心甘情愿地跟在她身后。伊芙琳似乎不知道该做什么。她显然以前没有来过塔克的地方；对她这样穿着米色套装、戴着珍珠的人来说，这里不是个好去处，尤其是刚下过暴雨的时候。伊芙琳犹豫着，目光投向道森。她瞪着他，无动于衷，仿佛对他在场有所表示是自贬身价。

　　她最终转过身，跟着女儿来到门廊上。阿曼达已经坐在一把摇椅上。道森重新发动汽车，慢慢把车开向修理站。

　　他走出汽车，靠着工作台站定。他站的地方再也看不见阿曼达，他也想象不出她会跟母亲说什么。他朝塔克的修理站四周看了看，突然想起什么事情，他和阿曼达在摩根·坦纳的办公室里时，他说起过这件事。他说道森和阿曼达都知道什么时候，该读塔克分别写给他们的信，他一下子明白塔克想让他现在读这封信。塔克也许预见到事情会怎样发展。

他伸进裤后袋，拿出信封。他展开折叠的信封，手指摸了一下自己的名字。字迹潦草而颤抖，跟他和阿曼达一起读的那封信一样。他把信封翻过来，撕开信封。跟前一封信不一样，里面只有一张信纸，正反面都写着字。修理站很安静，道森曾经把这里当作家，他集中注意力开始读信。

道森：

除了告诉你这些年来，我开始非常了解阿曼达，我其实不知道该如何开始写这封信。我想说，自从我第一眼看见她，她就没有改变过，但说实话，我无法肯定这一点。那时候，你俩总是黏在一起，像很多年轻人一样，我在旁边的时候，你们就拘谨起来了。顺便说一句，这没有问题。我跟克拉拉在一起的时候也一样。我们结婚前，我都不知道她爸爸是否听见过我说话，但这个说来话长了。

我的意思是说，我不知道她从前是什么样，但我知道她如今怎么样，我知道你为什么对她难以忘怀了。她有很多内在的优点，这是其一。她充满爱心，耐心细致，冰雪聪明，当然，她是这座小镇街道上走过的人群中，最漂亮的人。但是，我最喜欢的却是她的善良，我活了那么长时间，我知道善良是多么稀罕的东西。

也许，我告诉你的这些，你也早就知道，但是，过去几年来，我已经把她当作女儿看待。这就是说，我得跟你说些她爸爸也许会说的事情，因为爸爸们假如不多操点心，他们就一无是处。特别是关于她。因为，尤其重要的是，你应该理解阿曼达正在伤心，我想她内心受了很久的伤。她第一次来看我，我就明白了，我曾希望这不过是一段时间，但是，她来看我的次数越多，她的心情似乎越糟糕。我醒来的时候，时不时看见她在修理站转来转去，我开始理解你是她心情糟糕的部分原因。她忘不了过去，她忘不了你。但是，相信我，记忆是件有趣的事情。有时候，回忆很真实，有时候，回忆只是变成了我们想要的样子，我想阿曼达正在努力弄明白，过去对她来说究竟意味着什么。这就是为什么我安排了这样一个周末，我预感到，再次跟你见面是她走出黑暗的唯一方法，不管这意味着什么。

但是，我说过她正在伤心，假如我还算明白事理的话，处在痛苦中的人们，看问题总不是那么清楚。她正在人生的转折点上，她不得不决定该往何处走，这就是你该来的时候。你们两个需要弄清楚下一步该怎么办，但是，记住她需要比你更多的时间。她也许会一两次改变主意。但是，你们一旦最后作出决定，你们两个都要接受这个决定。假如你们最终没能在一起，那么，

你得明白你不能再回头了。这样最终会毁了你，也会毁
了她。你们俩都不能带着遗憾生活下去，因为那样会把
你的生命抽干，想到这样我就会心碎。毕竟，假如我把
阿曼达看作女儿，我也把你看作儿子。假如我有一个遗
愿，那就是你们俩，我的两个孩子，都生活得好好的。

塔克

　　阿曼达看见，母亲踩了踩正在腐朽的门廊地板，她仿佛害怕
自己会掉进去。她在摇椅旁边也犹豫了一下，掂量着是否有必要
坐下来。

　　母亲小心翼翼地屈尊坐进椅子，阿曼达感到一阵熟悉的厌
烦。她正襟危坐，尽可能少碰到椅子。

　　坐定后，母亲开始打量她，似乎心满意足地等待阿曼达先开
口，但是，阿曼达沉默着。她知道自己无论说什么，都不会让谈
话更容易些，她故意转过脸，看着漏过顶棚的阳光嬉戏。

　　最后，她母亲转了转眼珠。"说真的，阿曼达。不要再像个
小孩子了。我不是你的敌人。我是你妈妈。"

　　"我知道你准备说什么。"阿曼达的声音很平淡。

　　"也许是这么回事，但即便如此，为人父母的责任之一，是
当孩子犯错误的时候，保证让她知道这是个错误。"

"你觉得这是犯错误吗？"阿曼达眯起眼睛，目光突然扫向她母亲。

"不然怎么说呢？你是个结了婚的女人。"

"你以为我不知道这一点吗？"

"你的举动确实不像，"她说，"你不是天下第一个婚姻不幸福的女人。你也不是第一个因为不幸福出轨的女人。不同的是，你继续认为这是别人的错。"

"你这是什么意思？"阿曼达感到自己握紧了摇椅的扶手。

"你在责怪别人，阿曼达，"她母亲嗤之以鼻，"你责怪我，责怪弗兰克，贝儿死后，你居然责怪起上帝。你的人生出了问题，你总是到处找原因，却从来不自己照照镜子。你到处乱跑，感觉自己是个牺牲者。'可怜的小阿曼达在冷酷而艰难的世界上，挣扎着对抗命运的不公。'事实上，这世界对我们任何人来说都不容易。生活从来不会一帆风顺，将来也永远不会。但是，假如你对自己诚实的话，你要明白走到这一步，你也不是完全无辜的。"

阿曼达咬紧牙关。"我在这里，原本指望你有哪怕一丁点儿同情和理解。我想我错了。"

"你真是这么想的吗？"伊芙琳说，搜寻着衣服上一根看不见的线头。"那么，告诉我——我应该跟你说什么？我应该握着你的手，对你嘘寒问暖吗？我应该对你撒谎，跟你说一切都会变好？告诉你，即便你把道森的事隐瞒起来，也不会有什么后果？"她停顿了一下，"所有事情都是有后果的，阿曼达。你年纪够大了，应该知道这一点。你真的需要我提醒你吗？"

阿曼达迫使自己保持声音平静。"你没理解我的意思。"

"你也没理解我的意思。你以为你了解我，但你其实不了解。"

"我了解你，妈妈。"

"噢，对，你说得对。用你的话来说，我连一丁点儿同情和理解都没有。"她摸了一下钻石的小耳钉。"当然，那样的话，我昨晚为什么要替你遮掩，这倒是个问题。"

"什么？"

"弗兰克打电话来了。第一次，他随口说着明天要跟一个叫罗杰的朋友去打高尔夫，我假装什么都没有怀疑。后来，他又打了一次电话，我告诉他你已经睡了，哪怕我知道你到底去干吗了。我知道你跟道森在一起，到了晚饭时间，我知道你不会回来了。"

"你怎么知道这些的？"阿曼达问道，竭力掩饰自己的惊讶。

"你从没注意到奥利安托这地方有多小吗？镇上只有那几个地方可以去。我第一次打电话时，跟早餐旅馆的艾丽丝·拉塞尔聊了聊。顺便说一句，我们聊得很愉快。她告诉我说，道森已经退房了，但是，只要知道他在镇上，我就足以猜出发生什么事情了。我想这就是为什么我在这里，而不是在家等你。我想我们不必再撒谎、否认、绕个大圈子了。我想这样更容易打开天窗说亮话。"

阿曼达几乎感到一阵晕眩。"谢谢你，"她含糊地说，"没有告诉弗兰克。"

"处在我的位置，我不会告诉弗兰克任何事情，也不会说任何话，让你的婚姻中出现更多麻烦。你怎么告诉弗兰克是你自己的事情。在牵涉到我的范围内，没有任何事情发生。"

阿曼达咽下嘴里的苦味。"那么，你为什么来这里？"

她母亲叹了口气。"因为你是我的女儿。你可能不想跟我说话，但我却期望你能听。"阿曼达从母亲的声音中听出了一丝失望。"昨天晚上发生的事情，我没兴趣听那些俗不可耐的细节，或者听你抱怨我有多坏，因为我没有一开始就接受道森。我也不想讨论你跟弗兰克之间的问题。我只想给你一些建议。作为你的母亲。不管你有时候会怎么想，你是我的女儿，我是关心你的。问题是你是否愿意听？"

"是的，"阿曼达的声音轻得几乎听不见，"我应该怎么做？"

她母亲的脸卸下了所有僵硬的伪装，她的声音出奇地柔和。"这真的很简单，"她说，"不要接受我的建议。"

阿曼达等着她说更多，但是，她母亲一直沉默，什么都没有再说。她不明白这是什么意思。"你是说，离开弗兰克？"她最后轻声说。

"不。"

"那么，我应该跟他一起解决问题？"

"我也没这么说。"

"我不明白。"

"别多想了。"母亲站起身来，拉直了上衣。她朝台阶走去。

阿曼达眨了眨眼，努力理解发生的一切。"等等……你要走了？你什么都没有说。"

她母亲转过身。"恰恰相反，重要的我全都说了。"

"不要接受你的建议？"

"是的，"她母亲说，"不要接受我的建议。或者，任何人的建议。相信你自己。无论是好是坏，幸福或不幸，这是你的生活，你要怎么生活完全取决于你自己。"她伸出锃亮的皮鞋，踏上已经开裂的第一级台阶，她的脸又仿佛戴上了面具。"我晚点大概能见到你。你回家拿东西的时候？"

"是的。"

"那么，我会做些吮指三明治和水果。"她边说边走下台阶。在汽车边上，她注意到道森站在修理站里，她很快打量了一番，才转身离去。她坐在方向盘前，发动引擎，然后，她一下子绝尘而去。

道森把信放在一边，离开汽车修理站，凝视着阿曼达。她正朝树林眺望着，比他想象中的更镇定，但他从她的表情中看不出更多的意思。

他走向门廊上的阿曼达，她无力地笑了笑，然后转过身。在他肠胃深处，他感到一阵害怕的搅动。

他坐在一把摇椅里，身子向前倾，紧扣双手，沉默无声地坐着。

"你不想问我情况怎么样吗？"她最后说。

"我猜你早晚会告诉我的，"他说，"我是说，假如你想告诉我的话。"

"我的心思这么好猜吗？"

"不是的。"他说。

"是的，我的心思很好猜。但是，我母亲……"她拉了拉自己的耳垂，拖延时间，"假如哪天我告诉你，我猜到我母亲在想什么，你就提醒我今天发生的事，好吗？"

他点了点头，"好的。"

阿曼达长长地、缓慢地吁了口气，当她最终开口，她的声音听起来奇怪地遥远。"当她走向门廊，我就知道我们会说些什么，"她说，"她会要求知道我在做些什么，然后告诉我，我犯了多么可怕的错误。接下来会是一场关于期望和责任的训话，然后，我会打断她的话，告诉她，她根本就不理解我。我会告诉她，我一生都爱着你，弗兰克再也不会让我感到幸福。告诉她，我想跟你在一起。"她转向他，恳求他理解，"我似乎能听见自己说这些话，但是，后来……"道森看到她的表情又陷入沉思，"她让我开始质疑所有的事情。"

"你在说我们俩的事情？"他说，心里的害怕变得越来越浓重。

"我是说关于我自己，"她说，声音低得几乎听不见，"不过，是的，我也在说我们的事情。因为，我确实想把这些告诉她。我不顾一切地想说这些，因为这是真实的。"她摇了摇头，仿佛要把残存的梦从头脑里清除出去。"但是，当我母亲开始说话，我的真实生活像洪水般涌了回来，突然之间，我似乎听见自己在说一些完全不同的话。这就好像有两台收音机在播放不同的电台，每个电台在轮流播放不同的版本。在另外一个版本中，我听见自己说，我不想让弗兰克知道这些。我有孩子们等着我回家。无论我说什么，或者我怎么跟他们解释，所有一切中，我依然免不了是自私的。"

她停了下来，道森看着她茫然地转动着婚戒。

"安妮特还是个小姑娘，"她继续说，"我无法想象离开她，我也无法想象把她从父亲身边带走。我怎么跟她解释这些事情？她怎么样才会理解？贾里德和林恩该怎么办呢？他们几乎是个大人了，但是，他们会更容易接受吗？要是他们知道我拆散家庭，就为了跟你在一起？仿佛我是为了寻找第二春？"她的声音极度痛苦，"我爱我的孩子们，当他们看着我的时候，看到他们失望的样子，我会心碎的。"

"他们爱你……"道森说，咽下了噎在喉咙口的话。

"我知道。但是，我不想让他们置于这样的境地，"她说，用指尖拨着摇椅上剥落的油漆，"我不想让他们恨我，或者对我失望。至于弗兰克……"她不安地吸了口气。"是的，他有问题。是的，我对他的感情一直都在挣扎中。但是，他不是个坏人，我知道自己会一直关心他。有时候，我觉得他是因为我才依然能够清醒地活动。他那种人是不会想到，我会抛下他跟别人在一起的。假如我告诉你，他没法从这样的事情当中恢复过来，相信我这是真的。这会……毁了他，然后呢？他会喝酒喝得比以前更烂醉如泥？或者陷入深深的抑郁无法自拔？我不知道自己怎么能对他这么做。"她的肩膀垂了下来，"然后，当然，你在那里。"

道森意识到接下来会发生的事情。

"这个周末很美好，但这不是真实生活。这就好像度蜜月，但是，过了一阵子，兴奋感就会消退。我们可以告诉自己这一切不会发生，我们可以山盟海誓，但这是不可避免的，此后，你再也不会以现在的眼光看我。我不再是你的梦中情人，不再是你曾经爱过的女孩。你也不再是我失去很久的恋人，我唯一的真爱。你会成为我的孩子们憎恨的对象，因为你毁掉了我的家庭，你还会看到我真实的一面。再过几年，我就会是个奔五十的女人，有三个孩子，他们也许憎恨她，也许不恨她，她也许终究会因为这一切而憎恨自己。最后，你终究也会恨她。"

"不会这样的。"道森的声音很坚定。

阿曼达尽了最大的努力表现得勇敢。"但事实上，"她说，

"蜜月终究会结束的。"

他伸过手去，把手放在她的大腿上。"两个人在一起并不只是度蜜月。这是关于真实的你和我。我希望早晨在你身边醒来，我希望夜晚在餐桌对面看着你。我希望跟你聊聊一天琐碎的细节，也希望听听你的琐事。我希望跟你一起欢笑，让你枕着我的胳膊入睡。因为你不只是我当初爱过的那个人。你是我最好的朋友，我最好的自己，我无法想象再次放手。"他犹豫着，寻找准确的字眼，"你也许不能理解，但我已经把最好的自己给了你，自从你离开之后，一切都跟从前不一样了。"道森感到手心发潮，"我知道你害怕，我也一样害怕。但是，假如我们就此放手，假如我们假装什么都没有发生，我不知道我们是否还有下一次机会。"他抬起手，替她掠起遮住眼睛的一缕秀发。"我们还年轻。我们依然有时间弥补这一切。"

"我们已经不那么年轻了……"

"但我们尚未老去，"道森坚持说，"我们依然还有余生。"

"我知道，"她轻轻地说，"所以，我需要你为我做一些事情。"

"我愿意为你做任何事情。"

她掐了一下鼻梁，努力抑制住眼泪。"请你……别要求我跟你走，因为假如你开口，我就会跟你走的。请别要求我向弗兰克坦白我们之间的事，因为假如你开口，我就会坦白。请别要求我放弃自己的责任，也别要求我拆散自己的家庭。"她猛吸了一口气，像一个溺水的人一样大口吞咽空气。"我爱你，假如你也爱我，就别要求我做这些事情。因为，我对自己没有足够的信心，我不相信自己能说不。"

她说完之后，道森什么都没说。虽然他不愿意承认，但她说得有道理。破坏她的家庭会改变一切，也会改变她。虽然感到害怕，他还是想起了塔克的信。塔克说过，她需要更多的时间。但也许一切已经结束了，他应该继续向前走。

但是，这不可能做到。他想起这些年来，他一直梦想再次见到她，他想到将来他们也许无法共度。他不想给她时间，他希望她现在就选择他。但是，他知道她需要他的等待，比任何事情都更需要，他吁了一口气，希望这样把话说出来会更容易些。

"好吧。"他最后轻声说。

阿曼达开始哭泣。道森站起来，跟心里狂暴的情感作着斗争。她也站了起来，他把她拉近身边，感觉她倒伏在他的怀里。他呼吸着她的气息，一幅幅画面开始在他脑子里打转——当他刚来到塔克的住处，她从汽车修理站走来，阳光照耀在她的秀发上；当她走过万德米尔的野花丛，她的举止自然而优雅；在他从未知晓的温暖的小木屋里，当他们的嘴唇初次相遇，这一刻似乎静止了，又充满饥渴。如今，这一切都结束了，就好像在永无止境的黑暗隧道里，他看着摇曳的火光最终熄灭。

他们在门廊上互相拥抱了很久。阿曼达听着他的心跳，没有任何事情让她感觉更心定了。她绝望地渴念着从头来过。她这次会作出正确的选择，她会跟他在一起，再也不会抛弃他。他们注定是要在一起的，他们属于彼此。对他们两个来说，依然还有时间。当她感觉到他的手穿过她的头发，她几乎脱口而出。但是，她没法说这些话。她所能做的只是喃喃低语："我很高兴再次见到你，道森·科尔。"

道森感觉到她丝般柔滑、近乎奢华的秀发的抚触。"也许我们某天可以再见个面？"

"也许吧。"她说。她拭去脸颊上的一滴泪珠。"谁知道呢？也许有一天我会清醒过来，到路易斯安那州来看你。我是说，我和孩子们。"

他勉强露出微笑，他心中闪过一个徒劳、无奈的希望。"我会给大家做晚饭。"他说。

但她是时候要走了。他们离开门廊，道森伸出手，她让他牵着手，他们紧紧拉着手，几乎把手捏痛了。他们从"黄貂鱼"里拿出她的东西，慢慢走向她的汽车。道森的感觉变得急剧敏锐起来——早晨的阳光灼烧着他的后颈，微风如羽毛般柔软，树叶发出沙沙的声响，但没有一样看起来是真实的。他只知道一切都将要结束了。

阿曼达紧握着他的手不放。当他们走向她的车，他开了门，转向她。他温柔地吻她，他的嘴唇沿着她的脖子吻下去，沿着她的眼泪流过的痕迹。他吻着她的下颌，想着塔克写下的话。他突然之间明白，自己永远无法离开，尽管塔克忠告过他。她是他唯一爱过的女人，他唯一想要爱的女人。

终于，阿曼达强迫自己离开他，往后退了一步。她坐进方向盘后面，发动了引擎，关上门，摇下车窗。他的眼里泪光闪闪，她也是泪眼以对。她不情愿地倒着车。道森慢慢后退，什么话都没说，他感到的苦楚也刻在她痛苦的表情中。

她掉转车头，向马路的方向开去。世界在她的泪水中变得模糊。当她沿着车道的弯路开去，她瞥了一眼后视镜，当道森在她身后越来越小，她哽咽着抽泣起来。他一动不动。

汽车越开越快，她哭得更厉害了。树木从她周围压倒过来。她想要掉转车头，回到他的身边告诉他，她有勇气成为自己想要成为的人。她低诉着他的名字，虽然道森听不见她，他举起了胳膊，向她挥手作最后的告别。

阿曼达到达的时候，母亲正坐在前门门廊上。她正在喝一杯冰茶，无线电里播放着柔和的音乐。阿曼达一言不发地走过她身边，爬上楼梯走进自己的房间。她打开淋浴头，脱掉衣服。她赤身裸体站在镜子前面，像一个被倒空的容器。冰冷刺骨的水流感觉像是一种刑罚，她最后终于走了出来，穿上一条牛仔裤，一件简单的棉上衣，再把其余的东西装进她的手提箱。那片四叶草装进了钱包里有拉链的小袋。她像往常一样卷起床单，带进洗衣间里，把它们放进洗衣机，启动了自动洗涤程序。

她回到房间，继续打理一堆事情。她提醒自己回到家里，冰箱里的制冰器需要修理，她离开之前忘记安排了。她也需要开始筹划募捐集会。她已经推迟了一段时间，但是，不知不觉九月就在眼前了。她需要一个筹备人，也许开始为礼物篮募集捐赠是个好主意。林恩要参加高考预备班，她忘记他们有没有给贾里德的宿舍支付定金了。这星期晚些时候，安妮特会回到家里，她可能盼望着一顿特别的晚餐。

她要做各种计划，度过周末，重新回到真实生活。就像水流把道森的气息从她的皮肤上冲走一样，她感觉这是一种惩罚。

她的头脑最终慢下来，但她知道自己依然没有准备好下楼。她坐在床头，阳光温柔地洒进房间，她一下子记起道森站在车道上的模样。他的形象很清晰，鲜明得好像当时的情景又重演一遍，尽管她自己犹豫不决，尽管所有的一切已经发生了，她突然明白自己作了错误的决定。她依然可以回到道森身边，他们会找到解决办法，无论会面临怎样的挑战。总有一天，她的孩子们会原谅她；总有一天，她甚至会原谅自己。

但是，当时她几乎瘫痪了，无法动一下。

"我爱你。"她在静悄悄的房间里低声诉说，感到她的未来就像无数砂砾一样被刮走了，她的未来已成为梦。

十六

　　玛里琳·邦纳站在农舍的厨房里，闲散地看着下面果园里工人们调节灌溉系统。尽管昨天下了暴雨，果树依然需要浇水，她知道虽然今天是周末，工人们还是会花大半天的工夫在果园里。她开始相信，果园就像个宠坏了的孩子，总是需要更多一点关心和注意，永远不会满足。

　　但是，真正的产业核心并不是果园，而是罐装果冻和蜜饯的小工厂。工作日，厂里有十几个人，但是，每到周末那里就冷冷清清。她开始建立工厂的时候，她还记得镇上的人议论纷纷，说她的生意根本没法支撑这些设备的成本。也许开头非议持续了一段时间，但是，后来质疑的声音渐渐消失了。她没有因为做果冻和果酱发财，但是，她明白这份产业足够好，可以传给儿女，让他们过上舒适的生活。归根到底，这是她真正想要的。

她还穿着去教堂和墓地的行头。通常，她回到家就会换衣服，但今天她一点都提不起精神。她也不感到饿，那样也不太寻常。其他人也许会觉得她有心事，但玛里琳知道自己在烦心什么。

她从窗户旁转身，打量了一下厨房。她几年前装修过厨房，还有浴室和楼下大部分房间，她觉得破旧的农舍最终开始让人感觉有点家的味道——或者说她一直希望家是这个样子的。房子装修前更像她父母的房子，她年纪渐长，这种感觉让她并不好受。她长大成人后，挣扎着奔波生计，许多事情都让她不好受，有些年虽然生计很艰难，但是，她从经历中吸取了教训。尽管如此，她的遗憾比人们想象的要少。

她依然在为那天早些时候看到的事情烦恼，她翻来覆去地想该怎么做，甚至究竟是不是该做些什么。她可以一直假装不知道这意味着什么，让时间来冲淡一切。

但是，她在艰难的人生中体悟到，对发生的情况视而不见总不太好。她伸手拿手袋的时候，突然明白自己要做什么。

坎迪把最后几个箱子塞进汽车后座，然后回到屋内，把金佛像从起居室窗台上拿走。虽然佛像很丑，但她总是挺喜欢它的，想象它曾经带给她好运。金佛也是她的财产保障；无论幸运与否，她都打算尽快把它当了，她知道自己需要钱来重新开始。

她用几张报纸包着佛像，放进汽车仪表盘上的储物箱里，然后回去检查她的包裹。她很惊讶自己能把所有东西都塞进那辆福特野马。行李箱几乎关不上，汽车后座堆得满满的，几乎看不见车窗外面，每个角落、每条缝隙都塞满了东西。她确实应该停止网购。她将来需要一辆更大的汽车，不然迅速逃跑就会更困难。当然，她也可以扔下一些东西。比如说，威廉·索拿马公司的卡布奇诺咖啡机，但是，她在奥利安托用得着，哪怕仅仅为了不让自己觉得完全生活在穷乡僻壤。或者说，哪怕有一点点城市的感觉。

无论如何，这部分生活已经结束了。今晚，她得上完在潮水酒吧的夜班，然后，开车上高速公路，开到95号州际公路，就往南转弯。她打算搬回佛罗里达州。她听说迈阿密南海滩前景不错，这地方听上去能待上一段时间，她甚至可能在那里定居。她知道自己以前也这么说过，这个梦想还有待实现，但是，一个女孩必须要有梦想，对吗？

就小费而言，周六晚上她交了好运，但是，周五令人失望，这就是为什么她坚持上完最后一次晚班的原因。周五晚上开头不错——她穿着露背吊带衫和超短热裤，男人们几乎掏空了皮夹子，来博得她的青睐，可是，阿贝露面了，弄砸了所有的一切。他坐在桌边，看上去病得十分厉害，就像刚走出桑拿房那样流着汗，接下去半个小时，他都死死地盯着她。

她从前也看到过——一种偏执的占有欲——但是，周五晚上，阿贝发挥到了全新的水平。她恨不得这个周末尽快结束。她感觉到阿贝正在做傻事，也许是更危险的事情。她肯定他那晚准备挑起事端，也许他本来会这么做，但幸运的是他接到了电话，匆匆离开了酒吧。她本以为他周六早晨会出现在她家门口，或者周六晚上在酒吧等她，但奇怪的是，他没有露面。他今天也没有露面，她松了口气。值得高兴的是，满载行李的汽车使她的计划变得显而易见，显然他要是知道的话，绝不会太高兴。虽然她不愿意承认，但阿贝还是吓到她了。周五晚上，他也把半个酒吧的人吓着了。他一进来，酒吧里的人开始陆续走开，这就是为什么她的小费泡了汤。即便他离开以后，回到酒吧的人也很少。

但是，一切都快结束了。再上一次晚班，她就离开这里了。奥利安托，就像所有她生活过的地方，很快就会变成回忆。

对艾伦·邦纳来说，星期天总是有点令人沮丧，因为他知道周末几乎已经结束了。他觉得工作并不像别人吹嘘的那么好。

他没有多少选择的余地。母亲热情鼓励他自力更生地闯世界，或者无论她怎么说，那不是种愉快的经历。假如她雇他做工厂的经理，那样会很好，他就能坐在有空调的办公室里，发送订单和监督各种事情，而不是给便利店运送快餐。但他能做什么呢？母亲是老板，她要把那个职位留给他的姐姐埃米莉。埃米莉跟他不一样，她是念过大学的。

但并不是所有的事情都很糟糕。由于母亲的恩惠，他有自己的住处，各种设施由果园的收益支付，这意味着他挣的钱全都归自己。更重要的是他来去自由，比他住在家里的那些年好多了。除此以外，假如给母亲打工，即便是坐在有空调的办公室里，也不会是个简单的差事。首先，假如他为她工作，他们就要整天围着对方转，他们两个都不会觉得愉快的。再加上母亲在文书工作方面是个注重细节的人——这从来不是他的强项——他知道事情还是一如既往比较好。现在大部分时候，他可以随时做自己想做的事情，晚上和周末的时间完全是属于他的。

周五晚上特别带劲，因为潮水酒吧不像平时那么拥挤。无论如何，阿贝露面以后就冷清了。人们迫不及待地离开。但是，他留在了酒吧里，待了一会儿，这样显然……令人愉快。他可以跟坎迪说话，她看上去对他说的真有兴趣听。当然，她会跟所有男人调情，但他有点感觉她喜欢他。周六，他希望同样的事情会发生，但那地方热闹得像个动物园。酒吧里外围了三层，每张桌子都挤满了人。他几乎连脑子里的想法都听不见，更别提跟坎迪说上话了。

但是，他每次喊出一份订单，她都会越过人群的头顶向他微笑，今晚这给了他一点希望。周日晚上酒吧从来不拥挤，他花了整个上午鼓起勇气，决定约她出去。他不确定她是否会答应，但他会损失什么呢？她看上去不像已经结婚了，对吗？

下午三点，弗兰克站在第十三个球洞的推杆区，在罗杰准备击球的时候，他喝着啤酒。罗杰打得很好，比弗兰克好得多。今天，弗兰克一个球也击不中。他挥杆击球常常打偏，切球又常常打不中，他甚至不愿意想击球的事情。

他竭力提醒自己，他来这里不是为击球得分而忧虑。这是逃离办公室，跟他最好的朋友共度时光，是呼吸新鲜空气和放松的机会。不幸的是，他提醒自己也没有用。谁都知道打高尔夫真正的乐趣在于打出美妙的一击，球沿着球道划出长长的弧线，或者离球洞两英尺的地方利索切球。迄今为止，他还没有打出值得记忆的任何一杆球，在第八洞的时候，他实现了五连击。五连击！他简直想一杆把球打得穿过风车，打进附近玩趣味高尔夫游戏的小丑嘴里，看看他今天打得多好。哪怕阿曼达要回家了，也无法使他的心情轻松起来。一切一如既往，他甚至不能肯定他想看接下去的比赛。他不像是会感到愉快。

他从啤酒罐里大饮一口，喝了个底朝天，他很庆幸自己带了冷酒器。这会是很长的一天。

贾里德很高兴妈妈不在城里，因为他想在外面待多久就待多久。宵禁本来就是一件可笑的事情。他在念大学，大学里没有宵禁，但显然没有人告诉他妈妈。等她从奥利安托回来，他得好好给她洗洗脑子。

但是，这个周末却不碍事。他的爸爸一挨着枕头就睡得很死，意味着贾里德想多晚回来都没关系。周五晚上他凌晨两点才回来，昨晚三点以后，他才回到家。他爸爸压根儿就不知道。也许他知道，但贾里德无法知晓。他早上起来的时候，爸爸已经跟朋友罗杰一起在高尔夫球场上了。

但是，晚归还是带来了不好的后果。他在冰箱里摸索了些东西吃，然后决定进房间躺下打个盹。有时候，没有比下午睡觉更好的了。他的小妹妹去参加野营了，林恩正在诺曼湖边，他的父母都不在。换句话说，房子里很安静，起码跟夏天的时候一样安静。

他在床上舒展开四肢，思量着要不要关掉手机。一方面，他不希望被打扰，另一方面，梅洛迪也许会打电话。他们周五晚上一起出去过，昨晚他们一起去参加了派对，虽然他们约会没多久，但他喜欢她。事实上，他非常喜欢她。

他让手机开着，钻进被窝里。几分钟后，贾里德进入了梦乡。

特德醒来时，头颅一阵疼痛，脑海中影像的碎片慢慢拼凑起来。道森、他打歪的鼻子、医院。他的胳膊绑着石膏。昨晚，他等在雨中，道森却在千里之外，把他给耍了……

道森，把他，给耍了。

他小心翼翼地坐起来，脑袋嗡嗡作响，胃里翻江倒海。他脸部抽搐了一下，这样也很疼，他碰了碰自己的脸，疼得犹如酷刑。他的鼻子肿得像个土豆，一阵阵恶心如波涛般涌来。他在想是否应该去浴室吐出来。

特德又想起照着他的脸打过来的拆轮胎棒，又想起雨中度过的悲惨夜晚，他感到怒火升起。他听见厨房传来婴儿的哭泣，尖锐的哭声盖过了电视机的喧闹。他斜着眼看了看，试图驱走声音却办不到，最终摇摇晃晃地从床上爬起来。

走到角落里，他眼前一片漆黑，为了不跌倒，他伸手扶着墙。他深吸一口气，咬着牙齿听婴儿啼哭，心里在想埃拉为什么不让那个该死的孩子闭嘴，为什么电视机的声音这么响。

他跌跌撞撞地走向浴室，但当他迅速地抬起石膏手让自己出去的时候，他感到手臂像被电击了一样疼痛。他尖叫起来，浴室的门在身后突然打开了。婴儿的啼哭像刀刃一样刺着他的耳朵，他转过身看见了两个埃拉和两个婴儿。

"哄哄孩子，不然我就……"他咆哮着，"把该死的电视机关上。"

埃拉走出房间。特德转过身，闭上一只眼睛，想找到他的格洛克手枪。他眼前的重影慢慢消退，他看见枪在床架上，旁边是卡车钥匙。他试了两次才抓住枪。道森这个周末运气很好，但他的好运该结束了。

他走出卧室时，埃拉瞪着他，眼睛睁得跟茶碟一样圆。她哄孩子别哭，但是忘了关电视机，声音冲击着他的头盖骨。他蹒跚着走进狭小的起居室，"轰隆"一声把电视机踢翻在地板上。三岁的孩子尖叫起来，埃拉和婴儿开始哭泣。他走出屋子时，胃里翻江倒海，一阵阵恶心涌来。

他弯下腰，在门廊尽头吐了起来。他擦了擦嘴，把枪猛地塞进口袋。他紧紧握着栏杆，小心翼翼地走下台阶。卡车看上去模糊不清，但他朝着它的轮廓走去。

道森跑不了。这回他跑不了。

特德跟跟跄跄走向卡车的时候，阿贝正站在家里的窗口。他知道特德要去哪儿，即便他走向卡车的路显得如此漫长，即便他的脚步忽左忽右，好像连一条直线都走不成。

阿贝昨晚感到很悲惨，但他醒来时，感觉比前些天好多了。兽医的药肯定起作用了，因为他的烧退了，虽然肚子上的伤依然碰不得，但不像昨天那么红肿了。

他没有觉得百分百恢复了。差远了。但他的情况比特德好多了，这是肯定的，他一点都不希望家族其他成员看见特德的样子。他已经听见地盘上有人议论，说道森又一次占了特德的上风，这不是个好消息。因为，他们可能会想自己是否也能占他的上风，这是他现在最不想看到的事情。

问题还是苗头的时候，就应该被掐掉。阿贝开了门，朝他的弟弟走去。

十七

　　道森用水冲刷完被雨淋过的"黄貂鱼"上的尘垢，放下水管，走向塔克屋后的小河。下午开始变热，天气有点太热了，梭鱼不会跳出水面，小河像玻璃一样毫无生命的迹象。河水纹丝不动，道森想起跟阿曼达在一起的最后时刻。

　　当她的汽车扬尘而去时，他只能阻止自己不去追她再次说服她改变主意。他希望再次告诉她，他是如此爱她。但他却看着她离去，心里明白这是他最后一次见她，不知道自己究竟为什么又让她溜走。

　　他本来就不应该回到家乡。他不属于这里，他从来都不属于这里。他在这里一无所有，是时候离开了。他知道自己在这里待那么久，算是豁出去面对他的堂兄弟了。他转过身，沿着房子一侧，向他的汽车走去。他会在镇上最后停留一下，然后，他将永远离开奥利安托。

　　阿曼达不知道自己在楼上的房间里待了多久。一两个小时，或者更长时间。她每次向窗外瞥去，都会看见母亲坐在楼下的门廊上，摊开一本书放在膝盖上。母亲在食物上盖了盖子，防止苍蝇叮。阿曼达回家后，母亲没有上来看过她，阿曼达也没有期待她来。她们互相足够了解，她知道阿曼达准备好就会下楼。

　　早些时候，弗兰克从高尔夫球场打过电话来。他尽量把话说得简短，但她已经从他的声音里听出他喝了酒。十年时光，教会她立即辨认出蛛丝马迹。她无心说话，但是他没有觉察到。但并不是因为他醉了，虽然他明显喝多了，而是，他虽然开头打得很差，最后却打出了四个直杆。她也许是第一次庆幸他喝了酒。等她回到家，他肯定已经很累了，也许她上床前，他早就睡着了。她最不希望的事情就是，他想做爱。她今晚无法面对这样的事情。

　　她依然没有准备好下楼。她从床上起来，走进浴室，翻遍了药柜，找到一瓶眼药水。她的眼睛又红又肿，她滴了几滴眼药水，梳了梳头发。这样没什么用，她也不怎么在乎，她明白弗兰克不会注意到的。

　　但是，道森会注意到。跟道森在一起，她就会在意自己看上去的样子。

　　她又一次想起他，自从她回到家里以后，她一直在努力约束自己的感情。她朝打好的包裹瞥了几眼，看见手袋里探出的信封

244

一角。她把信封拉出来，看见塔克用颤抖的字迹潦草写下的自己的名字。她又在床上坐下，打开封印，取出信纸。她在心里奇怪地觉得，塔克会告诉她需要的答案。

亲爱的阿曼达：

当你读到这封信时，你也许正面临着人生最难的选择，毫无疑问你会觉得世界正分崩离析。

假如你疑惑我怎么会知道，那么我要说，这些年来我变得非常了解你。我经常为你担心，阿曼达。但这不是这封信要说的。我无法告诉你该怎么做，我不知道该说些什么能让你感觉好一点。相反，我想告诉你一个故事。这是关于我和克拉拉的故事，你所不知道的故事，因为我一直找不到恰当的方式告诉你。我感到很羞愧，我担心你不会再回来看我，因为你也许会觉得我一直在对你撒谎。

克拉拉并不是鬼魂。噢，我看见她，也听见她。我不是说这些事情都没有发生，因为它们确实发生了。我写给你和道森的信里的一切都是真的。那天我从小木屋回来，就看见了她，我越是精心照料那些花朵，我就越能清楚地看见她。爱情能如同魔法般召唤来许多东西，但是，我内心深处知道她并不真的在那里。我看见她是因为我想看见，我听见她是因为我思念她。我真正想说的是，她是我想象出来的，除此以外什么都没有，即便我想哄骗自己相信她真的存在。

你也许会想，我为什么现在告诉你这些，你很快就会知道。我十七岁跟克拉拉结婚，我们在一起度过了四十二年，我们的生活、我们两个融为了一体，永远也不会打破。她去世后，接下去的二十八年，我是如此痛苦，大部分人，包括我自己，都认为我失去了理智。

阿曼达，你还年轻。你也许没有感觉到，但对我来说，你就像个孩子，还有很长的人生路要走。听我说，我跟真实的克拉拉生活在一起，我也跟克拉拉的鬼魂生活在一起，两者之间，前者让我充满欢乐，后者只是个模糊的影子。假如你现在离开道森，你就会永远跟他的影子生活在一起。我知道在此岸的生活中，善良的人们终究会因为自己的决定受伤害。你可以称我为自私的老头，但我永远都不希望你变成受伤害的人。

塔克

阿曼达把信放回手袋，她知道塔克是对的。她能深深感觉到事实确实如此，她感到几乎不能呼吸。

她急不可待，自己也不知道为什么，她拿起了包裹，拎下楼梯。通常她应该把包裹放在门边，直到准备好离开。这次她发现自己伸手去够门把，径直朝她的汽车走去。

她把包裹扔进车里，然后绕着车走了一圈。她这才发现母亲正站在门廊上看着她。

阿曼达什么都没说，她母亲也一样。她们只是盯着对方。阿曼达有种奇怪的感觉，母亲肯定知道她要去哪儿，但塔克的话依然回响在她的耳畔，阿曼达顾不了一切了。她只知道她要找到道森。

道森也许还在塔克的住处，但她猜他离开了。他洗车花不了多长时间，他的堂兄弟就在附近游荡，她知道他不会留在镇上的。

但是，他说过会去某个地方……

这些话突然跃入她的脑海，她来不及细想，就斜身坐在方向盘前，她明白他会去哪里了。

到了墓地，道森走出汽车，向戴维·邦纳的墓碑慢跑过去。

过去，他每次总是趁冷清的时间来墓地，尽量保持低调，不引人注目。

今天，这不可能做到。周末总是很热闹，墓碑之间的人群来来往往。他走在路上，似乎没人注意到他，但他尽量还是低着头。

他最后走到了目的地，注意到周五早晨留下的鲜花还在那里，但是被移到了一边。也许是守墓人除草的时候移动的。道森蹲下来，拔掉了墓石旁边几片长长的草叶，除草的时候没有弄干净。

他又想起阿曼达，他被孤独的感觉紧紧攫住了。他知道，自己的人生一开始就是被诅咒的，他闭上眼睛，最后为戴维·邦纳祈祷，没有注意到另一个人的影子跟他的重叠在一起。他没有注意到有人正站在他的身后。

阿曼达开车到穿过奥利安托的大马路，在十字路口停了下来。向左转，她可以经过船坞到达塔克的住处。向右转，她就会离开小镇，驶上乡间的高速公路，回到家里。正前方，铸铁的篱笆后面就是公墓。这是奥利安托最大的公墓，戴维·邦纳医生就安息在此地。她记得道森说过，出小镇的路上会顺便拜访一下。

公墓的大门开着，她扫视了一下停车场上几辆汽车和卡车，寻找他租来的汽车，当她看见他的车，不由屏住了呼吸。三天前，当他来到塔克的住处，就把这辆车停在她的车旁。清晨，她就站在这辆汽车旁，他最后一次吻了她。

道森在这里。

"我们还年轻，"他告诉她。"我们依然有时间弥补这一切。"

她的脚踩在刹车上。在大马路上，一辆小货车轰隆隆地开过，短暂地遮住了她的视线，向城里开去。马路上空荡荡的。

假如她穿过马路，把汽车停下来，她知道自己能找到他。她想起了塔克的信，想起了在没有克拉拉的日子里，他所忍受的痛苦，阿曼达知道自己作了错误的选择。她无法想象没有道森的生活。

在她脑海中，眼前展开一幅画面。她会在邦纳医生的墓前给道森一个惊喜，她仿佛听见自己说她离开是错误的。她能感觉到道森再次把她抱在怀中，她是多么幸福，她知道他们命中注定要在一起。

假如她再次来到他身旁，她知道自己会跟他去天涯海角。或者，他跟随她。但即便如此，她的责任依然会如影随形，她缓慢地把脚从刹车上挪开。她没有往前开，而是突然掉转方向盘，她沿着大马路开去，喉咙哽咽了，汽车朝家的方向开去。

她开始加速，再次试图相信自己的决定是正确的，这是她面对现实能作的唯一决定。在她身后，公墓变得越来越遥远。

"道森，原谅我。"她轻轻说，希望他能听见她，希望自己永远不需要说这些话。

身后一片窸窸窣窣声打断了道森的沉思，他匆忙站起身。他吃了一惊，马上认出了她，但他无言以对。

"你在这里，"玛里琳·邦纳说，"在我丈夫的墓地。"

"我很抱歉，"他说，目光低垂下来，"我本不该来的。"

"但是你来了，"玛里琳说，"你最近也来过。"道森没有回答，她朝花点了点头。"我去过教堂总会来这里。上周末这些花还不在这里，花看起来很新鲜，不会是一周前放在这里的。我猜是……周五。"

道森回答前咽了一下唾沫："是早上放的。"

她的目光是坚定的。"很久以前你也一直这样做。从你出狱以后？是你，对吗？"

道森什么都没有说。

"我是这么想的。"她说。她叹了口气，朝墓石走近一步。道森走到一边，给玛里琳让出地方，玛里琳盯着碑文。"戴维去世后，很多人来献过花。这持续了一两年，后来，除了我以外就没有人来了。有一段时间，我是唯一带鲜花来的人，他去世四年后，我又开始看见其他人献的花。我并不一直看见，但多到足够引起我的好奇心。我猜不出花是谁送的。我问了我的父母、我的朋友，但没有人承认送了花。有段时间，我甚至怀疑戴维是否另有情人。你能相信吗？"她摇了摇头，深吸一口气。"鲜花不间断地送来，我就意识到是你。我知道你出狱了，正在缓刑期间。我也知道一年后，你离开了小镇。我想到你在做所有的一切，我感到……很生气。"她交叉起手臂，仿佛努力驱散记忆。"今天早晨我又看见这些鲜花。我知道你回来了。我不确定你今天会不会来……但是，你来了。"

道森把手插进口袋，突然觉得自己随便在哪里，都不该在这里。"我不会来了，再也不会带鲜花来，"他喃喃地说，"我保证不会再来了。"

她看着他。"你以为你来了，所有的事情就可以一笔勾销？想想你当年都干了些什么？想想我丈夫就躺在这里，而不是跟我在一起？想想他再也没机会看着孩子们长大成人了？"

"不是的。"他说。

"你当然觉得没法一笔勾销，"她说，"因为你依然对你所做的一切感到自责。所以，这些年来你一直送钱给我们，我说得对吗？"

　　他想对她撒谎，但他做不到。

　　"你知道多久了？"他问。

　　"从收到第一笔钱开始，"她说，"几周前，你来过我家，你还记得吗？把事情前前后后联系起来，不是很困难。"她犹豫了一下，"那天你来到我家门前的时候，你想道歉，对吗？当面道歉。"

　　"是的。"

　　"我没有让你道歉。那天……我说了很多话。也许我不应该那么说的。"

　　"你有权利这么说。"

　　她的唇上浮现一丝微笑。"你当时才二十二岁。那天，我在门前看见一个成年男人，但是，随着年纪增长，我越来越相信人们直到三十岁，才真正长大成人。现在，我儿子的年纪都比你当时大，我依然觉得他是个孩子。"

　　"换了别人也会这么做的。"

　　"也许吧。"她说，微微耸了一下肩。她走得离他近了一步。"这钱是雪中送炭，"她说，"这些年来对我们帮助很大，但是，我已经不需要你的钱了。所以，请你不要继续送钱给我们。"

"我只是想……"

"我知道你想什么，"她打断了他的话，"但是，世界上所有的钱，也不能让戴维活过来，也不能抹去他死后，我感到的失落，也不能给我的孩子们从未谋面的父亲。"

"我知道。"

"金钱买不回原谅。"

道森感到他的肩膀垂了下去。"我应该走了。"他说，转身打算离开。

"是的，"她说，"是的，你也许是应该走了。但是，你离开前应该知道一些事情。"

他转过身，她示意他看着她的眼睛。"我知道那是一场事故。我一直都知道。我知道假如能改变过去，你会做任何事情。后来你所做的一切，足以说明这一点。我承认你来我家的时候，我既愤怒，又害怕，又孤独，但我从来不相信那天晚上，你的行为是蓄意的。有些时候，总会发生一些可怕、糟糕的事情，当你来的时候，我都怪在你身上。"她的声音沉了下去，她继续说话的时候，她的声音几乎是和蔼的，"现在，我过得挺好，我的孩子们也过得不错。我们熬过艰难岁月了。我们生活得不错。"

道森转过身去，她等着他再次面对她。

"我来这里，是要告诉你，你再也不需要我的原谅了。"她说着，拉长了声音，"但是，我也知道这不是最重要的。重要的不是我，不是我的家庭。而是你自己。你心里一直没有放下这个错误。假如你是我的儿子，我要告诉你是时候放下了。所以释怀吧，道森。"她说，"就当是为了我。"

她凝视着他，确定他明白了她的话，然后，转身离去。道森一动不动，看着她的身影远去，蜿蜒穿过哨兵般的墓碑，直到她最终消失在视线外。

十八

阿曼达开了自动档驾驶，没有注意到周末缓慢的交通。一家家在海边度过周末后，纷纷坐着MUV、SUV，有些还拖带着小船，挤在高速公路上。

她开着车，无法想象怎样回家，假装过去的几天什么都没有发生。她知道自己无法告诉任何人，然而奇怪的是，她对那个周末也并不感到愧疚。她只是感到遗憾，她希望自己所做的是不同的决定。假如她一开始就知道这个周末会怎样结束，他们在一起的第一晚，她就会跟道森待得更久一点，当她觉察到道森要吻她的时候，她也不会避开。周五晚上，她也会见他，不管她需要跟母亲撒多少谎，只要整个周六都在他的怀中度过，她愿意付出任何代价。不管怎么说，假如她早一点顺从自己的感觉，周六晚上就会有一个不同的结局。也许，他们就会逾越她的结婚誓言带来的屏障。他们几乎已经逾越了。当他们在起居室起舞，允许他跟她做爱是她能想到的一切；当他们接吻的时候，她就知道会发生什么了。她想要和他在一起，就像他们曾经的那样。

她以为自己能过这个坎；她以为他们进了卧室，她可以假装她在达勒姆的生活并不存在，假如仅仅是一个夜晚。甚至当他脱下她的衣服，抱她上床，她也以为她可以把已婚的事实放在一边。那个晚上，她越发希望自己成为另一个人，越发希望摆脱责任，摆脱难以维系的诺言，她越发想要跟道森在一起，她知道自己正在逾越一道界限，正走上不归路。虽然他的抚摸十分急切，她感到他的身躯压着她，她却无法放开自己全身心投入。

道森没有生气。相反，他紧抱着她，他的手指穿过她的头发。他吻着她的脸颊，轻声抚慰着她；他告诉她这不重要，没有什么会改变他对她的感觉。

他们就一直这样躺着，直到天开始蒙蒙亮，疲惫袭来，黎明前，她终于睡着了，蜷缩在他的怀中。第二天早晨醒来时，她的第一个念头是伸手去碰道森。但是，道森已经不见了。

弗兰克打完了一轮高尔夫，在乡村俱乐部的酒吧，他示意酒吧招待再来一瓶啤酒，没有注意到酒吧招待向罗杰投去询问的目光。罗杰耸了耸肩，自己换了健怡可乐。酒吧招待不情愿地又放了一瓶啤酒在弗兰克面前，罗杰俯身过来大声说话，尽量让声音盖过拥挤酒吧的嘈杂声。过去一小时里，这里挤满了人。第九局结束时，打成了平局。

"你记得我要跟苏珊一起吃晚饭，所以我没法开车送你回家。但是，你也不能开车。"

"是的，我知道。"

"你想让我给你叫辆出租车吗？"

"我们先看比赛。晚点再想办法，好吗？"弗兰克举起酒瓶，又喝了一口，他呆滞的眼神从没离开过屏幕。

阿贝坐在他哥哥床边的椅子里，又疑惑为什么特德住在这样的老鼠洞里。这地方臭气熏天，混合着恶心的脏尿布味、霉味，还有天知道死在这里的什么东西的味儿。婴儿没完没了地啼哭，埃拉像个受惊的魂灵在屋里飘来飘去，特德没有比以前更疯狂简直是个奇迹。

他甚至不知道他为什么还待在这里。特德在走向卡车的路上跌倒之后，他大半个下午都不清醒。阿贝把他从地上扶起，送到屋内的时候，埃拉哭喊着要把他送回医院。

假如特德病情恶化，阿贝也许会把他送回医院，但现在医生也帮不上什么忙。特德仅仅需要休息，他在医院也是一样。他有脑震荡，昨晚不应该激动，但他没做到，现在付出了代价。

阿贝不想跟他弟弟在医院里再坐一个晚上，尤其是他自己已经好多了。见鬼，他甚至不愿意跟特德一起待在这里，但是他有生意要做，家族生意建立在暴力威胁之上，特德是其中很重要的成员。很幸运其他家族成员没有看见发生的事情，他在任何人注意到之前，就把他弄回屋里了。

上帝啊，这里臭烘烘的——像个该死的下水道——下午的燠热只不过让臭味变得更浓烈。他拿出手机，浏览了一下联系人，找到坎迪，点击呼叫。他先前给她打过电话，但是她没有接电话，也没有回电。他很不高兴被人这样忽略。不高兴极了。

但是，今天第二次，坎迪的手机只是不停地响。

"发生什么事了？"特德突然嘶哑地说。他的声音粗砺，他的脑袋好像被气锤打了。

"你躺在床上。"阿贝说。

"到底发生什么了？"

"你没能走到卡车边上，最后吃了一鼻子灰。我把你拖到这里来的。"

特德慢慢地坐起来。他等着头晕，一阵天旋地转，但是不像早晨那么猛烈了。他擦了擦鼻子。"你找到道森了？"

"我没有去找他。我一个下午都看着你这可怜的家伙。"

特德朝地上一堆脏衣服旁边吐了口唾沫。"他也许还在附近。"

"也许是的。但我怀疑这一点。他很可能知道你在找他。假如他聪明的话，现在早就跑了。"

"是的，好吧。也许他没那么聪明。"特德重重地靠在床柱上，最后站了起来，把格洛克手枪塞进腰带。"你来开车。"

阿贝知道特德不会善罢甘休。但是，让家族成员知道特德好起来了，能走动了，准备好照管生意了，也许是一件好事。"假如他不在那里呢？"

"如果不在那里，我起码知道他不在那里了。"

阿贝瞪着他，脑子里在想那些打不通的电话，以及坎迪的下落。他想着在潮水酒吧看见跟她调情的男人。"好吧，"他说，"但是，我们去过以后，我要你也帮我做件事情。"

坎迪拿着手机，坐在潮水酒吧的停车场。阿贝打过两个电话，两个没有接至今也没有回的电话。看到未接电话让她感到紧张，她明白自己应该回电话。撒撒娇，然后说些顺耳的话，但是这样他也许会想到过来，在她上班的时候来找她，这是她最不希望看到的。他可能会在停车场注意到她车里塞满了东西，他会猜出她打算离开，谁知道这个神经病会做什么。

她应该等到下班再收拾包裹，从家里离开。但是，她当时没想到这一点，快轮到她的班了。她的钱够住一个星期汽车旅馆，购买食物，但她确实需要今晚的小费来买汽油。

她不能把汽车停在前面——阿贝会看见的。她掉转车头，开出停车场，绕过高速公路转弯，向奥利安托镇上往回开去。小镇边缘的古玩店后面有个小停车场，她把车开进去，停在视线之外。这样更好。即使她要走一段路。

但是，假如阿贝来了，没有看见她的汽车呢？那样也会是个问题。她不想让他问太多问题。她想了想决定，假如他再打电话，她就接电话，告诉他在随便什么路上，她的汽车出了问题，一整天都在忙着修车。这样很麻烦，但她安慰自己说，还有五个小时她就要走了。今晚，她就能把一切抛诸脑后。

五点一刻，贾里德还在睡觉，他的手机响了起来。他翻了个身，伸手拿手机，不知道他爸爸为什么打电话。

但是，电话不是爸爸打来的。打电话的是爸爸的高尔夫球友罗杰，让他去乡村俱乐部接他爸爸。因为他爸爸喝了酒，不能开车。

"啊，真的吗？"他想，"我爸爸？喝酒？"

贾里德没这么说，即便他想说。他答应二十分钟内赶到那里。他从床上爬起来，匆匆穿上先前穿的T恤衫和短裤，最后穿上人字拖。他从衣柜里找出钥匙和钱包，打着呵欠走下楼梯，想着给梅洛迪打电话。

阿贝不想把卡车藏在塔克屋外的路上，像前一天晚上那样徒步穿过树林。他加速开过高低不平的车道，尘土飞扬地直接停在房子前面，就像正在执行任务的特警队长。他走出卡车，拔出枪走在特德前面，但他兄弟异常机敏地爬出卡车，特别注意自己的形象。他眼睛底下的瘀血已经变成乌青色。这家伙看上去就像只浣熊。

正如阿贝预料的那样，周围没有人。房子里空无一人，汽车修理站也没有道森的踪迹。他的堂弟当然狡猾得像个杂种。这些年来，他不在这里真是个遗憾。阿贝本来可以好好利用他，即便特德会大发脾气。

特德看到道森离开了，也没有多惊讶，但这不等于说他就不生气了。阿贝看见特德下巴上的肌肉时不时地抽搐着，他的手指轻触着格洛克手枪的扳机。他在车道上暗自发火，随后，他朝塔克的房子走去，踢开了门。

阿贝靠着卡车，决定随他的便。他能听见特德叫喊咒骂，在房子里乱扔东西。特德发脾气的时候，一把旧椅子从窗口跌落下来，一千多块碎玻璃片四散飞溅。特德终于在门口出现，但他几乎没有停下脚步，就怒气冲冲地走向旧汽车修理站。

修理站里面停着一辆经典款"黄貂鱼"。昨晚汽车还不在那里，足以证明道森来过又走了。阿贝不确定特德有没有看出来，但他想这无关紧要。让特德尽情发作吧。这件事越快过去，这里就会越快恢复正常。他希望特德不要老关心他想要的，更关心点阿贝让他做的事情。

他看见特德从工作台上抢起一根拆轮胎棒。他把拆轮胎棒高举过头顶，尖叫着挥向汽车的前挡风玻璃。接着，他开始敲击引擎盖，立即敲出了凹痕。他用拆轮胎棒把车头灯砸得粉碎，敲落了后视镜，但这仅仅是开始。

接下去十五分钟，特德用手头能拿到的任何工具，把汽车拆得粉碎。特德狂躁地发泄着他对道森的怒火，把引擎、轮胎、衬垫、仪表盘统统砸成碎片。

阿贝心想，真丢人。汽车漂亮极了，一辆真正的经典款。但是，汽车不是他的，既然那样让特德觉得好受些，那么阿贝猜这是最好的理由了。

最后，特德砸完了，他开始回到阿贝身边。他没有阿贝想象的那么摇摇晃晃，他喘着粗气，眼神依然有点狂野。他觉得特德也许会端起枪，在盛怒中朝他开枪。

但是阿贝已经不是一家之主了，尤其是他的弟弟特德让他处于劣势。他继续靠着卡车，特德走过来的时候，故意装作漠不关心。阿贝剔了剔牙，剔完后检查了他的手指，他知道特德就站在旁边。

"你闹完了？"

道森站在新伯尔尼的旅馆后面的码头上，两边都是来来往往的船只。他从墓地直接开车到这里，他坐在水边，太阳开始下山。

这是过去四天他待过的第四个地方，这个周末让他感到身心俱疲。他拼命去想，也想不出未来是个什么样子。明天，后天，永无尽期的年年岁岁，似乎漫无目的。他的一生为某些特别的理由而活着，如今，这些理由都已消失远去。阿曼达，还有玛里琳·邦纳，都已经永远对他释怀了；塔克死了。他接下去该做什么？搬家，还是待在老地方，继续做他的工作，还是尝试新的生活？如今，他人生的指南针已经失灵了，他又该往何处去？

他知道自己在这里找不到答案。他站起身来，迈着沉重的步子来到门厅。他周一要搭乘一趟很早的航班，所以他要在太阳还没有升起前起身，这样他可以退掉租来的汽车，等候登机。根据他的航程，他中午前就会回到新奥尔良，不久以后就会回到家。

他回到房间，和衣躺在床上，他感到生活像往常一样飘忽不定，阿曼达的嘴唇压着他的嘴唇的感觉又一次鲜活起来。塔克写道：她也许需要时间。在他辗转反侧进入睡眠前，他深深地渴望塔克是对的。

贾里德在碰到红灯停下时，从后视镜里凝视着他爸爸。贾里德想，他一定是在给自己找麻烦。刚才，他把汽车开到乡村俱乐部时，他爸爸正靠着一根柱子，他的眼睛半张着，眼神涣散，他的呼吸简直可以给后院的燃气炉提供燃料。也许这就是他不说话的原因。他毫无疑问想掩饰自己喝得烂醉。

贾里德已经习惯了这种状况。对父亲的问题，他与其说生气，不如说更悲哀。他母亲也许会心绪不宁，虽然——她丈夫烂醉如泥地在屋里跌跌撞撞的时候，她总是努力表现得完全正常。不值得耗费精力去生气，但他知道在表象之下，她心里翻江倒海。她尽量保持语调礼貌，但是无论他爸爸坐在哪里，她总会待在另一间房间，仿佛对夫妻来说，这样再寻常不过了。

今晚事情有点不妙，但他会让林恩来应付，他猜父亲失去知觉前，她就会回家的。至于他，已经给梅洛迪打过电话，他们要去朋友家游泳。

交通灯最终变绿了，贾里德满脑子都是梅洛迪穿比基尼的样子，他踩下油门，没注意到另一辆汽车正高速穿过十字路口。

这辆车猛地撞到他的汽车，发出震耳欲聋的声音，玻璃和金属碎片四处飞溅。门框的一部分断裂压弯了，在气囊膨胀的同时，朝里向他胸口刺来。贾里德在安全带的拉力下肌肉痉挛，汽车开始在十字路口旋转，他的脑袋里天旋地转。我要死了，他想，但他喘不过气来，没法发出声音。

汽车最后停了下来，贾里德过了一会儿才明白他仍然在呼吸。他的胸口受了伤，他的脖子几乎没法动，他快被气囊膨胀时弥漫的火药味窒息了。

他试着活动，但是胸口一阵剧痛。门框和方向盘挤压着他，他挣扎着想要出来。他朝右边扭动，突然身上的重压减轻了。

他看见外面其他汽车停在十字路口。人们从汽车里走出来，有些人已经用手机打了"911"报警电话。透过碎成网状的玻璃，他看见汽车的引擎盖已经弯曲得像个小帐篷。

他听见人们仿佛从很遥远的地方朝他喊，让他不要动。他还是转过头去，突然想起他的父亲，看见他的脸上流满了血。这时，他才开始尖叫。

阿曼达的手机响起的时候，离开家还有一个小时的路程。她朝乘客座弯下腰去，在手袋里摸索着找到手机，铃声第三遍响起的时候她接了电话。

她听见贾里德用虚弱的声音说了事情的经过，一种冰冷的麻痹感攫住了她。他前言不搭后语地说起了现场的救护车和弗兰克浑身是血。他安慰她说，他自己还好，但他们正把他跟弗兰克一起抬进救护车。他告诉她，他们两个都要被送去杜克大学医院。

阿曼达紧握着手机。自从贝儿得病以来，她第一次感到撕心裂肺的恐惧在她心里扎了根。这是种真正的恐惧，她心里再也没有空间去想其他的事情。

"我来了，"她说，"我尽快赶来……"

因为某些原因，电话断了。她立刻往回拨，但是没有人接电话。

她驶进了对面的车道，把油门使劲往下踩，超过了前面的汽车，她让车灯闪着光。她必须马上赶到医院。但是，从海滩回小镇的车流一点儿都不见畅通。

从塔克家兜了一圈回来，阿贝意识到自己饿了。自从伤口感染以来，他一直都没有胃口，但现在饥饿感像是复仇般袭来——抗生素有效的另一种迹象。他在欧文饭店要了一份奶酪汉堡，还有一份洋葱圈和加墨西哥辣豆酱和芝士的薯条。虽然他还没吃完，他知道自己会把每个盘子舔得干干净净。他觉得自己还吃得下一块馅饼和一勺冰激凌。

特德就没那么好过了。他也要了奶酪汉堡，但是一小口、一小口地咬，慢慢吞咽。砸车显然用尽了他最后一点儿力气。

他们等待食物的时候，阿贝给坎迪打了电话。这次，她在第一声铃响的时候就接了，他们聊了一小会儿。她告诉他自己已经在工作了，她为没有回电话道了歉，提到她的汽车出了问题。在电话里，她听上去很高兴，像以前一样跟他调情。他挂了电话，感到情况好多了，甚至怀疑自己那天晚上太多心了。

恢复健康、吃饱喝足的感觉不错，他继续吃着汉堡，琢磨起他们俩的对话，想弄清楚自己在疑惑些什么。因为电话的确有点问题。坎迪说她的汽车出了问题，不是手机出了问题，不管她忙不忙，假如她想的话，她总该给他回电话。但是，他没法肯定这一点。

特德吃到一半，站了起来，在洗手间待了一会儿。特德朝桌子走来，阿贝看见他弟弟像是从恐怖电影里走出来的，饭店里其他人盯着自己的盘子，尽量不去注意他。他微笑起来。身为科尔家族的人真是不错。

他仍然忍不住去想跟坎迪的对话，他吮了吮手指，陷入了沉思。

弗兰克和贾里德出了车祸。

这句话像跑马灯一样在阿曼达的脑海里翻滚，每一分钟过去她都变得越来越疯狂。她紧紧握住方向盘，直到指关节发白，她一次又一次闪着车灯，让前面的车辆允许她通过。

他们被一辆救护车带走了。贾里德和弗兰克被急送到医院。她的丈夫和她的儿子……

最后，她前面的汽车换了车道，阿曼达的车一阵轰鸣越过了它，迅速拉近跟前面车辆的距离。

她提醒自己贾里德听上去在战栗，仅此而已。

但是，那些血……

贾里德用恐慌的声音说，弗兰克浑身是血。她抓住手机，想再打电话给儿子。几分钟前，他没接电话，她告诉自己，那是因为他在救护车里，或者急救室里，禁止打电话。她提醒自己，护理人员、医生或者护士正在照顾弗兰克和贾里德，要是贾里德最终接了电话，她无疑会懊悔自己莫名的恐慌。将来，他们会在饭桌上讲这个故事，说起妈妈像个惊弓之鸟一样飞驰而来，这是毫无必要的。

但是，贾里德没有再接电话，弗兰克也不接电话。两个电话都转入了语音邮箱，她觉得自己心口的裂痕变成了无底深渊。她突然肯定车祸很严重，比贾里德说的严重得多。她不知道为什么，但这个念头挥之不去。

她把手机放在乘客座上，猛踩油门，赶上前方寸步之遥的汽车。前面的驾驶员总算挪出了地方，她头都没有朝旁边点一下就风驰电掣般过去了。

十九

　　在睡梦中，道森回到了钻井平台，一系列爆炸刚开始地动山摇，但这次一切都是无声的，事件都是慢镜头展开的。他看着储油罐突然爆炸，火焰冲上天空，四处蔓延，他看着黑烟慢慢形成蘑菇状。他看见发光的冲击波向甲板移动，徐徐地袭倒了所经之处的一切，撕裂了柱子和机器。人们随着爆炸被甩到甲板上，他们胳膊的抽搐都清晰可见。火焰如梦幻般沉闷地吞噬了甲板。他周围所有的一切都慢慢被毁坏了。

　　但是，他像生了根一般停在原地，丝毫不受冲击波的影响，飞散的残骸魔幻般在他身边环绕。他看见前方的吊车旁边，一个男人从浓重的黑色烟云中浮现出来，他跟道森一样，仿佛不受眼前的灾难的影响。一瞬间，烟雾好像缭绕着他，像幕布一样拉开。道森喘着气，瞥见那个穿蓝色风衣的深色头发男人。

那个陌生人不动了，他的身影在微微发光的远处凸显出来。道森想朝他呼喊，但他的嘴唇发不出声音；他想靠近一些，但他的双脚好像黏在原地。他们越过钻井平台凝望着对方，虽然距离遥远，但是道森觉得自己开始认出他了。

道森醒了过来，朝周围眨着眼，肾上腺素如潮水般涌起。他正在新伯尔尼的河边旅馆里，虽然他知道不过是一场梦，依然感到一阵战栗。他坐了起来，腿向地板垂下去。

他看了看钟，睡了一个多小时。外面，太阳已经落山，旅馆房间里的色彩变得暗淡。

像梦一般……

道森站起来，环视周围，看见他的钱包和钥匙在电视机旁边。他看见这些，记起了另外的一些事情，他大步跨过房间，迅速翻遍了他穿的衣服口袋。他再检查了一下，确保自己没有弄错，又快速翻了翻自己的包。最后，他拿了钱包和钥匙，匆匆冲下楼梯去停车场。

他找遍租来的汽车的每个角落，有条不紊地检查了仪表盘上的储物箱、后备厢，翻看座位之间，还有汽车地板之间。但是，他开始想起那天早先发生了什么。

他读完塔克的信，就把它放在工作台上了。阿曼达的母亲过来了，他的注意力集中到门廊上的阿曼达身上，他忘了取回塔克的信。

信肯定还在工作台上。当然，信丢了就丢了……但他无法想象这么做。这是塔克写给他的最后一封信，他最后的礼物，道森希望把它带回家。

他知道特德和阿贝为了找到他，肯定正在搜遍全城，但他还是开车穿过桥梁，回到奥利安托。四十分钟内，他就会回到那里。

艾伦·邦纳深吸一口气，坚决地走进潮水酒吧，发现没有他想象的那么拥挤。吧台旁边有两三个人，后面有几个人在打桌球；只有一张桌子旁有对恋人，他们正数了钞票，马上准备离开。这光景一点都不像周六晚上，甚至不如周五晚上。除了后面自动唱机不停播放，收银机旁边的电视机开着，这里让人感到很舒适。

坎迪正在擦拭吧台，她朝他微笑，挥了挥毛巾。她穿着牛仔裤和T恤衫，头发扎成马尾辫，虽然她不像平常那样精心打扮，她依然比镇上任何一个女孩都漂亮。他心跳加速，好像感到蝴蝶在他胃里飞舞，想着她是否会同意跟他吃饭。

他站得更直了，浮想联翩，他没有找到借口。他会在吧台边坐下，像寻常一样，三言两语地搭讪，寻思怎样把她约出去。他提醒自己，她肯定是在跟他调情，她也许天生会卖弄风情，但他肯定他们之间不只有这些。他能分辨得出。他心领神会，深深吸了一口气，朝吧台走去。

阿曼达冲过了杜克大学医院急救室的大门，疯狂地瞪着病人和他们的家属。她一遍又一遍地呼唤着贾里德和弗兰克，但是他们俩谁也没回答。她在疯狂的绝望中打电话给林恩。她的女儿还在诺曼湖边，离这里有几小时的路程。林恩听到消息就崩溃了，答应尽快赶到。

阿曼达站在门道里扫视着室内，希望找到贾里德。她祈祷自己的担忧是没必要的。她在慌乱中看见弗兰克在房间尽头。他站起来开始走向她，没有她想象中伤得那么厉害。她越过他的肩头张望，想找到儿子。但是，完全没有贾里德的踪影。

"贾里德在哪里？"弗兰克走到她身边，她就问道，"你还好吗？发生什么事情了？现在怎么样？"

她大声问着，弗兰克拉着她的胳膊，重新回到外面去。

"贾里德住院了。"他说。虽然，他从俱乐部出来已经过去几个小时，他说话依然含混不清。她能听出来他努力显得清醒，但是，他的呼吸和汗水都充满了酸臭的酒味。"我不知道现在他怎么样了。似乎没有人知道任何情况。但是，护士说起了心脏病科医生。"

他的话更加重了她心中的焦虑。"为什么？他哪里有问题？"

"我不知道。"

"贾里德会没事吗？"

"我们到这里的时候，他看上去没事。"

"那他为什么要看心脏病科医生？"

"我不知道。"

"他说你浑身是血。"

弗兰克碰了碰肿胀的鼻梁，一道小伤口旁边有块黑紫色的新月形瘀痕。"我的鼻梁被重击了一下，但是他们止住了血。没什么大问题。我会没事的。"

"你为什么不接电话？我打了上百个电话！"

"我的手机还在汽车里……"

但是，阿曼达没有听下去，弗兰克说的事情都无关紧要。贾里德住院了。伤重的是她的儿子。她的儿子，不是她的丈夫。贾里德。她的长子……

她好像胸口被重重击了一下，突然很讨厌看见弗兰克的样子。她从他身边走开，直接朝接待处的护士走去。她竭力控制着升起的无名之火，她想知道自己的儿子怎么了。

护士没有回答什么问题，也就是弗兰克告诉她的话。弗兰克喝醉了，她又开始想，无法遏制心头的怒火。她把手重重击在桌上，吓着了候诊室里的所有人。

"我要知道我儿子发生什么了！"她喊道，"我现在就要求回答！"

她的汽车坏了，阿贝想。他先前跟坎迪的谈话，让他觉得不安。因为假如她的汽车坏了，她是怎么去上班的？为什么她没有问他，能不能开车送她去上班或者回家？

另外有人开车送她吗？就像潮水酒吧的那个家伙？

她没有那么傻。当然，他可以打电话给她问清楚，但还有个摸清底细的更好方法。欧文饭店离她住的小房子不远，他可以顺道去看看她的汽车是否在那里。假如汽车在那里，就意味着有人送她去上班，那么，他们就有些重要的事情该谈谈了，不是吗？

他往桌上扔了些钞票，示意特德跟他走。特德吃饭的时候没说几句话，但阿贝觉得他的健康恢复了一点，虽然他的胃口还不太好。

"我们去哪儿？"特德问道。

"我想弄清楚一些事情。"阿贝回答道。

坎迪的房子离这里只有几分钟的路，她朝那条住户稀稀落落的街道尽头走去。她的房子是幢摇摇欲坠的平房，前面有一道铝墙板，边上有道横枝旁逸的灌木丛。这地方不算很好，但坎迪似乎也不在意，她没有把那里弄得更舒适。

阿贝驶入车道，他看见她的汽车不见了。也许，她把汽车修好了，他推测道，但他坐在车里，盯着房子看，他注意到有些事情不对劲。似乎有些东西不见了，他花了几分钟才想起少了什么。

她放在窗前的佛像不见了，原来在灌木丛缺口的地方。她把佛像当作她的幸运符，她没有理由把它拿走。除非……

他打开车门，走出去。特德朝他望去，他摇了摇头。"我过一分钟就回来。"

阿贝拨开了长得过于茂盛的灌木丛，爬上门廊。他透过前面的窗户望过去，看到佛像确实不见了。别的地方看起来跟以前一样。当然，这也不能说明什么，他知道室内装修过了。但是，失踪的佛像让他觉得不安。

阿贝绕着房子走了一圈，透过窗户望进去，虽然窗帘挡住了大部分视线。他没有看出什么情况。

最后，他终于泄了气，直接踢开后门，就像特德在塔克家做的那样。

他走进房子，不知道坎迪到底想干吗。

阿曼达来了以后，每隔十五分钟就去护士办公室，问她们是否有更多消息。护士耐心地回答，把知道的都告诉阿曼达了：贾里德住院了，有个心脏病科医生在给他看病，医生知道他们在等消息；只要她听说消息，她会首先告诉阿曼达。她的嗓音充满同情，阿曼达点了点头表示感谢，然后走开了。

周围的现实环境下，她依然不知道自己在干吗，这一切是如何发生的。尽管弗兰克和护士竭力解释，他们的话现在对她毫无意义。她不想让弗兰克或者护士告诉她情况，她想跟贾里德说话。她需要见到贾里德，她需要听见他的声音，知道他好好的，弗兰克把手放在她的背上安慰她，她像被烫着一样猛地推开他。

因为贾里德在医院完全是他的错。假如他没有喝酒，贾里德会待在家里，或者跟女孩子出去，或者去朋友家里。贾里德绝不会在那个十字路口附近，绝不会住进医院。他仅仅是为了帮忙。

他想要肩负起责任。

但是，弗兰克……

她无法忍受看着他。她竭力克制，才没有朝他大喊大叫。

墙上的钟，似乎让时间缓慢流逝。

最后，永无尽期的等待之后，她听见通向病房的门开了，医生穿着手术服走出来。她看着他走向负责的护士，她点了点头，朝她指了指。医生向她走来时，阿曼达浑身颤抖着僵住了。她搜索着他的脸，想看出他想说什么。他的表情什么都没有泄露。

她站起来，弗兰克跟在她后面。"我是米尔斯医生。"他说道，示意他们跟着他，他们穿过两扇门，进入另一条走廊。门在他们身后关上，米尔斯转过身来面对他们。虽然他的头发有些花白，但看得出也许比她还年轻。

她一时间没有完全听明白医生说的话，她只听懂了贾里德虽然看上去还好，但他遭到破碎的车门的钝击，受了伤。主治医生检查到了外伤诱发的心杂音，他们已经让他住院观察。在病房里，贾里德的病情明显迅速恶化。医生继续提到黄萎病这类名词，并告诉他们已经插入静脉起搏器，但贾里德的心容量继续缩小。医生怀疑是心脏三尖瓣破裂，她的儿子需要进行三尖瓣复位手术。贾里德已经进行了体外循环，但他们需要家属同意进行心脏手术。他坦率地告诉他们，假如不进行手术，他们的儿子就会死去。

贾里德就会死去。

她伸手扶墙以免摔倒，医生来回看着她和弗兰克。

"我需要你们签署同意书。"米尔斯医生说。那一瞬间，阿曼达知道他也闻到了弗兰克呼吸中的酒味。她开始憎恨她的丈夫，真的恨他。她仿佛在梦中般，慎重地在同意书上签下名字，她的手似乎已经不属于她自己。

米尔斯医生把他们带到医院的另一部分，让他们留在空荡荡的等候室。她头脑受了刺激，一直发愣。

贾里德要做手术，不然他就会死去。

他不会死的。贾里德只有十九岁。他的人生尚未展开。

她闭起眼睛，坐进椅子里，她周围的世界已经塌陷，她努力理解，却无法理解。

坎迪不需要这些。今晚不需要。

吧台尽头的那个年轻人，叫艾伦或者阿尔文，或者随便什么名字，想要约她出去。更糟糕的是今晚生意惨淡，她可能挣不到足够把汽车加满油的钱。太好了。简直太好了。

"嗨，坎迪？"又是那个年轻人，他俯身靠在吧台上，像条贫穷的小狗。"我能再来一杯啤酒吗？"

她挤出了一丝笑容，开了瓶盖，走过去端给他。她朝吧台尽头走来，他问了个问题，但是门口突然车灯一闪，一辆路过的汽车或者有人驶进这个地方，她朝门口望去。等着。

没有人进来，她松了口气。

"坎迪？"

他的声音使她回过神来。他从额头前拨开有光泽的黑发。

"抱歉。怎么了？"

"我问你今天过得怎么样？"

"很好，"她回答的时候叹了口气，"挺好的。"

弗兰克坐在她对面的椅子里，还在微微摇晃，他的眼神涣散。阿曼达努力假装他不在那里。

除了为贾里德担心害怕，她无法集中注意力在任何事情上。在这安静的房间里，她儿子的整个一生奇妙地浓缩显现。她记得他刚生下来几周，她抱起他的时候，他是那么的小。她记得他第一天上幼儿园，她给他梳头，给他在侏罗纪公园午餐盒里装了一块三明治。她想起他第一次参加中学舞会时有多紧张；想起他从纸盒子里喝牛奶的样子，不管她说过多少遍不让他这样。医院里的声音时不时把她从回忆中惊醒，想起自己身处何地，发生了什么事情。恐惧再次攫住了她。

医生走前告诉他们，手术可能要进行好几个小时，甚至可能拖延到午夜，但她不知道手术结束前会不会有人通知他们。她想要知道进行得怎么样。她希望有人能用明白的语言跟她解释，但她真正希望的是有人抱住她，向她保证她的小男孩——哪怕他几乎是个男人了——会没事的。

阿贝站在坎迪的卧室里，他四周环顾时，嘴唇抿紧成一条线。

她的衣柜是空的。她的抽屉是空的。该死的浴室梳妆台是空的。

怪不得她先前没接电话。坎迪正忙着整理行装。最后，她什么时候接的电话？为什么？她肯定忘了提起自己准备离开小镇。

没有人能离开阿贝·科尔。没有人可以。

假如是为了那个新的男朋友呢？假如他们打算一起逃跑呢？

想起这些，他就匆匆离开踢坏的后门。绕过房子，他匆忙走向卡车，他现在必须去潮水酒吧。

坎迪和她的小男友今晚要挨顿教训。他们俩都欠揍。他们俩都不会忘记这顿教训的。

二十

夜色比道森记忆中的任何夜晚更黑。没有月亮，天空只有无边的黑暗，偶尔有星光微弱地闪烁一下。

他现在已经接近奥利安托，无法摆脱回来是个错误这样的念头。他需要穿过小镇去塔克家，他知道自己的堂兄弟可能在任何地方等着他。

前方转弯的地方，是他的人生永远改变的地方，道森注意到奥利安托的万家灯火，升起在树林的轮廓线之后。假如他打算改变主意，他现在就应该掉头。

道森无意识中把脚从油门上挪开，汽车的速度慢下来，他突然觉得有人在看着他。

阿贝紧紧握着方向盘，卡车呼啸着穿过小镇，轮胎发出尖利的响声。他猛地左转弯，开进潮水酒吧的停车场，他在残障车位猛踩刹车，卡车向前滑去。自从砸了"黄貂鱼"以后，特德第一次显出点活力，卡车里充满了暴力的气息。

卡车还没停下，阿贝就跳了出来，特德紧随其后。阿贝无法接受坎迪对他撒谎的事实。显然她计划逃跑有一段时间了，并且相信他不会发现。是时候给她点教训，让她知道这一带谁说了算。走着瞧，坎迪，肯定不会是你说了算。

阿贝朝门口冲过去，他注意到坎迪的福特野马敞篷车没停在那里，她也许把车停在别的地方了。停在某个男人的住所，他们两个也许在背后笑话阿贝。阿贝仿佛听见坎迪笑他是个傻瓜，这念头让他想要猛地冲进门去，把枪瞄准吧台的方向，不顾一切地扣动扳机。

但是，他不会这么做。噢，不。因为，首先她得明白发生了什么。她得明白是他在制定游戏规则。

特德在他身边步履矫健，几乎有点兴奋。酒吧里面的自动唱机传来微弱的音乐，酒吧名字的霓虹灯把他们映得红光满面。

阿贝朝特德点了点头，抬腿踢开了酒吧的门。

道森把汽车开得很慢，每根神经末梢都很警觉。在远处，他依稀能辨认出奥利安托的灯光。他突然有种似曾相识的感觉，仿佛他知道会发生什么，却无力阻止，哪怕他想要阻止。

道森靠在方向盘上。他眯起眼睛，就能辨认出他早晨跑步路过的便利店。第一浸信会教堂的尖顶在照明灯的光线下通体发亮，仿佛高高飞翔在商业街上方。卤素街灯给碎石路面投上一层诡异的光线，照亮了通往塔克家的路，仿佛在嘲笑他也许永远去不了那里。他先前看见的星星消逝了，小镇的天空仿佛黑得不自然。前面右边原来矮树林的地方，蹲伏着一幢低矮的建筑，恰好就在小镇边缘高速公路转弯处的中央。

道森仔细地审视着眼前的风景，等待着……某些东西。他几乎马上看见汽车窗外闪过一道影子。

他在那里，就站在车头灯的光线边缘外，在高速公路旁边的草地上。那个深色头发的男人。

那个鬼魂。

事情发生得太快了，艾伦甚至来不及弄明白。

他正在跟坎迪聊天——或者说，试着跟她聊天——她准备好开另外一瓶啤酒，突然之间前门被猛地推开，用力到门的上半边从铰链上脱落下来。

艾伦还没来得及退缩，坎迪已经反应过来。她脸上闪过认出来人的表情，送啤酒的手停在半途。坎迪的嘴张了张，似乎在说"噢，该死"，突然啤酒瓶就掉了。

啤酒瓶在水泥地上摔成碎片，坎迪已经转身，迅速从他身边跑开，喉咙里发出尖叫。

咆哮声从他身后传来，墙面发出嗡嗡的回声。

"你他妈以为自己是谁？！"

艾伦缩了回去，坎迪朝吧台尽头奔去，跑向经理办公室。艾伦来过潮水酒吧很久，知道经理办公室有一道加固的钢门，能闩得死死的，因为那里放着保险箱。

艾伦局促不安地看着阿贝奔过他身边，追着坎迪的金色马尾辫向酒吧尽头跑去。阿贝也知道她要去哪里。

"噢，不，你别跑，你这婊子！"

坎迪惊恐地转过头去，抓住办公室的门柱。她大喊一声，猛地冲进门去。

她碰上门，阿贝一只手撑着吧台翻了过去。空瓶子和酒杯四处乱飞。收银机向地下坠落，但他的脚已经迈出了。

几乎已经。

他摔在地上，踉踉跄跄，把镜子下面架子上的烈酒瓶撞下来，仿佛那些都是保龄球瓶。

它们没法让他慢下来。一溜烟的工夫，他大步流星地跑到经理办公室的门口。艾伦目睹了一切，所有的情景都以非现实、暴力的方式，清晰地在眼前一幕幕展开。但是，当他意识到眼前发生了什么，恐惧蔓延过他身体的每一寸。

这不是电影。

阿贝开始猛烈地击门，整个身体撞上去，他的声音像狂暴的飓风。"把该死的门打开！"

这是真实的。

他能听见坎迪歇斯底里地在锁着的办公室里尖叫。

噢，我的上帝……

酒吧后面，刚刚玩桌球的人突然冲向紧急出口，边跑边扔下球杆。桌球杆掉在水泥地上的撞击声，让艾伦的心脏在胸腔里怦怦跳，原始的生存本能开始升腾。

他必须跑出去。

他必须现在就跑出去！

艾伦从凳子上滑落下来，仿佛被冰锥刺中了，凳子向后倒去，他不得不抓着吧台，才不至于摔倒。他转向歪斜的前门，能看见远处的停车场。前方的大马路在召唤他，他心中涌起奔向那里的渴念。

他仅仅模糊地意识到，阿贝在拼命砸门大喊大叫，说假如坎迪不开门就杀了她。他几乎没注意到翻倒的桌子和椅子。唯一重要的事情是跑到那片空地，越快离开潮水酒吧越好。

他听见自己的运动鞋踏在水泥地上的声音，但是那扇歪斜的门似乎没有更近，就像嘉年华游乐园的门那样……

他远远地听见坎迪尖叫道："走开！"

他根本没有看见特德，也没看见特德抡起一把椅子，直到砸在他腿上，他只能在地上连滚带爬。艾伦本能地避免摔倒，但他停不下往前冲的势头。他的前额重重地撞在地板上，冲击力差点使他昏倒。他感到眼前一片白光，然后陷入了漆黑。

慢慢地，世界的轮廓重新变得清晰起来。

他挣扎着试图从椅子里把腿抽出来，翻过身，尝到鲜血渗出的味道。他感觉到一只靴子重重踩在他的脸上，鞋跟尖锐地划破了他的下巴，他的脑袋被压到了地板上。

"疯子"特德·科尔站在上方用枪指着他，看上去有点被逗乐了。

"你想跑到哪里去？"

道森把汽车开到路边。他有点希望走出汽车时，鬼魂会消失在阴影中，但是，深色头发的男人依然站在那里，周围是齐膝深的野草。他离开大约五十码远，近得道森能注意到他的风衣在晚风中拂动。假如全速奔跑穿过深草，道森十秒钟内就能接触到那个男人。

道森知道，那个陌生人不是他想象出来的。他能够感觉到他，能够明白无误地感觉到他的心跳。道森的眼睛不离开那个男人，他把手伸进汽车，关掉引擎，熄灭车头灯。那个男人的风衣展开，即便在黑暗中，道森也能看见他的白衬衫在闪光。然而，他的脸却像以往一样模糊不清。

道森从路边走开，走到旁边的砾石路基上。

陌生人没有动。

道森鼓起勇气走进草地，那个身影依然一动不动。

道森眼睛盯着他看，他慢慢开始缩小距离。五步、十步、十五步。假如是白天，他就能清清楚楚看见那个男人了。他就可以看清他的五官特征；但是，在黑暗中，脸部细节还是很模糊。

道森走得更近了。道森谨慎地走着，感到一阵难以相信。他从来没有离这个幽灵般的男人如此近，再近一点就可以碰到他。

他继续观望着，心里在斗争几时开始跑。但是，陌生人仿佛能看懂道森的心思。他往后退了一步。

道森停了下来。那个人影也停了下来。

道森又往前走了一步；他看见对方又往后走一步。他向前快走了两步，深色头发的男人像镜像一样重复着他的动作。

道森抛开谨慎，跑了起来。深色头发的男人转身，也开始跑。道森跑得更快了，但他们之间的距离奇怪地保持不变，他的风衣拂动，仿佛在嘲笑他。

道森加速快跑，陌生人调转方向。他没有跑离路边，而是沿着路平行地跑，道森随后跟着。他们正往奥利安托的方向奔去，朝转弯处那幢低矮的建筑奔去。

转弯处……

道森没有追得更近，但深色头发的男人也没有跑得更远。他没有改变方向，继续引导道森往前跑，他这才意识到那个男人有明确的目的。有些事情令人不安，但是，道森只顾着追赶，没有时间考虑这个问题。

特德的靴子重重压在艾伦的脸上。艾伦感到耳朵从两边被压碎了，靴子疼痛地切入他的下巴。指着他的枪看上去巨大，把他视野中的其他东西挤在一边，他的肚肠突然变得充水。他突然想，我要死了。

"我知道你看见了，"特德说着晃了晃枪口，但依然瞄准他，"假如我让你起来，你不会跑掉吧？"

艾伦试图吞咽，但喉咙动不了。"我不会。"他勉强挤出几个字。

特德的靴子踩得更重了。艾伦痛得很厉害，尖叫了起来。他的两耳像着了火，仿佛被压成纸一样的薄片。他边不停地请求饶恕，边斜眼看着特德，注意到他另一条胳膊绑着石膏，他的脸色青紫。艾伦微微感到疑惑，不知道他身上发生了什么事。

特德退后一步。"起来。"他说。

艾伦挣扎着从椅子里抽出腿来，慢慢爬起来，一根尖锐的螺钉刺穿了他的膝盖，他疼得几乎弯下了腰。敞开的门口离这里只有几英尺远。

"想也别想跑，"特德咆哮道，他转向吧台，"饭桶。"

艾伦一瘸一拐地走回吧台。阿贝还在办公室门口，大呼小叫，猛烈砸门。最后，阿贝朝他们转过身去。

阿贝歪过头来，眼睛瞪得老大，几乎精神发狂。艾伦的肚肠又开始充水。

"你男朋友就在外面！"他喊道。

"他不是我的男朋友！"坎迪尖叫道，但是声音很沉闷，"我要叫警察了！"

阿贝已经朝吧台旁边的艾伦走去，特德把枪瞄准了艾伦。

"你以为你们俩跑得了吗？"阿贝喊道。

艾伦张口想回答，但是恐惧吞没了他的声音。

阿贝弯下腰来，抓起一根掉下来的桌球杆。艾伦看着阿贝把手里的球杆抓来抓去，就像击球手准备好走到本垒，疯狂到失去控制。

噢，上帝，请不要……

"你以为我不会发现？以为我不知道你们打算干吗？周五晚上，我就看见你们俩了！"

几步开外，艾伦的脚像黏在地上，一动也动不了。阿贝抡起了桌球杆，特德往后退了一步。

噢，上帝……

艾伦哽咽着说："我不知道你在说些什么。"

"她把车停在你那里吗？"阿贝喊道，"汽车是在你那里吗？"

"什么……我……"

阿贝向他走去，抡起球杆，艾伦没来得及说完话，球杆就击中了他的头颅，艾伦突然眼冒金星，世界又变成一片黑暗。

阿贝再次抡起球杆，艾伦倒在地上，阿贝再次抡球杆。艾伦虚弱地试图遮挡，听见令人厌恶的手臂断裂的声音。球杆"啪"地折成了两半，阿贝就用钢鞋跟踩在他脸上。特德开始踢他的肾脏，爆发出一阵狂怒。

艾伦尖叫起来，结结实实地开始挨打。

他们跑过草地，越来越接近那幢低矮、丑陋的建筑。道森看见外面有几辆汽车和卡车，他刚注意到门口有微弱的红光。慢慢地，他们朝那个方向跑去。

深色头发的陌生人毫不费力地在他前面滑行，道森越发觉得自己似乎认出了他。他的双肩放得轻松，他的双臂有节奏地摆动，他的双腿踏步富于韵律……道森以前也见过这样的步态，不仅是在塔克屋后的树林里。他还没有完全认出来，但是想法越来越接近了，就好像气泡冒出水面。那个男人转头看过来，仿佛明白道森所有的想法，道森第一次清晰地看见陌生人的五官，他知道自己看见过那个人。

在大爆炸之前。

道森跌跌撞撞地走着，尽管他努力调整情绪，他还是感到一阵寒意掠过。

这不可能。

二十四年过去了。后来，他进了监狱，然后被释放，他在墨西哥湾的油井上工作。他爱过，失去了；再次爱过，又失去了。那个曾经收留他的人，因为年老体衰而死去。但是，这个陌生人——他是个陌生人，永远都是——却丝毫不见老去。他看上去就跟那个晚上一模一样，那天下着雨，他在办公室看完病人，就出来跑步。他现在清楚地看见，就是他：道森突然转弯冲下马路时，那张受了惊吓的脸。那时道森正载着塔克需要的轮胎，开在回奥利安托的路上……

就在这里，道森回想起来。戴维·邦纳医生，一位丈夫和父亲，出车祸死了。

道森抽了一口冷气，步履又踉跄起来，但是，那个男人似乎明白他的心思。他到达停车场的碎石车道时，没有笑容地点了点头。他的脸转向前方，加速前进，现在沿着建筑前面走。道森跟着他走进停车场，感到汗流浃背。前面，那个陌生人——邦纳医生——已经停了下来，站在建筑的门边，沐浴在霓虹灯招牌诡异的红光下。

道森走近，注视着邦纳医生，鬼魂转身走进了建筑。

道森加快脚步，几秒钟后冲进了一家灯光幽暗的酒吧门道，但是，此时邦纳医生已经不见了。

道森一下子就注意到里面的情形：翻到的桌子和椅子，后边女人低沉的尖叫声，电视机还在继续发出喧闹的声音。他的堂兄弟特德和阿贝弯腰对着地上的某个人，野蛮地打他，仿佛在完成某种仪式，突然他们停下来看着他。道森瞥了一眼地上那个浑身是血的人，立刻认出他来。

艾伦……

许多年来，道森通过无数照片审视过这个年轻人的脸，但现在他注意到他和他父亲惊人地相像。这几个月来，道森一直看见那个男人，是那个男人把他引到此地。

他看着眼前的情景，大家都一动不动。特德和阿贝仿佛僵住了，他们显然谁也不相信有人——随便什么人——突然进来。他们瞪着道森，呼吸变得急促，就像两匹在狂暴中被打断的狼。

邦纳医生因为某些理由救过他一命。

这个念头涌进他的脑海，特德的眼睛恍然大悟似的闪着光。特德开始举起枪，但是，当他扣动扳机时，道森已经闪到一旁，躲在一张桌子后面。他突然明白为什么自己被带到这里来——甚至也许明白了他做一切的目的何在。

艾伦沉重地喘着气，感到仿佛被刺中了。

他无法从地上爬起来，通过模糊的视线，他勉强能弄明白发生了什么。

自从陌生人闯进酒吧，疯狂地伸长脖子四处看，仿佛在追赶什么人，特德和阿贝不再打他，而是把全部注意力集中在闯入者身上。艾伦无法理解，但他听见枪声，身体就蜷成一团，开始祈祷。陌生人躲在几张桌子背后，艾伦再也看不见他，但接下来酒瓶就越过他的头顶，接连扔向特德和阿贝，子弹在酒吧里四处乱飞。他听见阿贝喊了出来，盖过了木头裂开的声音，椅子裂成碎片散落在他周围。特德跑出了他的视野，但他依然能听见他疯狂地开枪。

艾伦肯定自己快死了。

他的两颗牙掉在地板上，他的嘴里全都是血。阿贝踢他的时候，他感到肋骨折断了。他的裤子前面湿了一片——他要不是尿湿了，就是被踢到了腰子，开始流血。

他依稀听见远处警笛的声音，但他确信死亡迫近，没有力气关心这些。他听见椅子砰砰的声音和瓶子叮当作响的声音。从远处，他听见阿贝咕哝着，一瓶酒撞到某些坚硬的东西。

陌生人的脚步越过他走向吧台。很快有人喊了起来，紧接着一声枪响，吧台后面的镜子被打得粉碎。艾伦感到碎玻璃片像雨点一样落下，他的皮肤划出一道道伤痕。又一声喊叫，一阵扭打。阿贝尖声地哀号起来，尖叫被东西撞在地上的声音突然打断了。

有人头撞在地上了？

又是一片混战。艾伦躺在地上，看见特德踉跄着退后几步，差点踩在艾伦的脚上。特德一边喊叫着，一边稳住身体，但艾伦听见他的声音里有一丝惊恐，小酒吧里回荡着又一声枪响。

艾伦闭上眼睛，再睁开时，又一把椅子从空中抛过来。特德又朝天花板疯狂地开了一枪，陌生人猛地向他冲过来，把特德逼到墙边上。枪"哗啦"一声滑过地板，特德被扔到了一边。

那个男人压在特德身上，特德挣扎着挪到他视线之外，但是艾伦无法动弹。在他身后，他听见拳头击脸的声音，一遍又一遍……他听见特德在喊叫，随着拳头击中他的下巴，他的叫喊忽高忽低。艾伦就只听见拳击声，特德没有了声音。他听见一拳又一拳，渐渐慢下来。

然后，除了那个男人粗重的呼吸，就什么声音都没有了。

现在，警笛的鸣叫更近了，但是，艾伦躺在地上，明白救援来得太晚了。

他们杀死了我。他听见自己脑海中的声音，他视野的边缘已经变得黑暗。突然，他感到一条胳膊抱住他的腰，把他抬起来。

他的疼痛犹如酷刑。他感到自己的双脚被拖着走，一条胳膊抱着他，他尖叫起来。那个男人半拖半扛地，把他带到门口，他奇迹般感到自己的双腿在走动。他能看到前面窗外黑暗的天空，能依稀看见他们正在走近歪斜的大门。

他听见自己嘶哑地喊道，虽然他没有理由说这些，"我是艾伦，"他瘫倒在那个人身上，"艾伦·邦纳。"

"我知道，"那个男人回答说，"我要把你带出去。"

我要把你带出去。

特德几乎神志不清，但是，他清清楚楚听见这几个字，他本能地知道发生了什么。道森又跑了。

他感到一阵火山般爆发的怒火，比死亡本身更强烈。

他强迫自己睁开充血的眼睛，道森正蹒跚着走向门口，坎迪的男朋友搭在他肩上。道森背对着他，特德扫视周围寻找他的格洛克手枪。在那里。几步路之外，一张坏掉的桌子下面。

那时，警笛声变得越来越响。

特德用尽最后剩下的力气，朝手枪跃去，他握紧了枪，满意地感觉到它的重量。他转过枪口对准门口，瞄准道森。他不知道还剩下几发子弹，但他知道这是他最后的机会。

他对准目标，瞄准。然后，他扣动了扳机。

二十一

午夜时分，阿曼达感到浑身麻木。她的精神、感情、体力都已耗尽，她在等候室里，接连几个小时紧张不安，早就筋疲力尽。她翻遍了杂志却什么都看不见，她不由自主地来回踱步，每次她想起儿子就硬把绝望的念头压下去。然而，时钟指向午夜时，她感到自己的焦虑不安渐渐流走，只剩下干涸的空壳。

一个小时前，林恩匆匆跑进来，她明显很惊慌。她紧紧拉着阿曼达，把无穷无尽的问题抛给妈妈，阿曼达无法回答。接着，她转向弗兰克，不断地问他车祸的细节。"有人加速穿过十字路口。"他说，无可奈何地耸了耸肩。现在，他已经清醒了，他显然很关心贾里德，但是，为什么贾里德开车穿过十字路口，为什么贾里德开车送爸爸，他却避而不言。

在等候室的几个小时，阿曼达一句话都没有跟弗兰克说。她知道，林恩一定注意到他们之间的沉默，但是林恩也沉默了，陷入了对哥哥的担忧之中。她问过阿曼达一次，她要不要去野营地把安妮特接回来。阿曼达让她先等等，让他们先弄清楚情况。安妮特年纪太小，无法完全理解这场祸事，现在，阿曼达说实话没法照顾安妮特。她只能先抚平自己的情绪。

她生命中最长的一天过去了。十二点半，米尔斯医生终于回到了房间里。他显然很疲惫，但是换了一身干净的手术服，便跑来跟他们说话。阿曼达从椅子上起身，林恩和弗兰克也一样。

"手术进行得很顺利，"他马上说，"我们肯定贾里德会好起来的。"

贾里德需要几个小时来恢复，但是，医生开始不允许阿曼达见他，直到他最后转移到重症病房。虽然，病房晚上通常不对探视者开放，米尔斯医生还是破例让她进去。

林恩开车送弗兰克回家了。他说脸被撞了一下，就开始剧烈地头疼，但他保证第二天早晨会回来。林恩自告奋勇送完爸爸，回到医院陪妈妈，但阿曼达不让她来。阿曼达整晚都跟贾里德在一起。

接下去几个小时，阿曼达一直坐在她儿子床边，听着心脏监护器的数码蜂鸣声，还有呼吸机从他肺里吸进压出空气发出的不自然的噪声。他的皮肤看上去就像旧的塑料，他的脸颊塌陷下去。他看上去不像她记忆中的儿子，那个她养育大的儿子；在陌生的环境中，他对她来说就像陌生人，离他们的日常生活如此遥远。

他的双手似乎没有受影响，她握住其中一只手，从他的手的温度汲取力量。护士给他换了绷带，她看见他的躯干上深深的伤痕，她不得不转开头去。

医生说过贾里德当天晚点就会醒，她徘徊在他的病床前，她不知道他记得多少车祸的情景，以及他怎么来医院的。病情突然恶化，他有没有被吓坏？他是否希望她在身边？这个想法就像重重一击，她发誓只要他需要她，她会一直跟他在一起。

她到医院以后，还没有睡过。时间流逝，贾里德还没有醒来的迹象，她困倦起来，单调、有节奏的仪器声音让她昏昏欲睡。她身体向前倾，把头靠在床栏杆上。二十分钟后，一位护士把她叫醒，建议她先回家睡会儿。

阿曼达摇了摇头，凝视着她的儿子，希望她的力量注入他受伤的身体。为了安慰自己，她想起米尔斯医生的保证，贾里德一旦康复，就能过上正常的生活。假如情况更糟，米尔斯医生会告诉她的，她反反复复念着这句话，仿佛念着驱逐更大灾祸的咒语。

重症病房的窗外晨光微曦，医院开始恢复生气。护士换了班，早餐车装满了食物，医生开始巡视病房。喧闹开始变成一片嗡嗡声。护士直截了当地告诉阿曼达，她需要检查一下导尿管，阿曼达不情愿地离开重症病房，游荡到餐厅里。也许咖啡因能给她需要的能量——贾里德醒来的时候，她必须在旁边。

尽管天色尚早，队伍已经排得很长，站满了像她那样一夜未眠的人。她身后站着一个二十七八岁的年轻人。

"我老婆要杀了我。"他们拿着托盘排队时,他坦白说。

阿曼达抬起了眉毛。"为什么?"

"她昨晚生了孩子,打发我来买咖啡。她让我快点,因为她头疼需要喝咖啡,但我得绕道去婴儿室看一眼。"

无论如何都得去看一眼,阿曼达笑了。

"男孩还是女孩?"

"男孩,"他说,"加布里埃尔,加布。他是我们第一个孩子。"

阿曼达想起了贾里德。她想起了林恩和安妮特,还想起了贝儿。医院是她的人生中最幸福,也是最悲伤的地方。"祝贺你!"她说。

队伍缓慢地前进,顾客们花足时间挑选复杂的早餐组合。阿曼达付完咖啡的钱,检查了一下皮夹子。她离开十五分钟了。她肯定没法把咖啡带进重症病房,所以她在窗边一张桌子旁坐下,外面停车场慢慢停满了汽车。

她喝完咖啡后,去了一趟洗手间。她在镜子里的脸显得憔悴,缺乏睡眠,几乎认不出来。她往脸颊和脖子上拍了些冷水,接下去几分钟,尽力让自己看上去像样子。她乘上电梯,重新回到重症病房。她走近房门时,一个护士站在那里拦住了她。

"我很抱歉,但是你现在不能进去。"她说。

"为什么?"阿曼达停下来问道。护士没有回答,她的表情很坚持。阿曼达感到内心的恐惧再次抽紧。

她在重症病房门口等了将近一个小时，直到米尔斯医生最终出来跟她说话。

"我很抱歉，"他说，"他的病情加重了。"

"我刚刚……还跟他在一起，"她结结巴巴地说，想不出还应该说什么。

"他发生了心肌梗死，"他接着说，"右心室缺血。"他摇了摇头。

阿曼达皱了皱眉头。"我不知道你在跟我说什么！我无法理解你的话！"

他的表情充满同情，他的嗓音很柔和。"你的儿子，"他最终说道，"贾里德……得了心肌梗死。"

阿曼达眨了眨眼，感到走廊四面向她压来。"不，"她说，"这不可能。他睡着了……我走的时候，他正在康复。"

米尔斯医生什么都没有说，阿曼达感到头重脚轻，她喋喋不休地说着，仿佛灵魂出窍。"你说过他会好起来的。你说过手术进行得很顺利。你说过他今天晚点就会醒来。"

"我很抱歉……"

"他怎么会心脏病发作的？"她问道，有点怀疑，"他才十九岁！"

"我不是很肯定。可能是某种凝块。可能跟车祸中的创伤有关，也可能跟手术中的创伤有关，但是没办法确切知道。"米尔斯医生解释道，"这不太寻常，但是，心脏经受如此严重的创伤后，任何事情都可能发生。"他碰了碰她的胳膊，"我能告诉你的只有，假如他不是在重症病房，而是在其他地方发病，他也许根本就挺不过来。"

阿曼达的声音颤抖起来。"但是，他挺过来了，对不对？他会没事的，对吗？"

"我不知道。"医生脸上重新变得没有什么表情。

"你这是什么意思，你不知道？"

"我们维持窦性心律很困难。"

"不要像医生一样说话！"她喊道，"告诉我需要知道的！我儿子会好起来吗？"

米尔斯医生第一次转过头去。"你儿子的心脏在衰竭，"他说，"没有……介入治疗的话，我不知道他能维持多久。"

阿曼达踉跄了几步，仿佛这些话击中了她。她扶着墙稳住了自己，努力理解医生的意思。

"你不是说他会死，对吗？"她轻声说，"他不能死。他那么年轻，健康，强壮。你必须得做点什么。"

"我们在尽一切努力。"米尔斯医生说，听上去很疲惫。

不要再来一回，这是她唯一的想法。不要再像贝儿一样。不要把贾里德也带走。

"那么，再做些什么！"她催促道，半是恳求，半是嘶吼，"带他去手术室，你们必须做什么就做什么！"

"现在没法选择手术。"

"那么无论做些什么，救救他！"她提高了声音，听上去撕心裂肺。

"没有那么简单……"

"为什么？"她脸上充满了不理解。

"我必须召集移植器官委员会，开一个紧急会议。"

他说这些话的时候，她感到自己最后一丝镇定都没有了。"移植器官？"

"是的。"他说。他瞥向重症病房的门口，然后转向她。他叹了口气。"你儿子需要一颗新的心脏。"

后来，有人陪着阿曼达回到贾里德第一次手术时的等候室。

这一回，她不是一个人。等候室里还有其他三个人，每个人都像阿曼达一样，脸色都很紧张、无助。她倒进一张椅子，无力压制一种似曾相识的恐怖感觉。

我不知道他能维持多久。

噢，上帝……

突然，她无法继续承受等候室的禁锢。消毒剂的气味，惨淡的日光灯，憔悴又焦虑的脸庞……贝儿生病期间，他们也在类似的等候室里，这样的日日月月是一种重复。既无助，又紧张——她必须要出去。

她站起身来，把手袋甩在肩头，匆匆穿过铺着普通地砖的走廊，直达出口。她走到外面的一小块露天平台，在一张石凳上坐下，深深吸了一口清晨的空气。然后，她拿出了手机。林恩差点没接到电话，她和弗兰克正准备离开家去医院。弗兰克去拿另外一个电话听筒，阿曼达清理了一下思路。林恩又有一堆无法回答的问题，但是，阿曼达打断了她，让她给安妮特的野营地打电话，准备好把妹妹接来。来回一趟需要三个小时，林恩反对说想去看贾里德，但阿曼达坚决地说，她需要林恩帮她做这件事。弗兰克一句话都没有说。

阿曼达放下话筒，然后给母亲打了电话。她解释了过去二十四小时发生的事，噩梦似乎变得更真实了，阿曼达的话还没说完就崩溃了。

"我会过来的，"她的母亲简单地说，"我尽快赶来。"

弗兰克来医院后，他们跟米尔斯医生在三楼的办公室碰面，讨论贾里德接受心脏移植的可能性。

阿曼达听见并且理解米尔斯医生讲述的所有过程，她后来却只清楚记得两个细节。

第一点，移植器官委员会也许不会批准贾里德——因为，他的情况虽然很严重，但在等候的名单中增加一名车祸患者，却没有这样的先例。不能保证他符合移植条件。

第二点，即便贾里德被批准，找到合适的心脏进行移植的概率也很小，只能纯粹碰运气。

换句话说，两方面希望都很渺茫。

我不知道他能维持多久。

他们回到等候室的路上，她感到弗兰克昏头昏脑的。阿曼达充满愤怒，弗兰克满心内疚，他们之间筑起了一堵坚固的墙。一小时后，护士过来汇报了新情况，她说贾里德的病情目前稳定下来了，他俩都可以去重症病房探视，假如他们想去的话。

目前。稳定下来了。

阿曼达和弗兰克站在贾里德的床前。阿曼达仿佛看见他从孩子变成青年，但是，她实在很难把这些形象跟那个躺在床上昏迷不醒的人联系起来。弗兰克低声诉说着他的歉意，鼓励贾里德"坚持一下"，他的话惹恼了阿曼达，她根本不相信这些，只能强按心头怒火。

弗兰克一夜之间仿佛老了十岁。他头发凌乱，垂头丧气，他的形象是悲惨的写照，但她对他生不出一点同情，虽然她知道他正感到内疚。

她用手指梳理着贾里德的头发，听着监护器的数码蜂鸣声数时间。护士在重症病房其他病人周围来来往往，检查静脉点滴，调节旋钮，仿佛这是很普通的一天。在繁忙的医院里，这是普通的一天，但对他们来说不同寻常，对她和她的家庭来说，这是生命的终结。

移植器官委员会很快召开了会议。像贾里德那样的病人加入等候的名单没有先例。假如他们否决的话，她的儿子就会死去。

林恩带着安妮特来到医院，她紧紧抓着最喜欢的动物玩偶，一只猴子。护士难得破例，让姐妹俩进重症病房看望哥哥。林恩脸色变得苍白，亲吻着贾里德的脸颊。安妮特把动物玩偶放在他的身边。

重症病房楼上几层有个会议室，移植器官委员会在进行紧急投票。米尔斯医生介绍了贾里德的资料和病历，解释了情况的紧急性。

"这就是说他得了充血性心脏衰竭。"其中一位委员说，对着面前的报告皱起了眉头。

米尔斯医生点了点头。"我在报告里写得很详细，心肌梗死严重损坏了病人的右心室。"

"心肌梗死很可能是因为在车祸中受伤，"那位委员反驳说，"根据通行的政策，心脏不能移植给车祸受害者。"

"那只是因为他们活得不够久，无法从移植中受益，"米尔斯医生指出，"然而，这位病人生存下来了。他是一名健康、年轻的男性，其他方面都很优秀。心肌梗死的真实原因还不知道，据我们所知，充血性心脏衰竭符合移植的标准。"他把文件放在一边，身体往前倾，扫视了一圈他的同事的脸。"假如不做移植，我认为病人活不过二十四小时。我们需要把他加入移植名单。"他的嗓音中流露出一丝恳求，"他还年轻。我们必须给他活下去的机会。"

几位委员交换了一下怀疑的眼神。他知道他们在思考，不仅因为这种情况没有先例，而且时间期限如此之短。几乎不存在能及时找到捐献者的概率，这意味着无论他们作什么决定，病人都很可能死去。他们没有提及的是更冷酷的算计，虽然委员会没有一个人发出声音。原因跟钱有关。假如贾里德加入名单，统计整个移植项目的成功或失败时，就会把这个病人计算进去，对医院来说，更高的成功率带来更好的声誉。这意味着研究和手术能增加投入资金，未来能有更多的钱用于移植。从更广阔的图景来看，从今往后能够挽救更多的生命，即便现在需要牺牲某个人的生命。

但是，米尔斯医生很了解他的同事们，他打心眼里明白，每个病人的情况都是独一无二的。他们理解数字并不总能说明问题。他们是职业的医生，但有时他们愿意冒风险帮助一个眼前的病人。米尔斯医生猜想，他们大部分人因此才选择了医生这个职业，就像他本人一样。他们希望拯救病人，所以，那天他们决定再试一下。

最后，全体委员会得出了一致的意见。一小时内，他们决定将病人列入A1级，他拥有了最高优先权——假如能奇迹般找到捐赠人的话。

米尔斯医生把消息带给他们时，阿曼达跳了起来，紧紧地拥抱了他，不顾一切地用尽力气。

"谢谢，"她喘着气，"谢谢你。"她一遍又一遍地重复着这些话。她害怕说更多的话，她希望捐赠人能奇迹般出现，却不敢大声说出来。

当伊芙琳走进等候室时，她瞥了一眼祸从天降的一家子，就知道需要有人照顾他们的情绪。一个能支撑他们的人，而不是需要支撑的人。

她轮流拥抱了每一个人，拥抱阿曼达的时间最久。她退后一步看着这群人，问道："现在，谁要吃东西吗？"

伊芙琳迅速把林恩和安妮特带去餐厅，留下弗兰克和阿曼达单独在一起。阿曼达提不起吃饭的精神。至于弗兰克，她并不关心。她的脑子里只有贾里德。

等待。

祈祷。

重症病房的一个护士路过等候室，阿曼达跑了上去，在走廊里追到她。她的声音颤抖着，问了那个明摆着的问题。

"没有，"护士回答道，"我很抱歉。目前为止，没有捐赠人的消息。"

阿曼达依然站在走廊里，她用手蒙住了脸。

304

护士匆匆走开了。不知不觉中，弗兰克从等候室走出来，站到她旁边。

"他们会找到捐赠人的。"弗兰克说。

他试探性地碰了碰她，她转过身来。

"他们会找到的。"他又说了一遍。

她的眼里闪着泪光："你比任何人更没法保证。"

"不，当然不能……"

"那就什么都不要说，"她说，"不要说毫无意义的话。"

弗兰克碰了碰肿胀的鼻梁，"我只是想……"

"什么？"她质问道，"让我感觉好受些？我的儿子快死了！"她的声音回荡在铺着瓷砖的走廊里，引起了别人的注意。

"他也是我的儿子。"弗兰克说，他的声音很平静。

阿曼达的怒火压抑了那么久，突然爆发出来。"那么，你为什么让他来接你？"她吼道，"你为什么喝醉了酒，自己不能开车？"

"阿曼达……"

"都是你的错！"她朝他尖叫。走廊前前后后的病人都伸长脖子，从开着的门里探出头来，护士都停下脚步僵在那里。"他本来不应该在那辆汽车里！他没有理由在那里！但是，你喝得醉醺醺的，根本没法照顾自己！老毛病又犯了！你一直都这样！"

"这是一场意外。"他插嘴说。

"这不是意外！你难道不明白吗？你买了啤酒，你喝了——

你造成了一切。是你把贾里德推向那辆汽车经过的地方！"

阿曼达大口喘着气，仿佛忘记了走廊里所有的人。"我告诉过你不要再喝酒了，"她嘘了一声，"我恳求你不要再喝。但你从来没停过。你从来不在乎我想要什么，或者什么对孩子们最好。你只想着你自己，只想着贝儿死后你多伤心。"她深深吸了一口气，"好吧，你知道什么呢？我也崩溃过。是我生下了她，你在工作的时候，是我抱着她，喂她吃饭，给她换尿布。她生病的时候，是我一步也没有离开她身边。那是我，不是你。是我。"她用手指戳着自己的胸口。"但是，你却成了那个无法承受的人。你知道发生了什么吗？我最后不仅失去了孩子，也失去了我嫁的那个丈夫。然而，即便如此，我还是坚持下去，把一切尽可能维持得更好。"阿曼达从弗兰克身边离开，她的脸因为痛苦扭曲了。

"我的儿子危在旦夕，他的生命正在耗尽，因为我从来没有勇气离开你。我早就应该这么做了。"

弗兰克还没听完她愤怒的爆发，就垂下眼帘，一动不动地盯着地面。阿曼达筋疲力尽，开始穿过大厅，离开他身边。

她停了一会儿，转过身，又加了一句。"我知道这是一场事故。我知道你很愧疚。但是，单单内疚是不够的。假如不是因为你，我们不会待在这里，我们两个都清楚这一点。"

她最后一句话充满了挑战的味道，在病房里回荡，她有点希望他能回答。但是，他什么都没有说，最后，阿曼达走开了。

重症病房重新向家属开放，阿曼达和女孩们轮流坐在贾里德身旁。她在他的身边坐了将近一个小时。弗兰克一来，她就走了。接下去，伊芙琳进来看贾里德，她只待了几分钟。

伊芙琳带走家里其余的人之后，阿曼达独自回到贾里德的床边，一直待到护士换班。

依然没有捐赠人的消息。

时间缓慢流逝，午饭的时间到了。最后，伊芙琳走进来，强行把阿曼达拉出重症病房，带到餐厅。阿曼达想到食物就感到反胃，但是，她母亲默默地监督她吃掉一块三明治。阿曼达机械地吞下满口无味的食物，直到强咽下最后一口，然后把透明包装纸揉成一团。

她站起来，回到重症病房。

八点钟，探视时间正式结束，伊芙琳坚持孩子们最好回家待一会儿。弗兰克答应陪她们回去，米尔斯医生又破例让阿曼达待在重症病房。

夜幕降临，医院热火朝天的活动缓慢下来。阿曼达继续一动不动地坐在贾里德的床边。她感到头昏眼花，她注意到护士轮班，但她们一走出房间，她就记不起她们的名字。阿曼达一遍又一遍，祈求上帝拯救她的儿子的生命，就像她曾经祈求上帝拯救贝儿。

这一次，她只能希望上帝会聆听。

午夜过后，米尔斯医生走进病房。

"你应该回家休息一会儿，"他说，"我听到任何消息，会打电话给你的。我保证。"

但是，阿曼达拒绝放开贾里德的手，抬起她的下巴固执地反对。

"我不会离开他的。"

米尔斯医生回到重症病房时，已经将近凌晨三点。当时，阿曼达已经筋疲力尽，无法站起来。

"有消息了。"他说。

她转向他，突然她肯定他会告诉她，他们最后一线希望没有了。肯定是这样的，她想，感觉很麻木。一切都完了。

但是，她从他的表情中看到类似希望的东西。

"我们找到了成功的配型，"他说，"百万分之一的概率，但是终于找到了。"

阿曼达感到肾上腺素涌过她的四肢，她的每一根神经都觉醒了，努力地理解他的意思。"成功的配型？"

"一颗捐赠人的心脏。现在正在运送到医院的路上，手术已经安排好了。医生的团队已经召集起来了。"

"是不是说贾里德会活下来？"阿曼达问，她的声音有点沙哑。

　　"按照计划是这样的。"他说。自从到医院以来，阿曼达第一次开始哭泣。

二十二

在米尔斯医生的催促下,阿曼达终于回到家。医生告诉她,贾里德已经进入术前准备室,他会在那里预备好接受手术,她没有办法跟他在一起。根据是否会出现并发症,手术将会进行四到六个小时。

"不,"米尔斯医生在她有机会开口之前说,"没有理由会出现并发症。"

尽管她余怒未消,她听到消息后,还是在离开医院前,给弗兰克打了电话。他跟她一样没有睡觉,她本以为他会说话含糊不清,就像她已经逐渐习惯的那样,但他接电话的时候却很清醒。他听到贾里德的消息显然松了口气,他感谢她打电话来。

她到家却没有看见弗兰克,她猜因为她母亲在客房里,弗兰克就睡在小房间的沙发上。她筋疲力尽,真正需要的是一个热水澡，她在十分舒适的水流下站了很长时间，最后才爬到床上。

还有一两个小时，太阳才会升起。阿曼达闭上眼睛，她告诉自己不会睡很久，只是在回医院前打个盹。

她睡了六个小时，连梦都没有做。

阿曼达跑进客厅的时候，她母亲正拿着一杯咖啡，她发疯似的准备赶去医院，使劲想记起她把钥匙放在哪里了。

"我几分钟前打过电话，"伊芙琳说，"林恩说他们什么消息都没听到，只知道贾里德还在进行手术。"

"我还是得走。"阿曼达含糊地说。

"当然，你得去。但是，你还是先喝杯咖啡吧。"伊芙琳拿出杯子，"我给你做了一杯。"

阿曼达翻遍了柜台上的一堆垃圾邮件和零碎东西，还在找她的钥匙。"我没有时间喝……"

"喝杯咖啡只要五分钟、十分钟，"她母亲说，嗓音透出无法容忍任何不听话的行为。她把冒着热气的杯子放进阿曼达的手里。"这不会改变任何事情。我们都知道，你去了医院也只能等待着。对贾里德来说，唯一有意义的事，是他醒来的时候，你在那里，这还差好几个小时。所以，你冲到那里去之前，先待上几分钟。"她母亲在厨房里的一把椅子上坐下，指了指她身边的椅子。"喝杯咖啡，吃点东西。"

"我儿子还在做手术，我没法吃下早饭！"她争辩说。

"我知道你很担心，"伊芙琳说，她的嗓音令人惊讶地温柔，"我也很担心。但是，作为你的母亲，我也为你担心，因为我知道家里其他人很依赖你。我们都知道，你吃点东西，喝杯咖啡，会把事情处理得更好。"

阿曼达犹豫了一下，把杯子举到唇边。咖啡的确尝起来不错。

"你真的觉得没问题？"她不确信地皱了一下眉头，在厨房桌边挨着她母亲坐下。

"当然。你面前还有很长的人生。贾里德看到你的时候，他需要你表现得坚强。"

阿曼达紧紧握着杯子。"我很害怕。"她承认道。

让阿曼达惊讶的是，她母亲伸出手放在她的手上。"我知道。我也害怕。"

阿曼达盯着她的手，依然紧握着咖啡杯，她母亲精心打理过的小手握住她的手，支持着她。"谢谢你过来。"

伊芙琳允许自己露出一丝微笑。"我没有别的选择，"她说，"你是我的女儿，你需要我。"

阿曼达和她母亲一起开车去医院，在手术等候室里跟家里其他人碰头。安妮特和林恩跑过来拥抱她，把她们的脸埋在她的脖子边。弗兰克只是点了点头，咕哝着说了句打招呼的话。她母亲马上察觉到他们之间的紧张，迅速把女孩们带走，早早地去吃午饭了。

当阿曼达和弗兰克单独在一起的时候，他转身面对她。

"我很抱歉，"他说，"为了一切。"

阿曼达看着他。"我知道你抱歉。"

"我知道在那里的应该是我，而不是贾里德。"

阿曼达什么都没有说。

"假如你希望那样，我可以走开。"他的声音越来越轻，"我能另外找个地方坐下。"

阿曼达叹了口气，摇了摇头。"没什么。他是你的儿子。你属于这里。"

弗兰克咽了一下唾沫。"我再也不喝酒了，假如这意味着什么的话。这次是真的不喝了。我永远都不喝酒了。"

阿曼达摆了摆手，打断他的话。"别……别这样，好吗？我现在不想讨论这个。现在不是时候，也不是地方，我已经很生气了，这样只会让我更生气。我早就听你说过这些，现在有这么多事情，我没有心情关心这件事。"

弗兰克点了点头。他转过身，回到座位上。阿曼达坐在对面墙边的椅子上。他们再也没有说过一句话，直到伊芙琳带着孩子们回来。

中午过后，米尔斯医生走进等候室。每个人都站了起来。阿曼达扫视着他的脸，等待着最坏的消息，但看到他带着疲惫而满足的神色，她的恐惧一下子烟消云散。"手术进行得很顺利。"

他说，然后跟他们叙述了手术过程的步骤。

他说完后，安妮特拽了拽他的袖子。"贾里德会好起来吗？"

"会的。"医生微笑着回答。他伸手摸了摸她的脑袋。"你哥哥会好起来的。"

"我们什么时候能见到他？"阿曼达问道。

"他眼下正在恢复，但可能过几个小时，你们就可以去看他。"

"那时，他会醒过来吗？"

"是的，"米尔斯医生回答说，"他会醒过来的。"

医生通知他们一家，可以进去看贾里德了，弗兰克摇了摇头。

"你进去吧，"他对阿曼达说，"我们会等在外面。你出来，我们再进去看他。"

阿曼达跟着护士进了手术后恢复室。米尔斯医生正在那里等她。

"他醒过来了，"他点了点头，跟她步调一致，"但是，我得警告你，他有一人堆问题要问，对现在的情况并不容易接受。我希望你尽最大努力，不要让他觉得沮丧。"

"我应该说什么？"

"就跟他说说话，"他回答说，"你会知道该说什么的。你是他的母亲。"

阿曼达在恢复室外面，深深吸了一口气，米尔斯医生打开了门。她走进灯光明亮的房间，立刻看见她的儿子躺在一张病床上，旁边的帘子拉开了。

贾里德脸色惨白，他的脸颊依然深陷着。他的脑袋转向一边，脸上闪过一丝微笑。

"嗨，妈妈。"他轻声说，他的话有点含糊不清，麻药的作用还没有完全消失。

阿曼达碰了碰他的胳膊，当心不碰到数不清的管子和医用胶带，还有他身上连接的仪器。"嗨，宝贝。你还好吗？"

"我很累，"他咕哝着，"很疼。"

"我知道。"她说。她梳理着他前额的头发，在他旁边的硬塑料椅子里坐下。"你可能还会再疼一会儿。但是，你不会在这里待很久的。只要一个星期左右。"

他眨了眨眼睛。他的眼皮动得很慢。他小时候要睡觉了，她关灯以前，他总是那个样子。

"我换了新的心脏，"他说，"医生说我没有别的选择。"

"是的。"她回答说。

"这意味着什么？"贾里德的胳膊由于激动痉挛着，"我能过上正常的生活吗？"

"你当然会的。"她安慰说。

"他们拿走了我的心脏，妈妈。"他紧紧抓着床单。"他们告诉我，我要永远吃药。"

他年轻的脸庞充满了困惑和忧虑。他知道自己的未来无法挽回地改变了，在新的现实面前，她希望自己能保护他，但她明白自己没法做到。

"是的，"她说，她的眼神没有闪烁，"你移植了一颗心脏。是的，你要永远吃药。但是，这些事情也意味着你还活着。"

"我能活多久呢？医生都没法告诉我这些。"

"现在，这个问题真的重要吗？"

"当然重要，"贾里德厉声说，"他们告诉我，心脏移植的平均存活时间是十五到二十年。到时候，我也许需要另外一颗心脏。"

"那时，你会有另外一颗心脏的。中间这段时间，你会好好活着，你会活更长时间。就像其他人一样。"

"你不明白我的话。"贾里德转过头去，脸朝着病床对面的墙。

阿曼达看见他的反应，她寻找着他听得进去的话，思索着怎样帮助他接受醒来后的新世界。"这两天我等候在医院里，你知道我在想什么吗？"她开始说，"我在想还有很多事情你没有做，许多事情你还没有经历过。比如，大学毕业时的满足，买房子时的激动，找到完美工作时的兴奋，遇到梦中的姑娘，陷入爱河。"

贾里德似乎没有听见她说话，但她从他纹丝不动的姿态，可以看出他在听着。"你还能做所有这些事情，"她继续说，"你会像所有人一样犯错误，为生活奋斗，但是，当你跟对的人在一起，你会感到完美的快乐，就像你是世界上最幸运的人。"她伸手拍了拍他的胳膊，"说到底，心脏移植跟这些事情都没有关系。因为你还活着。这意味着你会去爱，也会被爱……归根到底，其他任何事情都不重要。"

贾里德躺着一动不动，时间那么长，阿曼达不知道他是手术后神志不清，还是睡着的关系。不久，他慢慢转过头来。

"你真的相信你刚刚说的话吗？"他的声音充满试探。

阿曼达听到车祸的消息以来，她第一次想起了道森·科尔。她靠得更近了。

"每句话都相信。"

二十三

　　摩根·坦纳站在塔克的汽车修理站，他双手紧扣放在身前，检查着"黄貂鱼"的残骸。他想到车主会不高兴，就一脸苦相。

　　汽车显然是新近损坏的。汽车的后围侧板从车身翻转过来，上面有一根突出的拆轮胎棒，他肯定假如道森或者阿曼达看到它，是不会让它继续留在这里的。他们也不可能把椅子从窗户扔到门廊上。这一切好像是特德和阿贝·科尔的杰作。

　　他不是奥利安托本地人，但是，他已经适应了小镇的节奏。随着时间流逝，他知道在欧文饭店仔细聆听，就会了解世界这个角落的许多历史掌故，以及生活在这里的人们。当然，在欧文饭店这样的地方，什么消息都不能完全相信。谣言、八卦、含沙射影，就跟事实一样常见。但是，他对科尔家族的了解程度，依然比大部分人期待的更多。他也知道很多关于道森的事。

塔克跟坦纳说过他关于道森和阿曼达的计划后，坦纳出于对自己安全的考虑，打听了不少关于科尔家族的消息。虽然塔克为道森的人品作了担保，坦纳还是花时间跟逮捕他的治安官聊了聊，还有公诉人和公共辩护人。帕姆利科县的法律界圈子很小，让他的同行们谈论奥利安托最有故事的案件很容易。

　　公诉人和公共辩护人都认为，那天晚间路上还有另外一辆汽车，道森突然转弯偏离路线，是为了避开那辆汽车。但是，当时的法官和治安官，都是玛里琳·邦纳一家的朋友，他们实在无能为力。这些事实足以让坦纳对小镇的法治状况皱起眉头。此后，他跟哈利法克斯退休的监狱长谈过话，监狱长告诉他道森是一名模范犯人。他也给道森在路易斯安那州的几位前雇主打过电话，证实他人品正直、值得信赖。如此，他才答应帮助塔克实现他的要求。

　　现在，除了处理完塔克财产的细节——以及处理"黄貂鱼"的事情——他在这里的任务已经结束了。考虑到发生的一切，包括特德和阿贝·科尔被逮捕，他感到在欧文饭店听到的闲言碎语里，没有出现自己的名字，是一件幸运的事情。他是个好律师，所以他没有添油加醋地嚼舌头。

　　然而，整件事情还是深深地困扰着他，不像他假装的那样。过去几天里，他甚至打了几个非正式的电话，直接把他从舒适的地方中驱逐出来。

　　他转身离开汽车，扫视了一下工作台，搜寻那份工作订单，希望上面有"黄貂鱼"车主的电话号码。他在刨花板上找到了订单，他迅速地细读了一遍，得到了他需要的所有信息。他把刨花板放回工作台上时，注意到某件熟悉的东西。

他把东西拿起来，想起自己以前见过，他仔细察看了一会儿。他考虑了一下后果，伸手从口袋里拿出手机。他翻动着手机联系人名单，找到一个名字，揿下"拨号"按钮。

电话另一端，手机铃声开始响起来。

这两天，阿曼达大部分时间都在医院陪贾里德，她那天晚上真的很想睡在自己的床上。不仅因为病床边的椅子极不舒服，而且贾里德自己也催她离开。

"我需要时间一个人静一静。"他告诉她。

她坐在露台小花园里呼吸新鲜空气时，贾里德在楼上第一次见心理医生，她松了一口气。她知道他生理上恢复得很好，但情感上就是另外一回事了。她希望他们之间的谈话，起码为他用新的眼光看待眼下的情况，打开了一道门缝，但是，贾里德依然为他被偷去的年华感到痛苦。他想要恢复他从前的一切，一个完全健康的身体和一个没有那么复杂的未来，但是这已经不可能了。他在使用免疫抑制药，这样他的身体就不会排斥新的心脏，但这样他就容易受感染，所以他也同时服用大剂量的抗生素，因此，他还要配利尿剂来排除水肿。虽然他下周就出院了，但至少一年内，他还需要定期去门诊诊所检查身体。他要在监督下进行理疗，还要对饮食进行严格的控制。除此以外，每个星期还要跟心理医生谈话。

对整个家庭来说，前面的道路是一个挑战，原来只是一片绝望，但是，现在阿曼达感到了希望。贾里德比他自己想象的更坚强。他需要时间，但他会找到方法克服这些困难。过去两天，即便他自己没有意识到，她也注意到了他的坚强的光芒闪现。她知道心理医生会很好地帮助他。

弗兰克和她母亲接送安妮特来往医院，林恩自己开车来。阿曼达知道，她没有花足够时间跟女孩们在一起。她们的内心也经历了挣扎，但是，她有什么选择呢？

今天晚上，她决定在回家路上买一块比萨。她们也许可以一起看部电影。这不算什么，但眼下她真能做到的也只有这些。贾里德出院以后，他们的生活会开始恢复正常。她应该打电话给她母亲，告诉她自己的计划……

她翻了翻手袋，找到她的手机，注意到屏幕上一个陌生的号码，她没认出这个号码。她的语音邮箱的图标也在闪烁。

她出于好奇打开了语音邮箱，把手机放到耳边听着，摩根·坦纳慢吞吞、拖长调子的话传了过来，让她有机会就给他打电话。

她拨通了这个号码。坦纳立刻拿起话筒。

"谢谢你回电话。"他说，显示出一本正经的热忱，就与他跟阿曼达和道森见面时一样，"首先，我很抱歉在你遭遇如此困难的时候打电话给你。"

她困惑地眨了眨眼睛，疑惑他是怎么知道的。"谢谢你……但是，贾里德的身体开始好转了。我们松了一口气。"

坦纳沉默了，仿佛正在努力理解她刚刚说的话。"好，那么……我打电话是因为今天早晨我去了塔克家，我在检查汽车的时候……"

"哦，是这样啊，"阿曼达打断了他的话，"我本来应该告诉你的。道森离开前已经把汽车修好了。现在，汽车应该能开走了。"

坦纳说话前，又停顿了几秒钟。"我想说的是，我发现了塔克写给道森的信，"他继续说，"他肯定把信忘在那里了，我不知道你是不是希望我把信转交给你。"

阿曼达把手机换到另外一侧耳边，疑惑他为什么打电话给她。"信是道森的，"她说，"你也许应该给他，对吗？"

她听见他在电话那头吁了一口气。"周日晚上，在潮水酒吧，"他慢慢说道，"我猜你没有听说发生了什么事情？"

"发生了什么事情？"阿曼达皱起了眉头，现在她完全迷惑了。

"我不想在电话里告诉你这件事。今天晚上，你能来我的办公室一趟吗？或者明天早上？"

"不行，"她说，"我回到达勒姆了。怎么了？发生了什么事？"

"我确实认为应该面对面告诉你。"

"这不可能，"她有点不耐烦地说，"告诉我发生了什么事情。潮水酒吧里究竟发生了什么？你为什么不能把信交给道森？"

坦纳犹豫了一下，最后清了一下嗓子。"酒吧里……起了一场争执。那地方乱成一团糟，无数发子弹到处飞。特德和阿贝·科尔被逮捕了，一个叫艾伦·邦纳的年轻人受伤很严重。邦纳还在医院里，但据我所知，他会好起来的。"

她一个接一个听到这些名字，血液从她的太阳穴往上冲。她当然知道把这些人联系起来的那个名字。她的声音轻得几乎像耳语。

"道森在那里吗？"

"是的。"摩根·坦纳回答说。

"发生什么事了？"

"据我搜集到的信息，特德和阿贝·科尔正在袭击艾伦·邦纳的时候，道森突然进了酒吧。当时，特德和阿贝·科尔就转头去找他的麻烦。"坦纳停顿了一会儿，"你要理解，警方的正式报告还没有发布……"

"道森还好吗？"她大声问道，"我只想知道这个。"

她能听见坦纳在电话那头的呼吸声。"道森正扶着艾伦·邦纳走出酒吧，特德开枪打出最后一发子弹。道森被击中了。"

阿曼达感到身上每一块肌肉都紧张起来，支撑她听到消息不至于垮掉，她已经知道会来的是什么。就像过去几天里发生的所有事情，这些消息一样令人无法接受。

"他……被打中了头部。他没有机会活下来，阿曼达。他被送到医院时已经脑死亡了。"

坦纳一边说着，阿曼达渐渐松开了握着的手机。手机"啪"的一声掉到地上。她盯着躺在碎石堆上的手机，最后伸手拿起来按了"关闭"键。

道森。不会的，道森。他不能死。

但是，她又一次听到坦纳告诉她的话。他去了潮水酒吧。特德和阿贝在那里。他救了艾伦·邦纳，现在他死了。

一命换一命，她想。上帝的残酷把戏。

她的脑海中忽然闪过，他们两个手挽手的影子，在一片野花之中徜徉。最后，她的眼泪流了下来，她为道森哭泣，为了所有他们无法在一起的日子。也许直到有一天，就像塔克和克拉拉一样，在一片阳光灿烂的地里，他们的骨灰飞扬在一起，远离筋疲力尽的日常生活的轨道。

尾声

两年后

　　阿曼达把两盘千层面放进冰箱，看了一眼烤箱，检查一下蛋糕。虽然，贾里德还要过几个月才满二十一岁，她已经把六月二十三日，看作他的第二次生日。两年前的这一天，他拥有了一颗新的心脏；那一天，他获得了第二次活下去的机会。假如这不值得庆祝，她不知道什么才值得庆祝。

　　房子里只有她一个人。弗兰克在工作，安妮特在朋友家参加睡衣派对还没回来，林恩在盖普公司做暑期工。同时，贾里德开始在一家资本管理公司实习之前，计划好好享受最后的自由的日子，跟一群朋友打垒球。阿曼达警告过他外面会很热，让他保证会喝很多水。

"我会当心的。"他向她保证，然后去了垒球场。这些天，也许因为他正在长大成熟，也许因为他身上发生的所有事情，贾里德似乎理解了阿曼达母爱中包含的担忧。

他以前并不总是这么容忍。在事故过后的心理阴影期，似乎所有事情都能惹恼他。假如她关心地看着他，他就抗议说她让他感到窒息；假如她想跟他聊天，他就反唇相讥。她能理解他的坏脾气背后的原因：他康复的过程很痛苦，服下的药物经常让他觉得恶心。虽然进行了理疗，但他曾经强壮的肌肉开始萎缩，加强了他的无助感。他在情感上的恢复比较复杂，他跟许多接受移植的病人不一样，他们等了很久，希望能获得机会延长生命，贾里德却忍不住觉得他的生命被夺走了许多年。他有时候冲着来看他的朋友们大呼小叫。事故发生几个星期后，他在性命攸关的那个周末，他钟情的女孩梅洛迪告诉他，她在跟其他人约会。贾里德看得出很沮丧，他决定这一年从学校休学。

这是一条漫长的、有时令人灰心的道路，但是，在理疗师的帮助下，贾里德逐渐开始恢复。理疗师还建议弗兰克和阿曼达，定期跟她见面，谈谈贾里德面临的挑战，他们应该怎样应对，以及怎样来支持他。他们的婚姻自身有问题，有时候很难把他们之间的矛盾放在一边，给予贾里德所需的安全感和积极鼓励；但是，他们对儿子的爱终究比其他任何事情更重要。贾里德经历了悲伤、失落、愤怒等各种阶段，最后逐步开始接受自己的新情况，他们尽了自己所能来支持他。

去年夏初，他在社区大学选修了一门经济学课程，没多久之后，他决定在秋天重新进入戴维森学院全日制学习，这让阿曼达和弗兰克感到无比骄傲和欣慰。那个星期，他出其不意地在饭桌上提到，他读到一个心脏移植后活了三十一年的男人的故事。既然医学发展日新月异，他猜自己甚至能活得更久一点。

回到学校以后，他的精神状态越来越好。咨询医生之后，他开始跑步，经过一番努力锻炼，他现在每天能跑六英里。他开始每周去健身房三到四次，渐渐恢复了原来的体格。夏天上的课让他着迷，他决定回到戴维森学院后，专心学习经济学。回到学校几周后，他认识了另一个将要主修经济学的女孩劳伦。他俩沉浸在爱河之中，甚至开始谈论毕业后结婚。过去的两周里，他们由教会资助去海地执行任务。

除了积极地进行药物治疗，以及绝对禁酒，大部分时间，贾里德就像普通的二十一岁的年轻人一样生活。尽管如此，他没有抱怨母亲想给他烤个蛋糕，来庆祝心脏移植。两年过去了，他最终意识到，自己无论如何是幸运的。

然而，贾里德新近有个烦恼，阿曼达却不知道该如何处理。几天前的一个晚上，她正把碟子放进洗碗机，贾里德在厨房里帮她，他停下来靠着柜台。

"嗨，妈妈？你今年秋天会去杜克大学医院做慈善活动吗？"

过去，他总是把她举办午餐会募集资金称作活动。出于显而易见的原因，自从车祸发生后，她再也没有举办活动，也没有在医院做义工。阿曼达点了点头，"是的。他们又邀请我担任主席。"

"因为你不在的几年里，他们搞得一团糟，对吗？劳伦的妈妈是这么说的。"

"他们没有把事情弄得一团糟。他们只不过做得没有计划中那么好。"

"我很高兴你又开始做了。我的意思是说，为了贝儿。"

她笑了，"我也是。"

"医院也觉得高兴，对吗？因为你在募集资金？"

她拿过一块毛巾，擦干了手，仔细看着他。"你为什么突然这么感兴趣？"

贾里德隔着T恤衫，心不在焉地挠着伤疤。"我希望通过你在医院认识的人，替我找到一些线索，"他说，"这是我一直在思索的问题。"

阿曼达把蛋糕摆在柜台上放凉，她走到后门廊上，仔细地审视着草坪。虽然，弗兰克去年装了自动洒水装置，草还是斑斑点点地死去，因为草根已经枯萎了。她看见，他今天去上班前，站在一块深褐色的草皮边上，脸色铁青。过去几年里，弗兰克对草坪陷入狂热。跟大部分邻居不一样，弗兰克坚持自己刈草，他告诉所有询问的人，在办公室忙完一天填牙洞和修整牙冠后，修整草坪能帮助他放松。虽然，她觉得这有几分是实话，但他的习惯中也有几分是强迫。无论晴天还是下雨，他每隔一天都会刈草，在草坪上修出棋盘花纹。

阿曼达一开始不相信，但是，自从车祸那天起，弗兰克没有喝过一杯啤酒，甚至没尝过一口葡萄酒。他在医院时，发誓无论如何都会戒酒，他说到做到，恪守了誓言。两年后，她知道他无论何时，都不会回到老路上去了，很大程度上出于这个原因，他们之间的关系改善了。他俩无论如何都不算和和美美，但也不像曾经一度那样可怕。事故发生后的日日月月，他们几乎每晚都会争吵。痛苦、愧疚和愤怒，把他们的每句话都磨成利刃，他们经常向对方大喊大叫。弗兰克接连几个月睡在客房里，早晨，他们的视线很少互相接触。

这几个月过得很艰难，阿曼达却终究无法走出离婚的最后一步。贾里德的情感状态很脆弱，她无法想象给他带来更多伤害。她没有意识到的是，她维持家庭完整的决心，没有收到想要的效果。贾里德出院回家几个月后，阿曼达走进起居室的时候，弗兰克正在跟贾里德说话。弗兰克照常站起来，离开房间，近来这已成为习惯。贾里德目送他走开，转向母亲。

"这不是他的错，"贾里德对她说，"当时是我开的车。"

"我知道。"

"那就不要再责怪他了。"他说。

讽刺的是，贾里德的心理医生，最后说服她和弗兰克接受心理咨询，解决他们婚姻中的问题。她指出，家庭的紧张气氛会影响贾里德的康复，假如他们真的想帮助儿子，他们应该自己去做婚姻咨询。没有稳定的家庭环境，贾里德会很难接受和适应新的境况。

第一次去跟婚姻咨询师见面时，阿曼达和弗兰克各自开不同的车，咨询师是贾里德的心理医生推荐的。他们第一次谈话，陷入了几个月来的那种争吵。第二次谈话时，他们能做到说话不拔高嗓门。在咨询师温和而坚定的督促下，弗兰克开始参加"匿名戒酒协会"，阿曼达松了口气。刚开始，弗兰克一周去五个晚上，但最近减少到一周一次，三个月前，他开始帮助别人。弗兰克定期跟一名刚离婚的三十四岁银行家共进早餐，他没法做到像弗兰克那样戒酒。直到此前，阿曼达一直都没法相信弗兰克能成功地长期戒酒。

随着家庭气氛改善，毫无疑问，贾里德和女孩们获益匪浅。最近，甚至有些时候，阿曼达觉得她和弗兰克可以重新开始。这些天当他们聊起天来，过去的情景很少出现在眼前；现在，他们在一起时偶尔也会笑起来。每周五，他们出去约会——这也是婚姻咨询师建议的——虽然有时候还是感觉不自然，但他们都知道这样很重要。多年来第一次，他们在许多方面开始重新互相了解对方。

这些带来了一定的满足，但是，阿曼达知道他们的婚姻永远不会有激情。弗兰克不是一个充满深情的人，也许从来都不是，但她觉得这无所谓。无论如何，她尝过爱情的滋味，那种爱值得冒险付出一切，那种爱就像天堂的一瞥那般珍贵。

两年了。自从她和道森·科尔共度周末以来，两年的光阴流逝了；自从那天摩根·坦纳打电话告诉她道森去世以后，已经度过了漫长的两年。

她把那些信件跟塔克和克拉拉的照片，还有那片四叶草保存在一起，藏在她放睡衣的抽屉底下，弗兰克从来都不会看这个地方。当她感到，失去他的痛苦特别强烈的时候，她会时不时地拿出这些东西来看一看。她重新读了信，用手指迅速捻动着四叶草，心里在想那个周末，他们对彼此究竟意味着什么。他们深深相爱，却并不是情人；他们是朋友，但这么多年过去了，几乎是陌生人。但是，他们之间的激情是真实的，就像她脚下站立的土地一样不容置疑。

去年，道森逝世一周年后过了几天，她去了一趟奥利安托。她开车拐进墓地，步行走到墓园深处，那里有一小块高地，俯视着一片枝繁叶茂的灌木丛。道森的遗体埋葬在这里，离科尔家族的墓地很远，离贝内特和科利尔家族的墓地更远。她站在朴素的墓碑前，凝视着有人放在那里的新摘的百合花。她想象着假如命中不幸，她被埋葬在这个墓园的科利尔家族墓地，他们的灵魂最终会找到对方——就像他们生命中曾经的那样，不是一次而是两次。

离开墓园时，她绕道去邦纳医生的墓地，替道森看了看他。

在他的墓碑旁，她看见了一模一样的百合花。她猜两边都是玛里琳·邦纳放的，因为道森为艾伦所做的一切，意识到这一点，她擦了擦眼睛，走回自己的汽车旁。

她对道森的怀念，一点都没有随着时光流逝而减少；相反，她对他的感情越来越深。在过去两年的艰难岁月中，他的爱以一种奇特的方式，给予她所需要的安慰。

现在，她坐在门廊上，傍晚的阳光斜斜地穿过树林，她闭上眼睛，默默地跟他说了句话。她记得他的微笑，她握着他的手的感觉，她记得他们共度的周末，明天，她会再次想起这一切。忘记他，忘记那个周末他们分享的一切，都是一种背叛，她当然要对道森忠诚，这是他应该得到的——他们分开的那么长的岁月中，他同样对她忠心不贰。她曾经爱过他一次，后来又一次爱过他，再也没有任何事会改变她的感情。无论如何，道森使她重新感受到生活，一种她从来不敢想象的生活。

阿曼达把千层面放进烤箱，安妮特回家时，她正在拌沙拉。几分钟后，弗兰克走了进来。他迅速吻了阿曼达一下，他在她身边待了一会儿，然后换个地方走进客厅。安妮特不停地说着睡衣派对的事情，往蛋糕上撒上糖霜。

接下去到的是贾里德，他带来了三个朋友。他放下一杯水后跑去冲澡，他的朋友们窝在小房间的沙发上打电子游戏。

半个小时后，林恩开车回来了。出乎她意外的是，有两个朋友陪着林恩。年轻人自然而然地都跑进了厨房，贾里德的朋友跟林恩的朋友开着玩笑，问姑娘们接下去准备做什么，暗示他们也想跟她们一起玩。弗兰克回到厨房，安妮特拥抱了一下他，恳求他带她去看十几岁女孩子喜欢的电影。弗兰克把斯纳普健怡饮料拧得咯咯响，逗她说，要带她去看开枪和爆炸的电影，引得安妮特尖叫着抗议。

阿曼达像个漫不经心的旁观者一样看着，脸上浮现出困惑的微笑。这些天，全家一起吃饭的日子并不鲜见，但是，也并不经常如此。其他人在场一点都没有让她不愉快，他们会让晚餐的气氛变得更活跃。

她给自己倒了一杯酒，偷偷溜到后门廊上，看着一对红衣凤头鸟在枝丫间飞来飞去。

"你过来吗？"弗兰克在她身后的门道上朝她喊，"小淘气们开始捣蛋了。"

"你去招呼他们吧，"她说，"我过一分钟就来。"

"需要我给你端个盘子吗？"

"那太好了，"她说着点了点头，"谢谢！不过，先给孩子们准备好吃的。"

弗兰克从门道走开了，她透过窗户看见他走到餐厅里孩子们中间。

她身后的门又开了。

"嗨，妈妈？你还好吗？"

贾里德的声音把她带回现实，她转过身来。

"我还好。"她说。

他沉默片刻之后，走到门廊上，轻轻关上身后的门。"你肯定还好？"他问，"你看上去有心事。"

"我只是有点累，"她安慰地笑了笑，"劳伦在哪儿？"

"她一会儿就过来。她想回家洗个澡。"

"她玩得开心吗？"

"我想是的。起码她击中了球，那让她很兴奋。"

阿曼达抬起头看他，目光掠过他的肩膀、脖子、脸颊，她依然能看出他还是个小男孩时的模样。

他犹豫了一下。"无论如何……我想问你能不能帮我。那天晚上，你没有真正回答我，"他用脚踢着门廊上一道微小的划痕，"我想给那家人写一封信。你知道吗？我就是想谢谢他们。假如没有那个捐赠人，我今天不会站在这里。"

阿曼达垂下眼帘，想起贾里德那天晚上的问题。

"你很自然想要找到你的心脏捐赠人，"她最后说，小心翼翼地选择字眼，"但是，捐赠过程是匿名的，这有充分的理由。"

她说的是实情，即便不是全部事实。

"噢。"他的肩膀垂了下去。"我想也许是这样的，"他说，"他们告诉我的只有，他去世时是四十二岁。我只是想……知道他是怎样一个人。"

我可以告诉你更多，阿曼达在心里想。很多很多。摩根·坦纳打来电话之后，她一直怀疑这件事情，所以她打了几个电话，证实了自己的怀疑。她听说，周一深夜，道森在东卡罗来纳地区医疗中心，撤掉了维持生命的医疗器械。医生知道他永远不会醒来后，还是很长时间维持了他的生命，因为他是个器官捐赠人。

　　她知道，道森拯救了艾伦的生命——但是，最后他也拯救了贾里德的生命。对她来说，这意味着……一切。"我给你生命中最好的部分。"他曾经告诉过她，随着她的儿子每一次心跳，她知道他做到了。

　　"我们拥抱一下吧，"她说，"然后我们就进去？"

　　贾里德眼睛转了转，但他还是张开了双臂。"我爱你，妈妈。"他喃喃地说，把她拉到身边。

　　阿曼达闭上了眼睛，感觉到他胸腔内平稳的节奏。"我也爱你。"

致谢

　　有些小说在写作上更富有挑战性，《最好的我》就属于这样一类作品。《最好的我》很难写，为免读者厌烦，原因我就不详述了，没有以下朋友的支持，这部作品也许不会那么快完成。因此，不复赘言，我谨此致以感谢。

　　感谢我的妻子卡西，我们"一见钟情"①，共度这么多年后，我们的感情一如既往，从未改变。你是最好的，我一直觉得有你这样一位妻子，我是多么幸运。

　　感谢迈尔斯、瑞安、兰登、莱克西和萨瓦纳，你们给我的生活带来乐趣，我为你们感到骄傲。作为我的孩子们，你们永远是我生命中最好的部分。

---

① 斯帕克斯小说书名。以下引号均有这样的用法。

感谢我的代理特瑞莎·帕克，在完成小说第一稿之后，我开始"走弯路"，我不仅要感谢你帮助我改进小说，还要感谢你在我努力写作时的耐心等待。有你做代理，是我的幸运。谢谢！

感谢我的编辑杰米·拉布，你对这部小说的"援救"总是别具匠心，你的建议总是恰到好处。你不仅是位极好的编辑，为人也很不错。谢谢！

感谢我的电影代理豪伊·桑德斯和凯雅·卡亚蒂安，在荣誉、智慧和激情方面，我是"忠实信徒"，相信它们是良好共事的基础。你们是这些品质的典范，我很感谢两位所做的一切。我很幸运能和你们一起工作。

感谢《瓶中信》的制作人丹尼斯·迪诺维，当然也是我其他小说的电影制作人，你不仅是我的工作伙伴，后来也成为我的朋友，我的生活因此更加精彩。非常感谢，感谢所有的一切。

感谢马蒂·鲍恩，作为《分手信》的制作人，你做了出色的工作，我不仅感谢你为我作出的努力，也感谢你给予我的友谊。谢谢你所做的一切，我很高兴我们能再次共事。

感谢赫切特图书集团总裁戴维·扬，毫无疑问你使我成为"幸运儿"，我感谢你所做的一切。谢谢！

感谢帕克文学集团的阿比·孔斯和艾米莉·斯威特，你们为我所做的工作，我衷心感谢。你们给我带来的远不止帮助，为此我感激不尽。噢，艾米莉，我祝福你"新婚"快乐……

感谢大中央出版公司的宣传编辑詹妮弗·罗曼内罗，你是我旅行的"守护者"……一直以来，我都"感谢"你所做的一切，你是最好的。

感谢我的助理斯蒂法妮·耶格尔，自从《罗丹岛之恋》的写作以来，你一直把我的生活安排得妥妥帖帖。我很高兴，并且感谢你所做的一切。

感谢华纳兄弟公司的考特尼·瓦伦蒂和格雷格·西尔弗曼，谢谢你们在还没有读过这部小说之前，就给我这个机会。这不是一个容易的决定，但我感谢你们的"选择"。无论如何，我为能与你们再次合作感到激动。

感谢相对论传媒公司的瑞安·卡瓦纳和塔克·图利，以及维克·戈弗雷，《安全港湾》的电影改编让我兴奋不已，我感谢你们大家给我机会再次合作。这是一种荣幸，我不会忘记，我知道你们会做得很好。

感谢亚当·尚克曼和詹妮弗·吉布戈特为《最后一支歌》电影版所做的出色工作。我信任你们，你们克服了不少困难……我不会忘记这些的。

感谢林恩·哈里斯和马克·约翰逊，多年以前与两位共事，是我职业生涯中最好的决定之一。我知道你们此后制作了许多电影，但是，我永远都会感谢你们把《恋恋笔记本》改编成电影。

感谢洛伦佐·迪博纳文图拉改编了《记忆之行》，随着时间流逝，我对这部电影的喜爱丝毫不减。

感谢戴维·帕克、沙伦·克拉斯尼、弗拉格以及大中央出版公司和联合人才经纪公司的所有员工，从《跟我兄弟在一起的三个星期》之后，我们合作已经整整十五年了。感谢你们所做的一切！

图书在版编目（CIP）数据

最好的我 /（美）斯帕克思著；丁宇岚译 . -- 北京：北京时代华文书局，2015.8
书名原文：The Best of Me
ISBN 978-7-5699-0272-3

Ⅰ . ①最… Ⅱ . ①斯… ②丁… Ⅲ . ①长篇小说－美国－现代 Ⅳ . ① I712.45

中国版本图书馆 CIP 数据核字 (2015) 第 136643 号

全球顶级畅销小说文库

最 好 的 我

著　　者 |（美）尼古拉斯·斯帕克思
译　　者 | 丁宇岚

出 版 人 | 杨红卫
选题策划 | 读客图书
责任编辑 | 梁　静　曾　丽
特约编辑 | 读客夏文彦　读客朱亦红
装帧设计 | 读客余晶晶
封面设计 | 读客周丁乾

出版发行 | 时代出版传媒股份有限公司 http://www.press-mart.com
　　　　　北京时代华文书局 http://www.bjsdsj.com.cn
　　　　　北京市东城区安定门外大街 136 号皇城国际大厦 A 座 8 楼
　　　　　邮编：100011　电话：010 - 64267955　64267677
印　　刷 | 三河市龙大印装有限公司　010-85866447
　　　　　（如发现印装质量问题，请与印刷厂联系调换）
开　　本 | 890mm×1270mm　1/32
印　　张 | 10.75
字　　数 | 208 千字
版　　次 | 2016 年 9 月第 1 版　　2016 年 9 月第 1 次印刷
书　　号 | ISBN 978-7-5699-0272-3

定　　价 | 38.00 元